U0119193

【張愛玲全集】

海上花開
海上花落

【韓子雲著】
【張愛玲註譯】

【張愛玲全集】

海上花落

——國語海上花列傳二

第卅三回

高亞白填詞狂擲地　王蓮生醉酒怒沖天

按洪善卿王蓮生喫酒中間，善卿偶欲小解；小解回來，經過房門首，見張蕙貞在客堂裡點首相招，便踱出去。蕙貞悄地說道：『洪老爺，難爲你，你去買翡翠頭面，就依他一副買全了。王老爺怕這沈小紅眞正怕得沒譜子的了！你沒看見，王老爺臂膊上，大腿上，給沈小紅指甲掐得呵都是血！倘若翡翠頭面不買了去，不曉得沈小紅還有什麼刑罰要辦他了！你就替他買了罷。王老爺多難爲兩塊洋錢倒沒什麼要緊。』

善卿微笑無言，嘿嘿然歸座。王蓮生依稀聽見，佯做不知。兩人飲盡一壺，便令盛飯。蕙貞新妝已畢，即打橫相陪，共桌而食。

飯後，善卿遂往城內珠寶店去。蓮生仍令蕙貞燒煙；接連吸了十來口，過足煙癮。自鳴鐘已敲五下，善卿已自回來，只買了釧臂押髮兩樣，價洋四百餘元，其餘貨色不合，緩日續辦。蓮生大喜謝勞。

洪善卿自要料理永昌參店事務，告別南歸。王蓮生也別了張蕙貞，坐轎往西薈芳里，親手賫與沈小紅。小紅一見，即問：『洪老爺噦？』蓮生說：『回去了。』小紅道：『有沒去買呢？』蓮生道：『買了兩樣。』當下揭開紙盒，取翡翠釧臂押髮，排列桌上，說道：『你看，手鐲倒不錯，就是押髮稍微推扳點；倘若你不要嘿，再拿去換。』小紅正眼兒也不會一覷，淡淡的答道：『沒全哩呀。放在那兒好了。』

蓮生忙依舊裝好，藏在床前妝檯抽屜內，復向小紅道：『還有幾樣嘿，都不好，沒買；過兩天我自己去揀。』小紅道：『我們這兒是揀剩下來東西，哪有好的呀！』蓮生道：『什麼人揀剩下來？』小紅道：『那麼為什麼先要拿了去？』

蓮生著急，將出珠寶店發票，送至小紅面前，道：『你看噦，發票在這兒嘿。』小紅撒手撩開道：『我不要看。』蓮生喪氣退下。阿珠適在加茶碗，呵呵笑道：『王老爺在張蕙貞那兒太開心過頭了，也應該來受兩句話，對不對？』蓮生亦只得訕訕的笑而罷。

維時天色晚將下來，來安呈上一張請客票，係葛仲英請去吳雪香家酒敍。蓮生為小紅臉色似乎不喜歡，趁勢興辭赴席。小紅不留不送，聽憑自去。

蓮生仍坐轎往東合興里吳雪香家。主人葛仲英迎見讓坐。先到者只有兩位，都不認識，通起姓名，方知一位為高亞白，一位為尹癡鴛。蓮生雖初次見面，早聞得高尹齊名，並為兩江才子，拱手致敬，說聲『幸會』。接著外場報說：『壺中天請客說，請先坐。』葛仲英因令擺起檯面來。王蓮生問請的何人。仲英道：『是華鐵眉。』這華鐵眉和王蓮生也有些世誼，葛仲英專誠請他，因他不喜熱鬧，僅請三位陪客。

等了一會，華鐵眉帶局孫素蘭同來。葛仲

英發下三張局票，相請入席。華鐵眉問高亞白：『有沒碰著意中人？』亞白搖搖頭。鐵眉道：『不料亞白多情人，竟如此落落寡合！』尹癡鴛道：『亞白的脾氣，我蠻明白的。可惜我不做倌人；我做了倌人，一定要亞白生了相思病，死在上海！』高亞白大笑道：『你就不做倌人，我倒也在想你呀！』癡鴛亦自失笑道：『倒給他討了個便宜！』華鐵眉道：『「人盡願爲夫子妾，天教多結再生緣」，也算是一段佳話！』

尹癡鴛又向高亞白道：『你討我便宜嘿，我要罰你！』葛仲英即令小妹姐取雞缸杯。癡鴛道：『且慢！亞白好酒量，罰他喫酒，他不在乎的。我說酒嘿不給他喫，要他照張船山（註①）詩意再作兩首。比張船山作得好，就饒了他；不好嘿，再罰他酒！』亞白道：『我曉得你要出我花頭！怪不得堂子裡都叫你「囚犯」（註②）！』癡鴛道：『大家聽聽看！我要他作首詩，就罵我「囚犯」；倘若做了學臺主考，要他作文章，那是「烏龜」「豬」都要罵出來的了！』合席鬨然一笑。高亞白自取酒壺篩滿一雞缸杯，道：『那麼先讓我喫一杯，澆澆詩肚子。』尹癡鴛道：『那倒也行，我們也陪陪你好了。』

大家把雞缸杯斟上酒，照杯乾訖。尹癡鴛討過筆硯牋紙，道：『念出來，我來寫。』高亞白道：『張船山兩首詩，給他意思作完了，我改了塡詞罷。』華鐵眉點頭說是。

於是亞白念，癡鴛寫道：

先生休矣！諒書生此福幾生修到？磊落鬚眉渾不喜，偏要雙鬟窈窕。撲朔雌雄，驪黃牝牡，交在忘形好。鍾情如是，鴛鴦（註③）何苦顛倒？

尹癡鴛道：『調皮得很！還要罰哩！』大家

沒有理會。又念又寫道：

還怕妒煞倉庚（註④），望穿杜宇（註⑤），燕燕歸來杳。收拾買花珠十斛，博得山妻一笑。杜牧三生（註⑥），韋皐再世（註⑦），白髮添多少？迴波一轉，驀驚畫眉人老！（註⑧）

高亞白念畢，猝然問尹癡鴛道：『此張船山如何？』癡鴛道：『你還要不要臉？倒眞比起張船山來了！』亞白得意大笑。

王蓮生接那詞來與華鐵眉葛仲英同閱。尹癡鴛取酒壺向高亞白道：『你自己算好，我也不管；不過「畫眉」兩個字，平仄倒了過來，要罰你兩杯酒！』亞白連道：『我喫，我喫！』又篩兩雞缸杯一氣吸盡。

葛仲英閱過那詞，道：『百字令末句，平仄可以通融點。』亞白道：『癡鴛要我喫酒，我不喫，他心裡總不舒服；不是爲什麼平仄。』

華鐵眉問道：『「燕燕歸來杳」，可用什麼典故？』亞白一想道：『就用的東坡詩，「公子歸來燕燕忙。」』鐵眉默然。尹癡鴛冷笑道：『你又在騙人了！你是用的蒲松齡「似曾相識燕歸來」一句呀。還怕我們不曉得！』亞白鼓掌道：『癡鴛可人！』鐵眉茫然，問癡鴛道：『我不懂你的話。「似曾相識燕歸來」，歐陽修晏殊詩詞集中皆有之，與蒲松齡何涉？』癡鴛道：『你要曉得這個典故還要讀兩年書才行哩！』亞白向鐵眉道：『你不要去聽他！哪有什麼典故！』癡鴛道：『你說不是典故，「入市人呼好快刀，回也何曾霸產」，用的什麼呀？』鐵眉道：『我倒要請教請教，你在說什麼？我索性一點都不懂了嚜！』亞白道：『你去拿聊齋誌異查出「蓮香」一段來看好了。（註⑨）』癡鴛道：『你看完了聊齋嚜，再拿「里乘」「閩小紀」（註⑩）來看，那就「快刀」「霸產」包你都懂。』

王蓮生閱竟，將那詞放在一邊，向葛仲英道：『明天拿了去登在新聞紙上倒不錯！』仲英待要回言，高亞白急取那詞紛紛揉碎，丟在地下道：『那可謝謝你，不要去登！新聞紙上有方蓬壺一班人，我們不配的！』

仲英問蓬壺釣叟如何。亞白笑而不答。尹癡鴛道：『叫他磨磨墨，還算好！』亞白道：『我是添香捧硯有你癡鴛承乏的了；蓬壺釣叟只好叫他去倒夜壺！』華鐵眉笑道：『狂奴故態！我們喫酒罷！』遂取齊雞缸杯首倡擺莊。

其時出局早全：尹癡鴛叫的林翠芬，高亞白叫的李浣芳，皆係清倌人；王蓮生就叫對門張蕙貞。划起拳來，大家爭著代酒。高亞白存心要灌醉尹癡鴛，概不准代。王蓮生微會其意，幫著撮弄癡鴛。不想癡鴛眼明手快，拳道最高，反把個蓮生先灌醉了。

張蕙貞等蓮生擺過莊，纔去；臨行時，諄囑蓮生切勿再飲。無如這華鐵眉酒量尤大似高亞白，比至輪莊擺完，出局散盡之後，鐵眉再要行『拍七』酒令，在席只得勉力相陪。王蓮生糊糊塗塗，屢次差誤，接著又罰了許多酒，一時覺得支持不住，不待令完，逕自出席，去榻床躺下。華鐵眉見此光景，也就胡亂收令。

葛仲英請王蓮生用口稀飯，蓮生搖手不用，拿起籤子，想要燒鴉片煙，卻把不準火頭，把煙都淋在盤裡。吳雪香見了，忙喚小妹姐來裝。蓮生又搖手不要，欻地起身拱手，告辭先行。葛仲英不便再留，送至簾下，吩咐來安當心伺候。

來安請蓮生登轎，掛上轎簾，擱好手版，問：『到哪去？』蓮生說：『西薈芳。』來安因扶著轎，逕至西薈芳里沈小紅家，停在客堂中。

蓮生出轎，一直跑上樓梯。阿珠在後面廚房內，慌忙趕上，高聲喊道：『啊唷！王老爺，慢點嗄！』蓮生不答，只管跑。阿珠緊緊跟至房間，答道：『王老爺，我嚇死了！沒跌下去還算好！』

蓮生四顧不見沈小紅，即問阿珠。阿珠道：『恐怕在下頭。』蓮生並不再問，身子一歪，就直挺挺躺在大床前皮椅上，長衫也不脫，鴉片煙也不吸，已自懵騰睡去。外場送上水銚手巾，阿珠低聲叫：『王老爺，揩把臉。』蓮生不應。阿珠目示外場，只沖茶碗而去。隨後阿珠悄悄出房，將指甲向亭子間板壁上點了三下，說聲『王老爺睡了。』

此也是合當有事。王蓮生鼾聲雖高，並未睡著；聽阿珠說，詫異得很。只等阿珠下樓，蓮生急急起來，放輕腳步，摸至客堂後面，見亭子間內有些燈光；舉手推門，卻從內拴著的；周圍相度，找得板壁上一個鴿蛋大的橢圓窟窿，便去張覷。向來亭子間僅擺一張榻床，並無帷帳，一目了然。蓮生見那榻床上橫著兩人，摟在一處。一個分明是沈小紅；一個面龐亦甚廝熟，仔細一想，不是別人，乃大觀園戲班中武小生小柳兒。

蓮生這一氣非同小可，一轉身搶進房間，先把大床前梳妝檯狠命一扳，梳妝檯便橫倒下來，所有燈台、鏡架、自鳴鐘、玻璃花罩，乒乒乓乓，撒滿一地；但不知抽屜內新買的翡翠釧臂押髮，砸破不曾，並無下落。樓下娘姨阿珠聽見，知道誤事，飛奔上樓。大姐阿金大和三四個外場也簇擁而來。蓮生又去榻床上掇起煙盤往後一摜，將盤內全副煙具，零星擺設，像撒豆一般，豁琅琅直飛過中央圓桌。阿珠拚命上前，從蓮生背後攔腰一抱。蓮生本自怯弱，此刻卻猛如𧆞虎，那裡抱得住，被蓮生一腳踢倒，連阿金大都辟易數步。

蓮生綽得煙槍在手，前後左右，滿房亂舞，單留下掛的兩架保險燈，其餘一切玻璃方燈，玻璃壁燈，單條的玻璃面，衣橱的玻璃面，大床嵌的玻璃橫額，逐件敲得粉碎。雖有三四個外場，只是橫身攔勸，不好動手。來安暨兩個轎班只在簾下偸窺，並不進見。阿金大呆立一旁，只管發抖。阿珠再也爬不起來，只急的嚷道：『王老爺！不要嘘！』

蓮生沒有聽見，只顧橫七豎八打將過去，重復橫七豎八打將過來。正打得沒個開交，突然有一個後生鑽進房裡便撲翻身向樓板上砰砰砰磕響頭，口中只喊：『王老爺救救！王老爺救救！』

蓮生認得這後生係沈小紅嫡親兄弟，見他如此，心上一軟，嘆了口氣，丟下煙槍，衝出人叢，往外就跑。來安暨兩個轎班不提防，猛喫一驚，趕緊跟隨下樓。蓮生更不坐轎，一直跑出大門。來安顧不得轎班，邁步追去；見蓮生進東合興里，來安始回來領轎。

蓮生跑到張蕙貞家，不待通報，闖進房間，坐在椅上，喘做一團，上氣不接下氣。嚇得個張蕙貞怔怔的相視，不知爲了什麼，不敢動問；良久，先探一句，道：『檯面散了有一會了？』蓮生白瞪著兩隻眼睛，一聲兒沒言語。蕙貞私下令娘姨去問來安，恰遇來安領轎同至，約略告訴幾句，娘姨復至樓上向蕙貞耳朵邊輕輕說了。蕙貞纔放下心，想要說些閒話替蓮生解悶，又沒甚可說，且去裝好一口鴉片煙請蓮生吸，並代蓮生解鈕扣，脫下熟羅單衫。

蓮生接連吸了十來口煙，始終不發一詞。蕙貞也只小心服侍，不去兜搭。約摸一點鐘

王蓮生醉酒怒沖天

時，蕙貞悄問：『可喫口稀飯？』蓮生搖搖頭。蕙貞道：『那麼睡罷。』蓮生點點頭。蕙貞乃傳命來安打轎回去，令娘姨收拾床褥。蕙貞親替蓮生寬衣褪襪，相陪睡下。朦朧中但聞蓮生長吁短嘆，反側不安。

及至蕙貞一覺醒來，晨曦在牖，見蓮生還仰著臉，眼睁睁只望床頂發獃。蕙貞不禁問道：『你有沒睡一會呀？』蓮生仍不答。蕙貞便坐起來，略挽一挽頭髮，重伏下去，臉對臉問道：『怎麼這樣啊？氣壞了身體，可犯得著？』蓮生聽了這話，忽轉一念，推開蕙貞，也坐起來，盛氣問道：『我要問你：你可肯替我爭口氣？』蕙貞不解其意，急得脹紅了臉，道：『你在說什麼呀，可是我虧待了你？』蓮生知道誤會，倒也一笑，勾著蕙貞脖項，相與躺下，慢慢說明小紅出醜，要娶蕙貞之意。蕙貞如何不肯，萬順千依，霎時定議。

當下兩人起身洗臉，蓮生令娘姨喚來安來。來安絕早承應，聞喚趨見。蓮生先問：『可有什麼公事？』來安道：『沒有；就是沈小紅的兄弟同娘姨到公館裡來哭哭笑笑，磕了多少頭，說請老爺過去一趟。』蓮生不待說完，大喝道：『誰要你說呀！』來安連應幾聲『是』，退下兩步，挺立候示。停了一會，蓮生方道：『請洪老爺來。』

來安承命下樓，叮囑轎班而去，一路自思，不如先去沈小紅家報信邀功爲妙，遂由東合興里北面轉至西薈芳里沈小紅家。沈小紅兄弟接見大喜，請進後面帳房裡坐，捧上水煙筒。來安吸著，說道：『我們到底拿不了多少主意，就不過話裡幫句把話就是了；這時候叫我去請洪老爺，我說你同我一塊去，叫洪老爺想個法子，比我們說的靈。』

沈小紅兄弟感激非常，又和阿珠說知，三

人同去。先至公陽里周雙珠家，一問不在，出衖即各坐東洋車逕往小東門陸家石橋，然後步行到鹹瓜街永昌參店。那小夥計認得來安，忙去通報。

洪善卿剛趕出客堂，沈小紅兄弟先上前磕個頭，就鼻涕眼淚一齊滾出，訴說『昨天晚上不曉得王老爺爲什麼生了氣』，如此如此。善卿聽說，十猜八九，卻轉問來安：『你來做什麼？』來安道：『我是我們老爺差了來請洪老爺到張蕙貞那兒去。』善卿低頭一想，令兩人在客堂等候，獨喚娘姨阿珠向裡面套問去細細商量。

註①前引兩句詩的作者，名問陶，乾隆進士，以詩名。

註②指『扳差頭』——吳語成語，即挑眼之意——見第三十八回。囚犯自然喜歡誣扳差人頭目。

註③鳥名，雄爲鴛，雌爲鴦。

註④即黃鶯。

註⑤即杜鵑，啼聲如『不如歸去』，又有泣血而死的傳說，所以此處說它望眼欲穿。

註⑥『三生』作『緣訂三生』解。杜牧在浙西，聞湖州出美人，而城中名妓無當意者。刺史爲張水戲，使州人聚觀，乃得從中物色，見里姥攜絕色女，年十餘歲，將致舟中。姥女皆懼，遂約爲後期：『吾十年必爲此郡守，若不來，乃從所適。』以重幣結之。尋官他處；友周墀入相，始上書乞守湖州。至郡則十四年前所約之姝已從人三載，生二子。因作『悵別』詩，末句爲『綠葉成蔭子滿枝。』——『樊州詩集註』。

註⑦韋皐，唐節度使升太尉，平亂征滇蠻吐蕃有軍功。遊江夏見一青衣名玉笙，未及破瓜之年，約待我五年而嫁，因留玉指環一枚。經五年不至，玉笙乃絕食而殞。後十五年，韋皐得一歌姬，以玉笙爲號，中指有肉隱起，如玉環。——『剪燈新話』，『翠翠傳：玉笙女兩世因緣』註。

註⑧用張敞爲妻畫眉故事，說尹癡鴛終未踐來生爲女之約，而他浪子還家，妻發現他老了。

註⑨『蓮香』篇述狐女蓮香與鬼女燕兒同戀桑生。燕兒借屍還魂嫁桑。蓮香也想擺脫狐身，產子後病歿，約十年後相見。燕不育，獨子單弱，思爲生置妾。一嫗攜女求售，年十四，酷肖蓮，能憶前生乃蓮。生云：『此似曾相識燕歸來也。』

註⑩二書均見『筆記小說大觀』。手邊無書，疑是『里乘』（清人許叔平著）記菜市口斬犯頭落地猶呼『好快刀！』，『閩小紀』述一冤屈事，堪比孔子弟子顏回被誣霸產。

『好快刀！』事有幾分可信性，參看得普立茲獎新聞記者泰德・摩根著毛姆傳（"Maugham"）：一九三五年名作家毛姆遊法屬圭安那，參觀罪犯流放區——當地死刑仍用斷頭台——聽見說有個醫生曾經要求一個斬犯斷頭後眨三下眼睛；醫生發誓說眨了兩下。

第卅四回

瀝真誠淫兇甘伏罪　驚實信仇怨激成親

按來安暨沈小紅兄弟在客堂裡等了多時，娘姨阿珠出來卻和沈小紅兄弟先回。來安又等一會，洪善卿纔出來向來安道：『他們叫我勸勸王老爺，我們是朋友，倒有點尷尬。要嘍同王老爺一塊到他們那兒去，讓他們自己說，你說對不對？』

來安那有不對之理，滿口答應。善卿即帶來安同行，仍坐東洋車，逕往四馬路東合興里張蕙貞家。

其時王蓮生正叫了四隻小碗，獨酌解悶。善卿進見，蓮生讓坐。善卿笑道：『昨天晚上辛苦了？』蓮生含笑嗔道：『你還要調皮！起先我叫你打聽你不肯！』善卿道：『打聽什麼呀？』蓮生道：『倌人姘了戲子，可是沒處打聽了？』善卿道：『你自己不好，同她去坐馬車，都是馬車上坐出來的事。我有沒跟你說沈小紅就爲了坐馬車用項大點？你不覺得嘍。』蓮生連連搖手道：『不要說了！我們喫酒！』

娘姨添上一副杯筷，張蕙貞親來斟酒。蓮生乃和善卿說：『翡翠頭面不要買了。』另有一篇帳目，開著天青披大紅裙之類（註①），託善卿趕緊買辦。善卿笑向蕙貞道：『恭喜你。』蕙貞羞得遠遠走開。

善卿正色說蓮生道：『這時候你娶蕙貞先生是蠻好；不過沈小紅那兒你就此不去了，總好像不行噥。』蓮生焦躁道：『你管它行不行！』善卿訕訕的笑著婉言道：『不是呀；沈小紅單做你一個客人，你不去了沒有了。剛剛碰到了節上，多少開消，都不著槓；家裡還有爹娘跟兄弟，一家子要喫要用，教她還有什麼法子？四面逼上去，不是要逼死她性命了？雖然沈小紅性命也沒什麼要緊，九九歸原，終究是爲了你，也算一樁作孽的事。我們爲了玩，倒去做作孽的事嘿，何苦呢？』蓮生沉吟點頭道：『你也是在幫她們！』善卿艴然作色道：『你倒說得稀奇！我爲什麼去幫她們？』蓮生道：『你要我到她那兒去，不是幫她們嘛？』

善卿咳的長嘆一聲，卻轉而笑道：『你做了沈小紅嘿，我一直說沒什麼意思，你不相信，跟她恩愛死了；這時候你生了氣，倒說我幫她們了，這才眞叫無話可說！』蓮生道：『那你爲什麼要我去？』善卿道：『我不是要你再去做她。你就去一趟好了。』蓮生道：『去一趟幹什麼呢？』善卿道：『這就是替你打算了。怕萬一有什麼事，你去了，她們要把心一寬喏，你嘿也好看看她們是什麼光景。四五年做下來，總有萬把洋錢了，這一點局賬也不犯著少她，（註②）你去給了她，讓她去開消了，節上也好過去。這以後下節做不做隨你的便。是不是？』

蓮生聽罷無言。善卿因慫恿道：『等會我跟你一塊去，看她說什麼，倘若有半句話聽不進嘿，我們就走。』蓮生直跳起來嚷道：『我不去！』善卿只得訕訕的笑著剪住。

兩人各飲數杯，仍和蕙貞一同喫過中飯。善卿要去代蓮生買辦。蓮生也要暫回公館，約善卿日落時候仍於此處相會。善卿應諾先行。

蓮生吸不多幾口鴉片煙，就喊打轎，逕歸五馬路公館，坐在樓上臥房中，寫兩封應酬信札。來安在旁服侍。忽聽得吉丁當銅鈴搖響，似乎有人進門，與蓮生的姪兒天井裡說話，隨後一乘轎子抬至門首停下。蓮生只道拜客的，令來安看去。來安一去，竟不覆命，卻有一陣咭咭咯咯小腳聲音趕上樓梯。

蓮生自往外間看時，誰知即是沈小紅，背後跟著阿珠。蓮生一見，暴跳如雷，厲聲喝道：『你還有臉來見我！替我滾出去！』喝著，還不住的跺腳。沈小紅水汪汪含著兩眶眼淚，不則一聲。阿珠上前分說也按捺不下。蓮生一頓胡鬧，不知說些甚麼。

阿珠索性坐定，且等蓮生火性稍殺，方朗朗說道：『王老爺，比方你做了官，我們來告狀，你也要聽明白了，這才應該打應該罰，你好斷嘍；這時候一句話也不許我們說，你哪曉得有冤枉的事？』蓮生盛氣問道：『我冤枉了她什麼？』阿珠道：『你是沒冤枉我們；我們先生有點冤枉，要跟你說，你可要她說？』蓮生道：『還要說冤枉嘍，索性去嫁給戲子好了嘍！』阿珠倒呵呵冷笑道：『她兄弟冤枉了她，好去跟她爹娘說；她爹娘冤枉了她，還好跟你王老爺說；你王老爺冉要冤枉了她，眞教她沒處去說了！』說了，轉向小紅道：『我們走罷。還說什麼呀？』

那小紅亦坐在高椅上將手帕掩著臉嗚嗚飲泣。蓮生亂過一陣，跑進臥房，概置不睬。小紅與阿珠在外間，寂靜無聲。

蓮生提起筆來，仍要寫信，久之不能成一

字，但聞外間切切說話，接著小紅竟趕到臥房中，隔著書桌，對面而坐。蓮生低下頭只顧寫。小紅顫聲說道：『你說我什麼什麼，我倒沒什麼；我爲了自己有點錯，對不住你，隨便你去辦我，我蠻情願，爲什麼不許我說話？是不是一定要我寃枉死的？』說到這裡，一口氣奔上喉嚨，哽咽要哭。

蓮生擱下筆，聽她說甚。小紅又道：『我是喫死了我親生娘的虧！起先嘿，要我做生意；這時候來了個從前做過的客人，一定還要我做；我爲了娘聽了她的話，說不出的寃枉！你倒還要寃枉我姘戲子！』

蓮生正待回駁，來安匆匆跑上報說：『洪老爺來。』蓮生起身向小紅道：『我跟你沒什麼話說！我有事在這兒！你請罷！』說畢，丟下沈小紅在房裡，阿珠在外間，逕下樓和洪善卿同行至東合興里張蕙貞家。

張蕙貞將善卿辦的東西與蓮生過目。蓮生將沈小紅賠罪情形述與蕙貞。大家又笑又嘆。當晚善卿喫了晚飯始去。

蕙貞臨睡，笑問蓮生道：『你可要再去做沈小紅？』蓮生道：『這以後是讓小柳兒去做了！』蕙貞道：『你不做嘿，倒不要去糟蹋她。她叫你去，你就去去也沒什麼，只要如此如此。』蓮生道：『起先我看沈小紅好像蠻對勁，這時候不曉得爲什麼，她兇嘿不兇了，我倒也看不起她！』蕙貞道：『想必是緣分滿了。』閒論一回，不覺睡去。

次日，五月初三，洪善卿於午後來訪蓮生，計議諸事，大略齊備，閒話中復說起沈小紅來。善卿仍前相勸。蓮生先入蕙貞之言，欣然願往。

於是洪善卿王蓮生約同過訪沈小紅。張

蕙貞送出房門，望蓮生丟個眼色。蓮生笑而領會。及至西薈芳里沈小紅家門首，阿珠迎著，喜出望外，呵呵笑道：『我們只當王老爺我們這兒不來的了。我們先生沒急死，還好哩！』一路訕訕的笑，擁至樓上房間。

沈小紅起身廝見，叫聲『洪老爺』，嘿然退坐。蓮生見小紅只穿一件月白竹布衫，不施脂粉，素淨異常；又見房中陳設一空，殊形冷落，只剩一面穿衣鏡，被打碎一角，還嵌在壁上；不覺動了今昔之感，浩然長嘆。阿珠一面加茶碗，一面搭訕道：『王老爺說我們先生什麼什麼，我們下頭問我：「哪來的這話？」我說：「王老爺肚子裡臠明白吶，這時候爲了氣頭上說說罷了呀，可是眞說她姘戲子！」』蓮生道：『姘不姘有什麼要緊呀？不要說了！』阿珠事畢自去。

善卿欲想些閒話來說，笑問小紅道：『王老爺不來嘿，你記掛死了；來了倒不作聲了！』小紅勉强一笑，向榻床取籤子燒鴉片，裝好一口在槍上，放在上手。蓮生就躺下去吸。小紅因道：『這副煙盤還是我十四歲時候替我娘裝的煙，一直放在那兒，沒用過，這時候倒用得著了。』

善卿就問長問短。隨意講說。阿珠不等天晚，即請點菜便飯。蓮生尙未答應，善卿竟作主張，開了四色去叫。蓮生一味隨和。

晚飯之後，阿珠早將來安轎班打發回去，留下蓮生，那裡肯放。善卿辭別獨歸，只剩蓮生小紅兩人在房。小紅纔向蓮生說道：『我認得了你四五年，一直沒看見你這樣生氣。這時候跟我生的氣，倒也是爲了跟我要好，你氣得這樣。我聽了娘的話，沒跟你商量，那是我不好。你要寃枉我姘戲子，我即使寃枉死了，口眼也不閉的嘛！時髦倌人生意好，找樂子，要去姘戲子;像我,生意可好啊?我又不是小孩子,不懂事;姘了戲子還好做生意?外頭人為了你跟我要好都在眼熱,不要說張蕙貞,連朋友也說我壞話。這時候你去說我姘戲子,還有誰來替我伸冤?除非到了閻王殿上才明白呢。』

蓮生微笑道:『你說不姘就不姘,什麼要緊呀?』小紅又道:『我身體嘿是爹娘養的;除了身體,一塊布,一根線,都是你給我辦的東西,你就打完了也沒什麼要緊。不過你要扔掉我這人,你替我想想看,還要活著做什麼?除了死,沒有一條路好走!我死也不怪你,都是我娘不好。不過我替你想,你在上海當差使,家眷嘿也沒帶,公館裡就是一個二爺,笨手笨腳,樣樣都不周到;外頭朋友就算你知己嘿,總有不明白的地方;就是我一個人曉得你脾氣。你心裡要有什麼事,我也猜得到,總稱你的心,就是說說笑笑,大家總蠻對勁。張蕙貞巴結嘿巴結死了,可能夠像我?我是單做你一個,你就沒娶我回去,就像是你的人,全靠你過日子。你心裡除了我也沒有第二個稱心的人在那裡。這時候你為一時之氣甩掉了我,我是不過死了就是了,倒是替你不放心。你今年也四十多歲了,兒子女兒都沒有;身體本底子單弱,再喫了兩筒煙,有個人在這兒陪陪你,也好一生一世快快活活過日子。你倒硬了心腸拿自己稱心的人冤枉死了,這以後你再要有什麼不舒服,誰來替你當心?就是說句話,還有誰猜得到你的心?睜開眼睛要喊個親人一時也沒處去喊。到那時候你要想到了我沈小紅,我就連忙去投了人身來服侍你也來不及的了!』說著,重復嗚嗚的哭起來。

蓮生仍微笑道:『這種話說它做什麼?』小紅覺得蓮生比前不同,毫無意思,忍住哭,又說道：『我跟你這樣說，你還沒回心轉意，我再要說也沒什麼可說的了。就算我千不好萬不好，四五年做下來，總有一點點好處。你想到我好處嘿，就望你照應點我爹娘；我嘿交代他們拿我放在善堂裡（註③）。倘若有一天伸了冤，曉得我沈小紅不是姘戲子，還是要你收我回去。你記著！』

小紅沒有說完，仍禁不住哭了。蓮生只是微笑。小紅更無法子打動蓮生。比及睡下，不知在枕頭邊又有幾許柔情軟語，不復細敍。

明日起來，蓮生過午欲行。小紅拉住，問道：『你走了可來呀？』蓮生笑道：『來。』小紅道：『你不要騙我嘛。我話都說完了，隨你便罷！』蓮生佯笑而去。

不多時，來安送來局帳洋錢，小紅收下，發回名片。接連三日不見王蓮生來。小紅差阿珠阿金大請過幾次，終不見面。

到初八日，阿珠復去請了回來，慌慌張張，告訴小紅道：『王老爺娶了張蕙貞了！就是今天的日子娶了去！』小紅還不甚信，再令阿金大去。阿金大回來，大聲道：『怎麼不是呀！拜堂也拜過了！這時候在喫酒，好熱鬧！我就問了一聲，沒進去。』

小紅這一氣卻也非同小可，跺腳恨道：『你就娶了別人，倒沒什麼，爲什麼去娶張蕙貞！』當下欲往公館當面問話，輾轉一想，終不敢去。阿珠阿金大沒興散開。小紅足足哭了一夜，眼泡腫得像胡桃一般。

這日初九，小紅氣得病了，不料敲過十二點鐘，來安送張局票來叫小紅，叫至公館裡，說是酒局。阿珠叫住來安要問話。來安推說沒工夫，急急跑去。小紅聽說叫局，又不敢不去，硬撐著起身梳洗，喫些點心，纔去出局。到了五馬路王公館，早有幾肩出局轎子停在門首。阿珠攙小紅逕至樓上，只見兩席酒並排在外間，並有一班髦兒戲在亭子間內扮演，正做著『跳牆著棋』一齣崑曲。小紅見席間皆是熟識朋友，想必是朋友公局，爲納寵賀喜。

洪善卿見小紅眼泡腫起，特地招呼，淡淡的似勸非勸，略說兩句，正兜起小紅心事，迸出一滴眼淚，幾乎哭出聲來。善卿忙搭訕開去。合席不禁點頭暗嘆。惟華鐵眉高亞白尹癡鴛三人不知情節，沒有理會。

高亞白叫的係清和坊袁三寶。葛仲英知道亞白尚未定情，因問道：『可要陪你多少長三書寓裡都去跑一趟？』亞白搖手道：『你說的更加不對。這是「可遇而不可求」的事。』華鐵眉道：『可惜亞白一生俠骨柔腸，未免辜負點！』

亞白想起，向羅子富道：『貴相好那兒有個叫諸金花，朋友薦給我，一點也沒什麼好嘿。』子富道：『諸金花本來不好，這時候到么二上去了。』

說時，戲台上換了一齣『翠屏山』。那做石秀的倒也慷慨激昂，聲情並茂；做到酒店中，也能使一把單刀；雖非眞實本領，畢竟有些功夫。沈小紅看見這戲，心中感觸，面色一紅。高亞白喝聲『好』，但不識其名姓。葛仲英認得，說是東合興里大腳姚家的姚文君。尹癡鴛見亞白賞識，等她下場，即喚娘姨，說：『高老爺叫姚文君的局。』娘姨忙攙姚文君坐在高亞白背後。亞白細看這姚文君眉宇間另有一種英銳之氣，咄咄逼人。

那時出局到齊，王蓮生忽往新房中商議一會出來，卻請吳雪香黃翠鳳周雙珠姚文君沈小紅五人，說到房裡去見見新人。沈小紅左右

爲難，不得不隨衆進見。張蕙貞笑嘻嘻起身相迎，請坐講話。沈小紅又羞又氣，絕不開口。臨行各有所贈：吳雪香黃翠鳳周雙珠姚文君四人，並是一隻全綠的翡翠蓮蓬；惟沈小紅最重，是一對耳環，一只戒指。沈小紅又不得不隨衆收謝。退出外間，出局已散去一半。高亞白復點一齣姚文君的戲。這戲做完，出局盡散，因而收場撤席。

註①新娘服裝。

註②連局賬都可以一筆勾消了，也是因爲姘戲子要倒貼，公認爲淫賤，而且由於伶人與相公堂子的關係，更予人不潔之感。所以前文寫嫖客都杯葛沈小紅，王蓮生還不懂她爲什麼生意毫無。

註③無力營葬，可以在善堂免費寄放棺木。

第卅五回

落煙花療貧無上策　煞風景善病有同情

按王公館收場撤席，衆客陸續辭別，惟洪善卿幫管雜務，傍晚始去，心裡要往公陽里周雙珠家；一路尋思，天下事那裡料得定，誰知沈小紅的現成位置反被個張蕙貞輕輕奪去；並揣蓮生意思之間，和沈小紅落落情形，不比從前親熱，大概是開交的了。

正自轆轆的轉念頭，忽聞有人叫聲『舅舅』。善卿立定看時，果然是趙樸齋，身穿機白夏布長衫，絲鞋淨襪，光景大佳。善卿不禁點頭答應。樸齋不勝之喜，與善卿寒暄兩句，旁立拱候。洪善卿從南晝錦里抄去。

趙樸齋等善卿去遠，纔往四馬路華衆會煙間尋見施瑞生。瑞生並無別語，將一捲洋錢付與樸齋道：『你拿回去交給媽，不要給張秀英看見。』

樸齋應諾，竟歸清和坊自己家裡，只見妹子趙二寶和母親趙洪氏對面坐在樓上亭子間內。趙洪氏似乎嘆氣。趙二寶淌眼抹淚，滿面怒色，不知是爲甚麼。二寶突然說道：『我們住這兒也不是你的房子，也沒用你的錢！爲什麼我要來巴結你？就是三十塊洋錢，可是你的呀？你倒有臉跟我要！』

樸齋聽說，方知爲張秀英不睦之故，笑嘻嘻取出一捲洋錢交明母親。趙洪氏轉給二寶道：『你拿去放好了。』二寶身子一摔，使氣道：『放什麼呀！』

樸齋摸不著頭腦，呆了一會。二寶始向樸齋道：『你有洋錢開消，我們開消了還是到鄉下去。不回去，那就索性爽爽氣氣貼了條子做生意！隨便你拿個主意！住這兒做什麼？』樸齋囁嚅道：『我哪有什麼主意，妹妹說就是了。』二寶道：『這時候推我一個人，過兩天不要說我害了你！』樸齋陪笑道：『那是沒這個事的。』樸齋退下，自思更無別法，只好將計就計。

過了數日，二寶自去說定鼎豐里包房間，要了三百洋錢帶擋回來，纔與張秀英說知。秀英知不可留，聽憑自便。選得十六日搬場，租了全副紅木家具先往鋪設，復趕辦些應用物件。大姐阿巧隨帶過去，另添一個娘姨，名喚阿虎，連個相幫，各掮二百洋錢。樸齋自取紅牋親筆寫了『趙二寶寓』四個大字，粘在門首。當晚施瑞生來喫開檯酒，請的客即係陳小雲莊荔甫一班，因此傳入洪善卿耳中。善卿付之浩嘆，全然不睬。

趙二寶一落堂子，生意興隆，接二連三的碰和喫酒，做得十分興頭。趙樸齋也趾高氣揚，安心樂業。二寶爲施瑞生一力担承，另眼相待。不料張秀英因妒生忌，竟自坐轎親往南市至施瑞生家裡告訴乾娘。那乾娘不知就裡，夾七夾八把瑞生數說一頓。瑞生生氣，索性斷絕兩家往來，反去做個清倌人袁三寶。

張秀英沒有瑞生幫助，門戶如何支持；又見趙二寶洋洋得意，亦思步其後塵，於是搬在

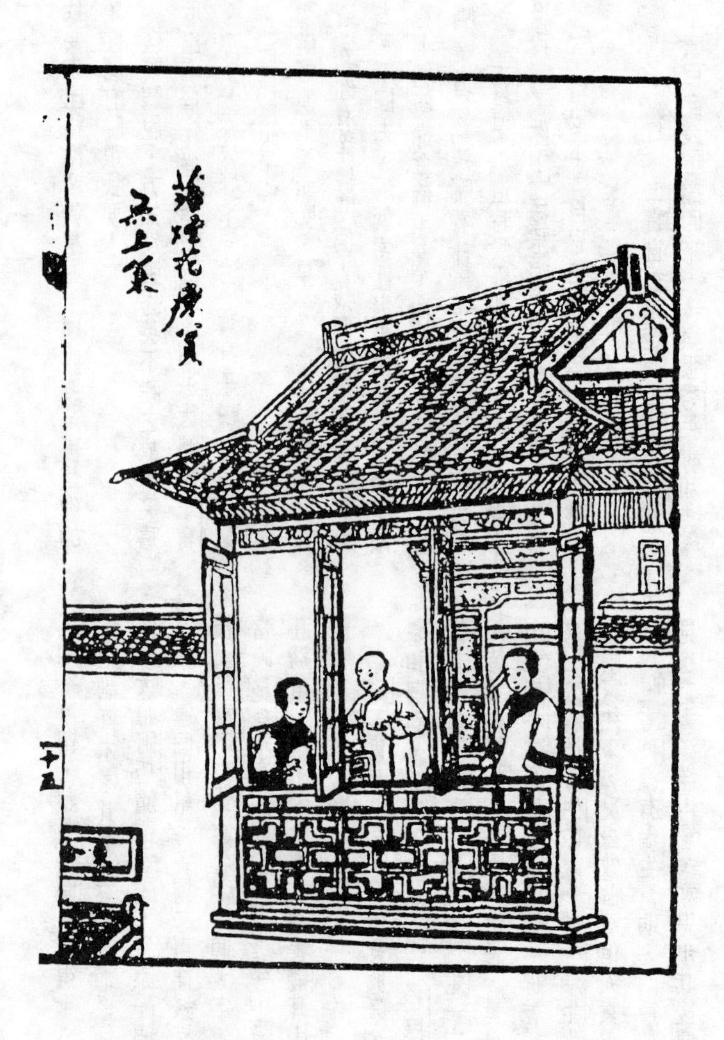
十五

四馬路西公和里，即係覃麗娟家，與麗娟對面房間，甚覺親熱。陶雲甫見了張秀英，偶然一讚。覃麗娟便道：『她新出來，你可有朋友，做做媒人。』雲甫隨口答應。秀英自恃其貌，日常乘坐馬車爲招攬嫖客之計。

那時六月中旬，天氣驟熱，室中雖用拉風（註①），尚自津津出汗。陶雲甫也要去坐馬車，可以乘涼，因令相幫去問兄弟陶玉甫可高興去。相幫至東興里李漱芳家，傳話進去。

陶玉甫見李漱芳病體粗安，遊賞園林，亦是保養一法，但不知其有此興致否。漱芳道：『你哥哥叫我們坐馬車，叫了幾回了，我們就去一趟。我這時候也蠻好在這裡。』李浣芳聽得，趕出來道：『姐夫，我也要去的！』玉甫道：『自然一塊去。喊兩部鋼絲轎車罷。』漱芳道：『你坐了轎車，又要給你哥哥笑；你坐皮篷好了。』遂向相幫回說：『去的。』約在明園洋樓會聚，另差這裡相幫桂福速僱鋼絲的轎車皮篷車各一輛。

浣芳最是高興，重新打扮起來。漱芳只略按一按頭，整一整釵環簪珥，親往後面房間告知親生娘李秀姐。秀姐切囑早些歸家。

漱芳回到房裡，大姐阿招和玉甫先已出外等候。漱芳徘徊顧影，對鏡多時，方和浣芳攜手同行。至東興里口，浣芳定要同玉甫並坐皮篷車，漱芳帶阿招坐了轎車。駛過泥城橋，兩行樹色葱蘢，交柯接幹，把太陽遮住一半，並有一陣陣清風撲入襟袖，暑氣全消。

迨至明園，下車登樓，陶雲甫覃麗娟早到。陶玉甫李漱芳就在對面別據一桌，沏兩碗茶。李浣芳站在玉甫身旁，緊緊依靠，寸步不離。玉甫叫她『下頭去玩一會。』浣芳徘徊不肯。漱芳乃道：『去噥。趴在身上，不熱嗎？』

浣芳不得已，訕訕的邀阿招相扶而去。

陶雲甫見李漱芳黃瘦臉兒，病容如故，（註②）問道：『可還是在不舒服？』漱芳道：『這時候已經好多了。』雲甫道：『我看面色不好㖸。你倒要保重點的哦。』陶玉甫接嘴道：『近來的醫生也難，喫下去方子，都不對嘿。』覃麗娟道：『竇小山蠻好的呀。可請他看啊？』漱芳道：『竇小山不要去說他了；多少丸藥，教我哪喫得下！』雲甫道：『錢子剛說起，有個高亞白，行醫嘿不行，醫道極好。』

玉甫正待根究，只見李浣芳已偕阿招趔趄回來，笑問：『可是要回去了？』玉甫道：『剛剛來嘿。再玩一會嘛。』浣芳道：『沒什麼玩的，我不來！』一面說，一面與玉甫廝纏，或爬在膝上，或滾在懷中，終不得一合意之處。玉甫低著頭，臉偎臉，問是爲何。浣芳附耳說道：『我們回去罷。』漱芳見浣芳胡鬧，嗔道：『算什麼呀！到這兒來！』

浣芳不敢違拗，慌的趷過漱芳這邊。漱芳失聲問道：『你怎麼臉這麼紅？可是喫了酒啊？』玉甫一看，果然浣芳兩頰紅得像胭脂一般，忙用手去按她額角，竟炙手的滾熱，手心亦然，大驚道：『你怎麼不說的呀？在發寒熱呀！』浣芳只是嬉笑。漱芳道：『這麼大的人，連自己發寒熱都不曉得，還要坐馬車！』玉甫將浣芳攔腰抱起，向避風處坐。漱芳令阿招去喊馬車回去。

阿招去後，陶雲甫笑向李漱芳道：『你們倆都喜歡生病，眞正是好姊妹！』覃麗娟數聞漱芳多疑，忙向雲甫丟個眼色。漱芳無暇應對。

須臾，阿招還報：『馬車在那兒了。』玉甫漱芳各向雲甫麗娟作別。阿招在前攙著李浣芳下樓。漱芳欲使浣芳換坐轎車。浣芳道：

有同情

『我要姐夫一塊坐的噥。』漱芳道：『那我就跟阿招坐皮篷好了。』

當下坐定開行。浣芳在車中，一頭頂住玉甫胸脅間，玉甫用袖子遮蓋頭面，一些兒都沒縫。行至四馬路東興里下車歸家，漱芳連催浣芳去睡，浣芳戀戀的，要睡在姐姐房裡，並說：『就榻床上躺躺好了。』漱芳知她執拗，叫阿招取一條夾被給浣芳裹在身上。

一時，驚動李秀姐，特令大阿金問是甚病。漱芳回說：『想必是馬車上吹了點風。』李秀姐便不在意。漱芳揮出阿招，自偕玉甫守視。

浣芳橫在榻床左首，聽房裡沒些聲息，扳開被角，探出頭來，叫道：『姐夫，來噥！』玉甫至榻床前，伏下身去問她：『要什麼？』浣芳央及道：『姐夫，坐這兒來好不好？我睡了嘿，姐夫坐在這兒看著我。』玉甫道：『我就坐在這兒，你睡罷。』玉甫即坐在右首。

浣芳又睡一會，終不放心，睜開眼看了看，道：『姐夫，不要走開噥！我一個人嚇死了的！』玉甫道：『我不走呀，你睡好了。』浣芳復叫漱芳道：『姐姐，要不要榻床上來坐？』漱芳道：『姐夫在那兒嘿好了嘿。』浣芳道：『姐夫坐不定的呀；姐姐坐在這兒，那才讓姐夫沒處去。』

漱芳亦即笑而依她，推開煙盤，緊挨浣芳腿膀坐下，重將夾被裹好。靜坐些時，天色已晚，見浣芳一些不動，料其睡熟，漱芳始輕輕走開，向簾下招手叫『阿招』，悄說：『保險燈點好了嘿，你拿了來。』阿招會意，當去取了保險燈來，安放燈盤，輕輕退下。

漱芳向玉甫低聲說道：『這個小孩子做倌人眞可憐！客人看她好玩，都喜歡她，叫她的局，生意倒忙死了。這時候發寒熱就爲了前天晚上睡了再喊起來出局去，回來嘿天亮了，不是要著涼嘛。』玉甫也低聲道：『她在此地還算她福氣；人家親生女兒也不過這樣了！』漱芳道：『我倒也幸虧了她；不然，多少老客人教我去應酬，要我的命了！』

說時，阿招搬進晚飯，擺在中央圓桌上，另點一盞保險檯燈。玉甫遂也輕輕走開，與漱芳對坐共食。阿招伺候添飯。

大家雖甚留心，未免有些響動，早把浣芳驚覺。漱芳丟下飯碗，忙去安慰。浣芳呆臉相視，定一定神，始問：『姐夫噥？』漱芳道：『姐夫嘿在喫晚飯；是不是陪了你了，教姐夫晚飯也不喫？』浣芳道：『喫晚飯嘿怎麼不喊我嗐？』漱芳道：『你在發寒熱，不要喫了。』浣芳著急，掙起身來道：『我要喫的呀！』

漱芳乃叫阿招攙了，趄過圓桌前。玉甫問浣芳道：『可要我碗裡喫口罷？』浣芳點點頭。

玉甫將飯碗候在浣芳嘴邊，僅餵得一口。浣芳含了良久，慢慢下嚥。玉甫再餵時，浣芳搖搖頭不喫了。漱芳道：『可不是喫不下？說你嘿不相信，好像沒的喫！』

不多時，玉甫漱芳喫畢，阿招搬出，舀面水來，順便帶述李秀姐之命，與浣芳道：『媽叫你睡罷，叫局嘿教樓上兩個去代了。』浣芳轉向玉甫道：『我要睡姐姐床上，姐夫可讓我睡？』玉甫一口應承。漱芳不復阻擋，親替浣芳揩一把面，催她去睡。阿招點著床檯上長頸燈台，即去收拾床鋪。漱芳本未用蓆，撤下裡床幾條棉被，仍鋪榻床蓋的夾被，更於那頭安設一個小枕頭纔去。

浣芳上過淨桶尚不即睡，望著玉甫，如有所思。玉甫猜著意思，笑道：『我來陪你。』隨向大床前來親替浣芳解鈕脫衣。浣芳乘間在玉甫耳朵邊唧唧求告。玉甫笑而不語。漱芳問：

『說什麼？』玉甫道：『她說教你一塊床上來。』漱芳道：『還要出花頭！快點睡！』

浣芳上床，鑽進被裡，響亮的說道：『姐夫，講點話給姐姐聽聽喨。』玉甫道：『講什麼？』浣芳道：『隨便什麼講講好了呀。』玉甫未及答話，漱芳笑道：『你不過要我床上來，哪來這些花頭！可不叫人生氣！』說著，眞的與玉甫並坐床沿。浣芳把被蒙頭，亦自格格失笑，連玉甫都笑了。

浣芳因姐姐姐夫同在相陪，心中大快，不覺早入黑甜鄉中。玉甫清閒無事，敲過十一點鐘，就與漱芳並頭睡下。漱芳反覆床中，久不入睡。玉甫知其爲浣芳，婉言勸道：『她小孩子，發個把寒熱，沒什麼要緊。你也剛好了沒兩天，當心點喨。』漱芳道：『不是呀；我這心不曉得怎麼長著的，隨便什麼事，想起了個頭，一直想下去，就睡不著，自己要丟開點也不成功。』玉甫道：『這不就是你的病根嘿。這可不要去想了。』漱芳道：『這時候我就想到了我的病。我生了病，倒是她第一個先發急。有時候你不在這兒，就是她嘿陪陪我。別人看見了也討厭；她陪著我，還要想出點花頭要我快活。這時候她的病，我也曉得不要緊，讓她去好了，心上總好像不行。』

玉甫再要勸時，忽聞那頭浣芳翻了個身，轉面向外。漱芳坐起身，叫聲『浣芳』，不見答應；再去按她額角，寒熱未退；夾被已掀下半身，再蓋上些，漱芳纔轉身自睡。玉甫續勸道：『你心裡同她好，不要去瞎費心。你就想了一夜，她的病還是沒好；倘若你倒爲了睡不著生起病來，不是更加不好？』漱芳長嘆道：『她也可憐，生了病就是我一個人替她當心點！』玉甫道：『那當心點好了，想個這麼些幹什麼！』

這頭說話，不想浣芳一覺初醒，依稀聽見，柔聲緩氣的叫：『姐姐。』漱芳忙問：『可要喫茶？』浣芳說：『不要喫。』漱芳道：『那麼睡噥。』浣芳應了；半晌，復叫『姐姐』，說道：『我怕！』玉甫接嘴道：『我們都在這兒，怕什麼呀？』浣芳道：『有個人在後頭門外頭！』玉甫道：『後頭門關好在那兒，你做夢呀。』又半晌，浣芳轉叫『姐夫』，說道：『我要翻過來一塊睡！』漱芳接嘴道：『不要！姐夫許了你睡在這兒，你倒鬧個沒完！』

浣芳如何敢强，默然無語。又半晌，似覺浣芳微微有呻吟之聲。玉甫乃道：『我翻過去陪她罷。』漱芳也應了。

玉甫更取一個小枕頭，換過那頭去睡。浣芳大喜，縮手斂足鑽緊在玉甫懷裡。玉甫不甚怕熱，僅將夾被撩開一角。浣芳睡定卻仰面問玉甫道：『姐夫，剛才跟姐姐說什麼？』玉甫含糊答了一句。浣芳道：『可是說我啊？』玉甫道：『不要作聲了。姐姐爲了你睡不著，你還要鬧！』浣芳始不作聲。一夜無話。

次日，漱芳睡足先醒，但自覺懶懶的，仍躺在大床上。等到十一點鐘，玉甫浣芳同時醒來，漱芳急問浣芳寒熱。玉甫代答道：『好了；天亮時候就涼了。』浣芳亦自覺鬆快爽朗，和玉甫穿衣下床，洗臉梳頭喫點心，依然一個活潑潑地小孩子。獨是漱芳筋弛力懈，氣索神疲。別人見慣，渾若尋常；惟玉甫深知漱芳之病，發一次重一次，臉上不露驚慌，心中早在焦急。

比及晌午開飯，浣芳關切，叫道：『姐姐，起來噥。』漱芳懶於開口，聽憑浣芳連叫十來聲，置若罔聞。浣芳高聲道：『姐夫，來噥！姐姐怎麼不作聲了呀！』漱芳厭煩，掙出一句道：『我要睡，不要作聲。』玉甫忙拉開浣芳，叮嚀道：『你不要去鬧；姐姐不舒服。』浣芳道：『爲什麼不舒服了呀？』玉甫道：『就爲了你嘍。你的病過給了姐姐，你倒好了。』浣芳發急道：『那教姐姐再過給我好了呀！我生了病，一點都不要緊。姐夫陪著我，跟姐姐講點話，倒蠻開心的呀！』玉甫不禁好笑，卻道：『我們喫飯去罷。』浣芳無心喫飯，僅陪玉甫應一應卯。

飯後，李秀姐聞訊出來，親臨撫慰，憂形於色。玉甫說起『昨日傳聞有個先生，我想去請了來看。』漱芳聽得，搖手道：『你哥哥說我喜歡生病，還要問他請先生！』玉甫道：『我就去問錢子剛好了。』漱芳方沒甚話。李秀姐乃攛掇玉甫去問錢子剛請那先生。

註①室內掛一大塊布，由傭僕捧曳生風。

註②補出適才『徘徊顧影，對鏡多時』的緣故。是焦慮，不是顧影自憐。

第卅六回

絕世奇情打成嘉耦　回天神力仰仗良醫

按陶玉甫從東興里坐轎往後馬路錢公館投帖謁見。錢子剛請進書房，送茶登炕。寒暄兩句，玉甫重復拱手，奉懇代邀高亞白爲李漱芳治病。子剛應了，卻道：『亞白這人有點脾氣，說不定來不來。剛好今天晚上亞白教我東合興喫酒，我去跟他當面說了，就差人送信過來，好不好？』陶玉甫再三感謝，鄭重而別。

錢子剛待至晚間，接得催請條子，方坐包車往東合興里大腳姚家。姚文君房間鋪在樓上，即係向時張蕙貞所居。錢子剛進去，只有葛仲英和主人高亞白兩人廝見讓坐。

錢子剛趁此時客尚未齊，將陶玉甫所託一節代爲佈達。高亞白果然不肯去。錢子剛因說起陶李交好情形，委曲詳盡。葛仲英亦爲之感嘆。適値姚文君在旁聽了，跳起來問道：『可是說的東興里李漱芳？她跟陶二少爺眞正要好得呵——！我碰見好幾回，總是一塊來一塊去。爲什麼要生病？這時候有沒好啦？』錢子剛道：『這時候爲了沒好，要請你的高老爺看。』姚文君轉向高亞白道：『那你一定要去看好了她的。上海把勢裡，客人騙倌人，倌人騙客人，大家不要面孔。剛剛有兩個要好了點，偏偏不爭氣，生病了。你去看好了她，讓他們不要面孔的客人倌人看看榜樣！』

葛仲英不禁好笑。錢子剛笑問高亞白如何。亞白雖已心許，故意搖頭。急得姚文君跑過去，揣住高亞白手腕，問道：『為什麼不肯去看？可是應該死的？』亞白笑道：『不看嚜不看了噦，為什麼呀？』文君瞋目大聲道：『不成功！你要說得出道理就不看好了！』葛仲英帶笑排解道：『文君還要去上他當！像李漱芳的人，他曉得了，蠻高興看的。』姚文君放手，還看定高亞白，咕噥道：『你可敢不去看！拉也拉了你去！』亞白鼓掌狂笑道：『我這人倒給你管住了！』文君道：『你自己不講道理嚜！』

錢子剛乃請高亞白約個時日。亞白說是『明天早上。』子剛令自己車夫傳話於李漱芳家。

轉瞬間車夫返命，呈上陶玉甫兩張名片，請高錢二位，上書『翌午杯茗候光』，下註『席設東興里李漱芳家』。高亞白道：『那這時候我們先去請他。』忙寫了請客票，令相幫送去。陶玉甫自然就來。可巧和先請的客——華鐵眉尹癡鴛——同時並至。高亞白即喊起手巾，大家入席就座。

這高亞白做了主人，殷勤勸酬，無不盡量。席間除陶玉甫涓滴不飲之外，惟華鐵眉爭鋒對壘，旗鼓相當。尹癡鴛自負猜拳，絲毫不讓。至如葛仲英錢子剛，不過胡亂應酬而已。

當下出局一到，高亞白喚取雞缸杯，先要敬通關。首座陶玉甫告罪免戰。亞白說：『代代好了。』玉甫勉强應命，所輸為李浣芳取去令大阿金代了。臨到尹癡鴛划拳，癡鴛計議道：『你一家子代酒的人多得要命在這兒，我就是林翠芬一個人，太喫虧了嘍！』亞白道：『那麼大家不代！』癡鴛說好。亞白竟連輸三拳，連飲三杯。其餘三關，或代或否，各隨其人。

亞白將雞缸杯移過華鐵眉面前。鐵眉道：『你通關不好算什麼，還要擺個莊才好。』亞白說：『等會擺。』鐵眉遂自擺二十杯的莊。尹癡鴛只要播弄高亞白一個，見孫素蘭爲華鐵眉代酒，並無一言。

不多時　二十杯打完。華鐵眉問：『誰擺莊？』大家嘿嘿相視，不去接受。高亞白推尹癡鴛。癡鴛道：『你先擺，我來打。』亞白照樣也是二十杯。癡鴛攘臂特起，銳不可當。亞白划一拳，輸一拳。姚文君要代酒，癡鴛不准。五拳以後，亞白益自戒嚴，乘虛搗隙，方纔贏了三拳。癡鴛自飲兩杯，一杯係林翠芬代的。亞白只是冷笑。癡鴛佯爲不知。姚文君氣得別轉頭去。

癡鴛飲畢，笑道：『換人打罷。』癡鴛並座是錢子剛，只顧和黃翠鳳唧唧說話，正在商量秘密事務，沒有工夫打莊，讓葛仲英出手。仲英覺得這雞缸杯大似常式，每輸了拳必欲給吳雪香分飲半杯。尹癡鴛也不理會。但等高亞白輸時，癡鴛忙代篩一杯酒送與亞白，道：『你是好酒量，自己去喫。』

亞白接來要飲。姚文君突然搶出，一手按住，道：『慢點！他們代，爲什麼我們不代？拿來！』亞白道：『我自己喫。我這時候正要喫酒呢。』文君道：『你要喫酒嘍，等會散了，你一個人去喫一罎子好了；這時候一定要代的！』說著，一手把亞白袖子一拉。亞白不及放手，乒乓一聲將一隻仿白定窰的雞缸杯砸得粉碎，潑了亞白一身的酒。席間齊喫一嚇。連

二十二

錢子剛黃翠鳳的說話都嚇住了。侍席娘姨拾去磁片，絞把手巾替高亞白揩拭紗衫。尹癡鴛嚇得連聲勸道：『代了罷！代了罷！等會兩個人再要打起來，我是嚇不起的！』說著，忙又代篩一杯酒，逕送與姚文君。文君一口呷乾。癡鴛喝一聲采。

錢子剛不解癡鴛之言，詫異動問。癡鴛道：『你怎麼不曉得他的相好是打成功的呀？起先倒不過這樣，打一回好一回，這時候是打不開的了！（註①）』子剛道：『為什麼要打噦？』癡鴛道：『怎曉得他們。一句話不對就打；打的時候大家不讓，打過了又要好了。這種小孩子可叫人生氣！』文君鼻子裡嗤的一笑，斜視癡鴛，道：『我們嘜是小孩子，你大多少？』癡鴛順口答道：『我大嘜不大，也可以用得了！你可要試試看？』文君說聲『噢唷』，道：『養了你把你帶大了點，連討便宜也會了！誰教了你的乖呀？』

說笑之間，高亞白的莊被錢子剛打敗，姚文君更代兩杯。錢子剛一氣連贏，勢如破竹，但打剩三杯，請華鐵眉後殿。

這莊既完，出局閧散，尹癡鴛要減半，僅擺十杯。葛仲英錢子剛又合夥也擺十杯。高亞白見陶玉甫在席，可止則止，不甚暢飲，為此撤酒用飯。陶玉甫臨去，重申翌午之約。高亞白親自應承，送至樓梯邊而別。

陶玉甫仍歸東興里李漱芳家，停轎於客堂中，悄步進房，只見房內暗昏昏地只點著梳妝檯上一盞長頸燈台，大床前茜紗帳子重重下垂，李秀姐和阿招在房相伴。玉甫低聲問秀姐如何。秀姐不答，但用手往後指指。

玉甫隨取洋燭手照（註②），向燈點了，揭帳看視，覺得李漱芳氣喘絲絲，似睡非睡，不像從前病時光景。玉甫舉起手照，照照面色。漱芳睜開眼來，看定玉甫，一言不發。玉甫按額角，摸手心，稍微有些發燒，問道：『可好點？』漱芳半晌纔答『不好』二字。玉甫道：『你自己覺得哪裡不舒服？』漱芳又半晌答道：『你不要急喨！我沒什麼。』

玉甫退出帳外，吹滅洋燭，問秀姐：『晚飯有沒喫？』秀姐道：『我說了半天，叫她喫點稀飯，剛剛呷了一口湯，稀飯是一粒也沒喫下去。』

玉甫見說，和秀姐對立相視，嘿然良久，忽聽得床上漱芳叫聲『媽』，道：『你去喫煙好了。』秀姐應道：『曉得了。你睡罷。』

適值李浣芳轉局回家，忙著要看姐姐；見李秀姐陶玉甫皆在，誤猜姐姐病重，大驚失色。玉甫搖手示意，輕輕說道：『姐姐睡著了在那兒。』浣芳方放下心，自去對過房間換掉出局衣裳。漱芳又在床上叫聲『媽』道：『你去喨。』秀姐應道：『噢，我去了。』卻回頭問玉甫：『可到後頭去坐會？』

玉甫想在房亦無甚事，遂囑阿招『當心』，跟秀姐從後房門踅過後面秀姐房中。坐定，秀姐道：『二少爺，我要問你：起先她生了病，自己發急，說說話就哭；這時候我去看她，一句都沒說什麼；問問她，閉攏了一隻嘴，好像要哭，眼淚倒也沒有；這是爲什麼？』玉甫點頭道：『我也在說，比起先兩樣了點。明天問聲先生看。』秀姐又道：『二少爺，我想到一樁事，還是她小時候，城隍廟裡去燒香，給叫化子圍住了，嚇了一嚇；這就去替她打三天醮，求求城隍老爺，好不好？』玉甫道：『那也行。』

說話時，李浣芳也跑來尋玉甫。玉甫問：『房裡可有人？』浣芳說：『阿招在那兒。』秀姐向浣芳道：『那你也去陪陪喨。』

玉甫見浣芳踟躕，便起身辭了秀姐，挈著浣芳，同至前邊李漱芳房間，躡手躡腳，向大床前皮椅上偎抱而坐。阿招得閒，暫溜出外，一時寂靜無聲。

浣芳在玉甫懷裡，定睛呆臉，口咬指頭，不知轉的甚麼念頭。玉甫不去提破，怔怔看她，只覺浣芳眼圈兒漸漸作紅色，眶中瑩瑩的如水晶一般。玉甫急拍肩膀，笑而問道：『你想到了個什麼寃枉啊？』浣芳亦自失笑。

阿招在外，聽不清楚，只道玉甫叫喚，應聲而至。玉甫回她『沒什麼。』阿招轉身欲行。漱芳並未曾睡著，叫聲『阿招』，道：『你完了事睡罷。』阿招答應，轉問玉甫：『可要喫稀飯？』玉甫說：『不要。』阿招因去沖茶。漱芳叫聲『浣芳』道：『你也去睡了呀！』浣芳那裡肯去。玉甫以權詞遣之道：『昨天晚上給你鬧了一夜，姐姐就生了病；你再要睡在這兒，媽要說了。』適值阿招送進茶壺，並喊浣芳，也道：『媽叫你去睡。』浣芳沒法，方跟阿招出房。

玉甫本待不睡，但恐漱芳不安，只得掩上房門，躺在外床，裝做睡著的模樣；惟一聞漱芳輾轉反側，便周旋伺應，無不臻至。漱芳於天亮時候，鼻息微鼾，玉甫始得睡了一覺，卻爲房外外場往來走動，即復驚醒。漱芳勸玉甫：『多睡會。』玉甫只推說：『睡醒了。』

玉甫看漱芳似乎略有起色，不比昨日一切厭煩，趁清晨沒人在房，親切問道：『你到底還有什麼不稱心？可好說說看？』漱芳冷笑，道：『我嘿哪會稱心！你也不用問了嘿！』玉甫道：『要是沒什麼別的嘿，等你病好了點，城裡去租好房子，你同媽搬了去，堂子裡托了帳房先生，你兄弟一塊管管，你說好不好？』

漱芳聽了，大拂其意，『咳』的一聲，懊惱

益甚。（註③）玉甫著慌陪笑，自認說錯。漱芳倒又嗔道：『誰說你錯啦？』玉甫無可搭訕，轉身去開房門喊娘姨大阿金。不想浣芳起得絕早，從後跑出，叫聲『姐夫』，問知姐姐好點，亦自歡喜。迨阿招起來，與大阿金收拾粗畢，玉甫遂發兩張名片令外場催請高錢二位。

俟至日色近午，錢子剛領高亞白踵門赴召。玉甫迎入對過李浣芳房間，廝見禮畢，安坐奉茶。高亞白先開言道：『兄弟初到上海，並不是行醫；因子剛兄傳說尊命，辱承不棄，不敢固辭。可好先去診一診脈，以後再閒談，如何？』

陶玉甫唯唯遵依。阿招忙去預備停當，關照玉甫。玉甫囑李浣芳陪錢子剛少坐，自陪高亞白同過這邊李漱芳房間。漱芳微微叫聲『高老爺』，伸出手來，下面墊一個外國式小枕頭（註④）。亞白斜簽坐於床沿，用心調氣，細細的診；左右手皆診畢，叫把窗簾揭起，看過舌苔，仍陪往對過房間。李浣芳親取筆硯詩箋排列桌上。阿招磨起墨來。錢子剛讓開一邊。

陶玉甫請高亞白坐下，訴說道：『漱芳這病還是去年九月裡起的頭，受了點風寒，發幾個寒熱，倒也不要緊；到今年開春不對了，一直壞壞好好，就像常在生病。病也不像是寒熱；先是胃口薄極，飲食漸漸減下來，有兩天一點不喫，身上皮肉也瘦到個沒譜子。在夏天五六月裡，好像稍微好點，那麼皮膚裡還是有點發熱，就不過沒睡倒。她自己爲了好點嘿，太不當樁事了，前天坐馬車到明園去了一趟，昨天就睡倒，精神氣力一點都沒有。有時心裡煩躁，嘴裡就要氣喘；有時昏昏沉沉，問她一聲不響。一天就喫半碗光景稀飯，喫下去也都變了痰。夜裡睡不著，睡著了嘿出冷汗。她自己覺得不對，還要哭。不曉得可有什麼方法？』

高亞白乃道：『此乃癆瘵之症。去年九月裡起病時候就用了「補中益氣湯」，一點沒什麼要緊。算是發寒熱嘿，也誤事點。這時候這病也不是爲了坐馬車，本底子要復發了。其原由於先天不足，氣血兩虧，脾胃生來嬌弱之故。但是脾胃弱點還不至於成功癆瘵，大約其爲人必然絕頂聰明，加之以用心過度，所以憂思煩惱，日積月累，脾胃於是大傷。脾胃傷則形容羸瘦，四肢無力，咳嗽痰飲，吞酸噯氣，飲食少進，寒熱往來。此之謂癆瘵。這以後是豈只脾胃，心腎所傷實多。厭煩盜汗，略見一斑。過兩天還有腰膝冷痛，心常忪悸，亂夢顛倒，多少毛病，都要到了！』玉甫插口道：『怎麼不是呀，這時候就有這麼個毛病：睡覺時常要大驚大喊，醒過來說是做夢；至於腰膝，疼了好久了。』

亞白提筆蘸墨，想了一想，道：『胃口既然淺薄，恐怕喫藥也難噥。』玉甫攢眉道：『是呀！她還有諱病忌醫的脾氣最不好。請先生開好方子，喫了三四帖，好點嘿停了。有個丸藥方子，索性沒喫。』

當下高亞白兔起鶻落的開了個方子，前敍脈案，後列藥味，或拌或炒，一一註明，然後授與陶玉甫。錢子剛也過來倚桌同觀。李浣芳只道有甚頑意兒，扳開玉甫臂膊要看，見是滿紙草字，方罷了。

玉甫約略過目，拱手道謝重問道：『還要請教：她病了嘿，喜歡哭，喜歡說話，這時候不哭不說了，可是病勢中變？』亞白道：『非也。從前是焦躁，這時候是昏倦，都是心經毛病。倘能得無思無慮，調攝得宜，比喫藥還要靈。』

子剛亦問道：『這個病可會好啊？』亞白道：『沒有什麼不會好的病。不過病了好久，好嘍也慢點。眼前個把月總不要緊；大約過了秋分，那就有點把握，可以望痊癒了。』

陶玉甫聞言，怔了一會，便請高亞白錢子剛寬坐，親把方子送到李秀姐房間。秀姐初醒，坐於床中。玉甫念出脈案藥味，並述適間問答之詞。秀姐也怔了，道：『二少爺，這可怎麼樣噥？』玉甫說不出話，站在當地發獃。直至外面擺好檯面，只等起手巾，大阿金一片聲請二少爺，玉甫纔去下方子而出。

註①指兩隻狗交合，打狗拆散它們。

註②有一耳可握的輕便西式燭台。

註③想必因爲這樣就成了他的外室，而且反而失去與他一同赴宴，同去同回的權利——現在就連病着，她的娘姨大姐還是跟着他寸步不離，比較放心。

註④有荷葉邊的。

第卅七回

慘受刑高足枉投師　强借債闊毛(註①)私狎妓

按陶玉甫出至李浣芳房間，當請高亞白錢子剛入席。賓主三人，對酌清談，既無別客，又不叫局。李浣芳和准琵琶要唱。高亞白說：『不必了。』錢子剛道：『亞白哥喜歡聽大曲，唱支大曲罷。我替你吹笛。』阿招呈上笛子。錢子剛吹，李浣芳唱。唱的是『小宴』中『天淡雲閒』兩段。高亞白偶然興發，接著也唱了『賞荷』中『坐對南薰』兩段。錢子剛問陶玉甫：『可高興唱？』玉甫道：『我喉嚨不好；我來吹，你唱罷。』子剛授過笛子，唱『南浦』這齣，竟將『無限別離情，兩月夫妻，一旦孤另』一套唱完。高亞白喝聲采。李浣芳乖覺，滿斟一大觥酒奉勸亞白。亞白因陶玉甫沒甚心緒，這觥飲乾，就擬喫飯。玉甫滿懷抱歉，復連勸三大觥始罷。

一會兒席終客散，陶玉甫送出客堂，匆匆回內。高亞白仍與錢子剛並肩聯袂，同出了東興里。亞白在路問子剛道：『我倒不懂，李漱芳她的親生娘兒弟妹子再加上陶玉甫，都蠻要好，沒一樣不稱心，爲什麼生到這麼個病？』

子剛未言先嘆道：『李漱芳這人嘿不應該喫把勢飯。親生娘不好，開了個堂子。她沒法子做的生意，就做了玉甫一個人，要嫁給玉甫。倘若玉甫討去做小老婆，漱芳倒沒什麼不肯，碰著個玉甫一定要算大老婆，這下子玉甫的叔伯哥嫂，姨夫舅舅，多少親眷都不許，說是討倌人做大老婆，場面上下不來。漱芳曉得了，為了她自己本底子不情願做倌人，這時候做嘿就像沒做，倒都說她是個倌人，她自己也可好說「我不是倌人」？這樣一氣嘿，就氣出這病。』亞白亦為之唏噓。

兩人一面說，一面走。恰到了尚仁里口，高亞白別有所事，拱手分路。錢子剛獨行進衖，相近黃翠鳳家，只見前面一個倌人，手扶娘姨，步履蹣跚，循牆而走。子剛初不理會，及至門首，方看清是諸金花。金花叫聲『錢老爺』，即往後面黃二姐小房間裡去。

子剛趕上樓來，黃珠鳳黃金鳳爭相迎接，各叫『姐夫』，簇擁進房，黃翠鳳問：『諸金花哴？』子剛說：『在下頭。』金鳳恐子剛有甚祕密事務，假作要看諸金花，挈了珠鳳走避下樓。

翠鳳和子剛坐談片刻，壁上掛鐘正敲三下。子剛知道羅子富每日必到，即欲興辭。翠鳳道：『那也再坐會好了。忙什麼呀？』子剛躊躇間，適值珠鳳金鳳跟著諸金花來見翠鳳。子剛便不再坐，告別逕去。

諸金花一見翠鳳，噙著一泡眼淚，顫巍巍的叫聲『姐姐』，說道：『我前幾天就要來看姐姐，一直走不動，今天是一定要來了。姐姐可好救救我？』說著，嗚咽要哭。翠鳳摸不著頭腦，問道：『什麼呀？』

金花自己撩起褲管給翠鳳看。兩隻腿膀，

一條青，一條紫，盡是皮鞭痕跡，並有一點一點鮮紅血印，參差錯落，似滿天星斗一般。此係用煙籤燒紅戳傷的。翠鳳不禁慘然道：『我交代你，做生意嘸巴結點，你不聽我話，打得這樣子！』金花道：『不是呀！我這媽不比此地的媽，做生意不巴結自然要打，巴結了還要打哩！這時候就為了一個客人來了三四趟，媽說我巴結了他了，這就打呀！』

翠鳳勃然怒道：『你隻嘴可會說噠？』金花道：『說的呀！就是姐姐教給我的話。我說要我做生意嘸不打，打了生意不做了！我媽為了這句話，索性關了房門，喊郭孝婆幫著，揿牢了榻床上，一直打到天亮，還要問我可敢不做生意！』翠鳳道：『問你嘸，你就說一定不做，讓她們打好了嘸！』金花攢眉道：『那可是姐姐喲，疼得沒辦法了呀！再要說不做啊，說不出來了呀！』翠鳳冷笑道：『你怕疼嘸，應該做官人家去做太太小姐的呀，可好做倌人？』

金鳳珠鳳在旁，嗤的失笑。金花羞得垂頭嘿然坐著。翠鳳又問道：『鴉片煙可有呢？』金花道：『鴉片煙有一缸在那兒，碰著了一點點就苦死了的，哪喫得下啊？還聽見過喫了生鴉片煙要迸斷了腸子死的，多難受！』翠鳳伸兩指著實指定金花，咬牙道：『你這鏟頭東西！』一句未終，卻頓住嘴不說了。

誰知這裡說話，黃二姐與趙家媽正在外間客堂中並排擺兩張方桌把漿洗的被單鋪開縫紉；聽了翠鳳之言，黃二姐耐不住，特到房裡，笑向翠鳳道：『你要拿自己本事教給她嘸，這輩子不成功的了！你去想，上月初十邊上進去，就是諸十全的客人，姓陳的，喫了一檯酒，撐撐她的場面。到這時候一個多月，說有一個客人裝一檔乾濕，打三趟茶圍；哪曉得這客人倒是她老相好，在洋貨店裡櫃檯上做生

意，喫了晚飯來嘍，總要到十二點鐘走。本家這就說了話了，諸三姐趕了去打她呀。』翠鳳道：『酒沒有嘍，局出了幾個呀？』黃二姐攤開兩掌，笑道：『統共一檔乾濕，哪來的局呀！』

翠鳳欻地直跳起身問金花道：『一個多月做了一塊洋錢生意，可是教你媽去喫屎？』金花那裡敢回話。翠鳳連問幾聲，推起金花頭來道：『你說噥！可是教你媽去喫屎？你倒還要找樂子，做恩客！』黃二姐勸開翠鳳道：『你去說她做什麼？』翠鳳氣得瞪目哆口嚷道：『諸三姐這不中用的人！有力氣打她嘍打死了好了嘍！擺在那兒還要賠錢！』黃二姐跺腳道：『好了呀！』說著，捺翠鳳坐下。

翠鳳隨手把桌子一拍道：『趕她出去！看見了叫人生氣！』這一拍太重了些，將一隻金鑲玳瑁釧臂斷作三段。黃二姐『咳』了一聲，道：『這可哪來的晦氣！』連忙丟個眼色與金鳳。金鳳遂挈著金花要讓進對過房間。金花自覺沒臉，就要回去。黃二姐亦不更留。倒是金鳳多情，依依相送。送至庭前，可巧遇著羅子富在門口下轎。金花不欲見面，掩過一邊，等子富進去，纔和金鳳作別，手扶娘姨，緩緩出尚仁里，從寶善街一直向東，歸至東棋盤街繪春堂隔壁得仙堂。

諸金花遭逢不幸，計較全無，但望諸三姐不來查問，苟且偷安而已。不料次日飯後，金花正在客堂中同幾個相幫笑罵爲樂，突然郭孝婆摸索到門招手喚金花。金花猛喫一嚇，慌的過去。郭孝婆道：『有兩個蠻好的客人，我替你做個媒人，這可巴結點可曉得？』金花道：

『客人在哪呀？』郭孝婆道：『哪，來了。』

金花擡頭看時，一個是清瘦後生，一個有鬚的，瘸著一條腿，各穿一件雪青官紗長衫。金花迎進房間，請問尊姓。後生姓張，有鬚的說是姓周。金花皆不認識。郭孝婆也只認識張小村一個。外場送進乾濕。金花照例敬過，即向榻床燒鴉片煙。郭孝婆挨到張小村身旁，悄說道：『她嘿是我外甥女兒，你可好照應照應？隨便你開消好了。』小村點點頭。郭孝婆道：『可要喊個檯面下去？』小村正色禁止。郭孝婆俄延一會，復道：『那麼問聲你朋友看，好不好？』小村反問郭孝婆道：『這個朋友你可認得？』郭孝婆搖搖頭。小村道：『周少和呀。』

郭孝婆聽了，做嘴做臉，溜出外去。金花裝好一口煙，奉與周少和。少和沒有癮，先讓張小村。

小村見這諸金花面貌唱口應酬並無一端可取，但將鴉片煙暢吸一頓，仍與少和一同踅出得仙堂，散步逍遙，無拘無束，立在四馬路口看看往來馬車，隨意往華衆會樓上泡一碗茶以爲消遣之計。

兩人方纔坐定，忽見趙樸齋獨自一個接踵而來，也穿一件雪青官紗長衫，嘴邊啣著牙嘴香煙，鼻端架著墨晶眼鏡，紅光滿面，氣象不同，直上樓頭，東張西望。小村有心依附，舉手招呼。樸齋竟不理會，從後面煙間內團團兜轉，踅過前面茶桌邊，始見張小村，即問：『可看見施瑞生？』小村起身道：『瑞生沒來。你找他？就在這兒等一會了呀。』

樸齋本待絕交，意欲於周少和面前誇耀體面，因而趁勢入座。小村喊堂倌再泡一碗。少和親去點根紙吹，授過水煙筒來。樸齋見少和一步一拐，問是爲什麼。少和道：『樓上跌下來，跌壞的。』小村指樸齋向少和道：『我們一夥人就挨著他運氣最好，我同你兩個人都是倒霉人：你跌壞了腳，我蹩腳了！』

樸齋問吳松橋如何。小村道：『松橋也不

好，巡捕房裡關了幾天，剛剛放出來。他的親生爹要跟他借錢，鬧了一場，幸虧外國人不曉得；不然生意也歇了！』少和道：『李鶴汀回去了可出來？』小村道：『郭孝婆跟我說，要快出來了。爲了他叔叔生了楊梅瘡，到上海來看，他一塊來。』樸齋道：『你在哪看見這郭孝婆？』小村道：『郭孝婆找到我棧房裡，說是她外甥女兒在么二上，請我去看，就剛才同少和去裝了檔乾濕。』少和訝然道：『剛才那就是郭孝婆！我倒不認得！失敬得極了！前年我經手一樁官司就辦這郭孝婆拐逃嚶！』小村恍然道：『怪不得她看見你有點怕。』少和道：『怎麼不怕呀！這時候再要收她長監，一張稟單好了！』

樸齋偶然別有會心，側首尋思，不復插嘴。少和小村也就無言。三人連飲五六開茶，日云暮矣，趙樸齋料這施瑞生遊蹤無定，無處堪尋，遂向周少和張小村說聲『再會』，離了華衆會，逕歸三馬路鼎豐里家中，回報妹子趙二寶，說是施瑞生找不著。二寶道：『明天你早點到他家裡去請。』樸齋道：『他不來嚶，請他做什麼？我們好客人多得要命在這兒。』二寶沉下臉道：『叫你請個客人你就不肯去，就會喫飽了飯出去逛，還有什麼用場！』樸齋惶急改口道：『我去！我去！我不過說說罷了。』二寶纔回嗔斂怒。

其時趙二寶時髦已甚，每晚碰和喫酒，不止一檯，席間撤下的小碗送在趙洪氏房裡任憑趙樸齋雄啖大嚼，酣暢淋漓，喫到醉醺醺時，便倒下繩床，冥然罔覺，固自以爲極樂世界矣。

這日，趙樸齋奉妹子之命親往南市請施瑞生，瑞生並不在家，留張名片而已。樸齋暗想此刻逕去覆命，必要說我不會幹事，不若且去王阿二家，重聯舊好，豈不妙哉？比及到了新街口，卻因前番曾遭橫逆，打破頭顱，故此格外謹愼，先至隔壁訪郭孝婆做個牽頭，預爲退步。郭孝婆歡顏晋接，像天上掉下來一般，安置樸齋於後半間稍待，自去喚過王阿二來。

王阿二見是樸齋，眉花眼笑，扭捏而前，親親熱熱的叫聲『哥哥』，道：『房裡去嘛。』樸齋道：『就此地罷。』一面脫下青紗衫，掛在支帳竹竿上。王阿二遂央郭孝婆關照老娘姨，一面推樸齋坐於床沿，自己趴在樸齋身上，勾住頸項說道：『我嘿一直記掛死了你，你倒發了財了把我忘了！我不幹！』樸齋就勢兩手合抱問道：『張先生可來？』王阿二道：『你還要說張先生！蹩腳了呀！我們這兒還欠十幾塊洋錢，不著槓！』

樸齋因歷述昨日小村之言。王阿二跳起來道：『他有錢倒去么二上攀相好！我明天去問他一聲看！』樸齋按住道：『你去嘿，不要說起我嘛！』王阿二道：『你放心，不關你事。』

說著，老娘姨送過煙茶二事，仍回隔壁看守空房。郭孝婆在外間聽兩人沒些聲息，知已入港，因恐他人再來打攪，親去門前把風。哨探好一會，忽然聽得後半間地板上歷歷碌碌，一陣腳聲，不知何事，進內看時，只見趙樸齋手取長衫要穿，王阿二奪下不許，以致扭結做一處。郭孝婆道：『忙什麼呀？』王阿二盛氣訴道：『我跟他商量：「可好借十塊洋錢給我，煙錢上算好了。」他回報了我沒有，倒站起來就走！』樸齋求告道：『我這時候沒有嘿，過兩天有了嘿拿來，好不好？』王阿二不依，道：『你要過兩天嘿，長衫放在這兒，拿了十塊洋錢來拿！』樸齋跺腳道：『你要我命了！教我回去說什麼呀？』

郭孝婆做好做歹，自願作保，要問樸齋定個日子。樸齋說是月底。郭孝婆道：『就是月底也沒什麼；不過到了月底，一定要拿來的噥。』王阿二給還長衫，亦著實囑道：『月底你不拿來嘿，我自己到你鼎豐里來請你去喫碗茶！（註②）』

樸齋連聲唯唯，脫身而逃，一路尋思，自悔自恨，卻又無可如何；歸至鼎豐里口，遠遠望見家門首停著兩乘官轎，拴著一匹白馬；踅進客堂，又有一個管家踞坐高椅，四名轎班列坐兩旁。

樸齋上樓，正待回話，卻值趙二寶陪客閒談，不敢驚動，只在簾子縫裡暗地張覷，兩位客人，惟認識一位是葛仲英，那一位不認識的，身材俊雅，舉止軒昂，覺得眼中不曾見過這等人物；仍即悄然下樓，踅出客堂，請那管家往後面帳房裡坐。探問起來，方知他主人是天下聞名極富極貴的史三公子；祖籍金陵，出身翰苑；行年弱冠，別號天然；今爲養疴起見，暫作滬上之游，賃居大橋一所高大洋房，十分涼爽，日與二三知己杯酒談心；但半月以來尚未得一可意人兒承歡侍宴，未免辜負花晨月夕耳。

樸齋聽說，極口奉承，不遺餘力，并問知這管家姓王，喚做小王，係三公子貼身服侍掌管銀錢的。樸齋意欲得其歡心，茶煙點心，絡繹不絕。小王果然大喜。

將近上燈時候，娘姨阿虎傳說，令相幫叫菜請客。樸齋得信，急去稟明母親趙洪氏，擬另叫四色葷碟，四道大菜，專請管家。趙洪氏無不依從。等到樓上坐席以後，帳房裡也擺將起來，奉小王上坐，樸齋在下相陪，喫得興致飛揚，杯盤狼藉。

無如樓上這檯酒僅請華鐵眉朱藹人兩

人，席間冷清清的，兼之這史三公子素性怯　趨出立候。三公子送過三位，然後小王伺候三熱，不耐久坐，出局一散，賓主四人，閧然出　公子登轎，自己上馬，魚貫而去。席，皆令轎班點燈，小王只得匆匆喫口乾飯，

註①北方妓院男僕俗稱『撈毛』，想指陰毛，因為妓女接客後洗濯，由男僕出去倒掉腳盆水。

註②在茶館『喫講茶』，請流氓出面評判曲直。

第卅八回

史公館癡心成好事　山家園雅集慶良辰

按趙樸齋眼看小王揚鞭出街，轉身進內見趙洪氏，告知史三公子的來歷，趙洪氏甚是快慰；遂把那請客回話擱起不提。不想接連三日，天氣異常酷熱，並不見史三公子到來。

第四日，就是六月三十了，趙樸齋起個絕早，將私下積聚的洋錢湊成十圓，逕往新街，敲開郭孝婆的門，親手交明，囑其代付。樸齋即時遄返，料定母親妹子尚未起身，不致露出破綻。惟大姐阿巧勤於所事。樸齋進門，阿巧正立在客堂中蓬著頭打呵欠。樸齋搭訕道：『還早呢，再睡會了呀。』阿巧道：『我們是要幹活的。』樸齋道：『可要我來幫你做？』阿巧道是調戲，掉頭不理。樸齋倒自以爲得計。

將近上午，忽有一縷烏雲起於西北，頃刻間，彌滿寰宇，遮住驕陽，電掣雷轟，傾盆下注。約有兩點鐘時，雨停日出。趙二寶新妝纔罷，正自披襟納爽，開閣承涼，却見一人走得喘吁吁地，滿頭都是油汗，手持局票，闖入客堂。隨後樸齋上樓鄭重通報，說是三公子叫的，叫至大橋史公館。二寶亦欣然坐轎而去。

誰知這一個局，直至傍晚，竟不歸家。樸齋疑惑焦躁，竟欲自往相迎。可巧娘姨阿虎和兩個轎班空身回來。樸齋大驚失色，瞪出眼睛，急問：『人㖠？』阿虎反覺好笑，轉身回趙洪氏道：『二小姐嘿，不回來了。三公子請她公館裡歇夏，包她十個局一天。梳頭的東西跟衣裳叫我這時候就拿去。』

洪氏沒甚言語。樸齋嗔責阿虎道：『你膽倒大的哦，把她放了生，回來了！』阿虎道：『二小姐叫我回來的呀。』樸齋道：『下回這可當心點！闖了窮禍下來，你做娘姨的可喫得消？』阿虎也沉下臉道：『你不要發急嘛！我也四百塊洋錢在這兒呀！可有什麼不當心的？從小在把勢裡，到這時候做娘姨，你去問聲看，闖了什麼窮禍啊？』

樸齋對答不出，默然而退。還是洪氏接嘴道：『你不要去聽他的，快點收拾好了去罷。』

阿虎直咕噥到樓上，尋得洋袱（註①），打成兩包，辭洪氏自去了。

樸齋滿心忐忑，終夜無眠，復和母親商議，買許多水蜜桃鮮荔枝，裝盒盛筐，齋往探望；叫輛東洋車，拉過大橋堍，迤邐問到史公館門首，果然是高大洋房，兩旁攔檻上列坐四五個方面大耳挺胸凸肚的，皆穿烏皮快靴，似乎軍官打扮。樸齋吶吶然道達來意。那軍官手執油搭扇，只顧招風，全然不睬。樸齋鞠躬鵠立，待命良久，忽一個軍官回過頭來喝道：『外頭去等著！』

樸齋諾諾，退出牆下，對著滿街太陽，逼得面紅吻燥。幸而昨日叫局的那人，牽了匹馬，緩緩而歸。樸齋上前拱手，求他通知小王。那人把樸齋略瞟一眼，竟去不顧。

一會兒，卻有一個十三四歲孩子飛奔出

來，一路喊問：『姓趙的在哪兒？』樸齋不好接口答應，悄地望內窺探。那軍官復瞪目喝道：『喊了呀！』樸齋方諾諾提筐欲行。孩子拉住問道：『你可是姓趙？』樸齋連應『是的』。孩子道：『跟我來。』

樸齋跟定那孩子，蹔進頭門，只見裡面一片二畝廣闊的院子，遍地盡種奇花異卉，上邊正屋是三層樓，兩旁廂房並係平屋。樸齋蹔過一條五色鵝卵石路，從廂房廊下穿去，隱約玻璃窗內有許多人科頭跣足，闊論高談。

孩子引樸齋一直兜轉正屋後面，另有一座平屋，小王已在簾下相迎。樸齋慌忙趨見，放下那筐，作一個揖。小王讓樸齋臥房裡坐，幷道：『這時候沒下樓，寬寬衣，喫筒煙，正好。』

孩子送上一鍾便茶。小王令孩子去打聽，道：『下樓了嘿給個信。』孩子應聲出外。小王因說起『三老爺倒喜歡你妹子，說你妹子像是人家人。倘若對勁了，眞正是你的運氣！』樸齋只是諾諾。小王更約略教導些見面規矩，樸齋都領會了。

適值孩子隔窗叫喚，小王知道三公子必已下樓，教樸齋坐在這兒，匆匆跑去；須臾，跑來掀簾招手。樸齋仍提了筐，跟定小王，繞出正屋簾前。小王接取那筐，帶領謁見。三公子踞坐中間炕上，滿面笑容，旁侍兩個禿髮書童。樸齋叫聲『三老爺』，側行而前，叩首打千。三公子頷首而已。小王附近稟說兩句，三公子蹙額向樸齋道：『送什麼禮呀！』樸齋不則一聲。三公子目視小王。小王即掇隻矮腳酒杌，放在下首，令樸齋坐下。

俄而聽得堂後樓梯上一陣小腳聲音，隨見阿虎攙了二寶，從容款步，出自屏門。樸齋起身屏氣，不敢正視。二寶叫聲『哥哥』，問聲媽，別無他語。阿虎插嘴道：『可是二小姐蠻好在這裡？』樸齋自然忍受。三公子吩咐小王道：『同他外頭坐會兒，喫了飯了去。』

樸齋聽說，側行而出，（註②）仍與小王同至後面臥房。小王囑道：『你不要客氣，要什麼嘿說。我有事去。』當喚那孩子在房服侍。小王重復跑去。

樸齋獨自一個踱來踱去，壁上掛鐘敲過一點始見打雜的搬進一盤酒菜，擺在外間桌上。那孩子請樸齋上坐獨酌。樸齋略一沾唇，推托不飲。孩子殷勤勸酹。樸齋不忍拂意，連舉三杯。小王卻又跑來，不許留量，定要盡壺，自己也篩一杯相陪。樸齋只得勉力從命。

正欲講話，突然一個禿髮書童喚出小王。小王就和書童偕行，不知甚事。樸齋喫畢飯，洗過臉，等得小王回房，提著空筐，告辭道謝。小王道：『三老爺睡著了，二小姐還要說句話。』

樸齋諾諾，仍跟定小王，繞出正屋簾前。小王令他暫候，傳話進去。隨有書童將簾子捲起鈎住。趙二寶扶著阿虎，立在門限內說道：『回去跟媽說，我要初五才回來呢。局票來嘿，說是到蘇州去了。（註③）』

樸齋也諾諾而出。小王竟送到大門之外，還說：『過兩天來玩玩。』樸齋坐上東洋車，逕回鼎豐里，把所見情形細細告訴母親。趙洪氏欣羨之至。

迨初五日，趙樸齋預先往聚豐園定做精緻點心，再往福利洋行將外國糖餅乾水果各色買些。待至下午，小王頂馬而來，接著兩乘官轎，一乘中轎，齊於門首停下。中轎內走出阿虎，攙了趙二寶，隨史公子進門。樸齋搶下打個千兒。三公子仍是頷首。

及到樓上房裡，三公子即向二寶道：『教你媽出來見見。』二寶令阿虎去請。趙洪氏本不願見，然無可辭，特換一套元色生絲（註④）衫裙，靦腆上樓，只叫得『三老爺』三字，臉上已漲得通紅。三公子也只問問年紀飲食，便了。二寶乃向三公子道：『你坐會，我同媽下頭去。』三公子道：『沒什麼事嚜，早點回去。』

二寶應『噢』，挈趙洪氏聯步下樓，踅進後面小房間。洪氏始覺身心舒泰，因問二寶：『還要到哪去？』二寶道：『回去呀，還是他公館裡。』洪氏道：『這回去了，幾天回來呀？』二寶道：『說不定。初七嚜山家園齊大人請他，他要同我一塊去，到他花園裡玩兩天再說。』洪氏著實叮嚀道：『你自己要當心[口娘]！他們大爺脾氣，要好的時候好像好得要命，推扳了一點點要板面孔的[口娘]！』

二寶見說這話，向外一望，掩上房門，挨在洪氏身旁，切切說話：說這三公子承嗣三房，親生這房雖已娶妻，尚未得子，那兩房兼祧嗣母，商議各娶一妻，異居分炊，三公子恐娶來未必皆賢，故此因循不決。洪氏低聲急問道：『那麼有沒說有娶你呢？』二寶道：『他說先到家裏同他嗣母商量，還要說定了一個，這就兩個一塊娶了去。叫我生意不要做了，等他三個月，他預備好了再到上海。』

洪氏快活得嘻開嘴合不攏來。二寶又道：『這可教哥哥公館裏不要來，過兩天做了舅爺坍臺死了！水果也不要去買，他們好些在那裏。應該要送他東西還怕我不曉得！』

洪氏聽一句點一點頭，沒得半句回答。二寶再有多少話頭，一時却想不起。洪氏催道：『有一會了，他一個人在那兒，你上去罷。』

二寶趔趄着腳兒，慢慢離了小房間，剛踅

至樓梯半中間，從窗格眼張見帳房中樸齋與小王並頭橫在榻上吸煙，再有大姐阿巧緊靠榻前胡亂搭訕。二寶心中生氣，縱步回房。

史三公子等二寶近身，隨手拉她衣襟，悄說道：『回去了呀。還有什麼事啊？』二寶見桌上擺著燒賣饅頭之類，遂道：『你也喫點我們的點心嘛。』三公子道：『你替我代喫了罷。』二寶只做沒有聽見，掙脫走開，令阿虎傳命小王打轎。

三公子竟像新女婿樣子，臨行還叫二寶轉稟洪氏，代言辭謝。洪氏怕羞不出，但將買的各色糖餅乾水果裝滿筐中，付阿虎隨轎帶去。二寶回顧攢眉。洪氏附耳說道：『放在這兒沒什麼人喫呀，你拿了去給他們底下人，對不對？』

二寶不及阻擋，趕出門首，和三公子同時上轎。當下小王前驅，阿虎後殿，一行人滔滔汩汩往大橋北堍史公館而歸。看門軍官挺立迎候。轎夫抬進院子，停在正屋階前。史三公子趙二寶下轎登堂，並肩閒坐。

三公子見阿虎提進那筐，問：『是什麼呀？』阿虎笑道：『倒是外國貨，除了上海沒有的嘛。』三公子揭蓋看時，呵呵大笑。二寶手抓一把，揀一粒松子，剝出仁兒，遞過三公子嘴邊，笑道：『你嘗嘗看，總算我媽一點意思。』三公子憮然正容，雙手來接。引得二寶阿虎都笑。

三公子卻喚禿髮書童取那十景盆中供的香櫞撤去，即換這糖餅乾水果，分盛兩盆，高庋天然几上。二寶見三公子如此志誠，感激非常，無須贅筆。

過了一日，正逢七夕佳期，史三公子絕早吩咐小王預備一切應用物件。趙二寶盛妝豔服，分外風流。待至十點鐘時，接得催請條子，三公子二寶仍於堂前上轎，僅帶小王阿虎同行，經大馬路，過泥城橋，抵山家園齊公館大門首。門上人稟請稅駕花園；又穿過一條街，即到花園正門。門楣横額刻著『一笠園』三個篆字。

園丁請進，轎子直抬至鳳儀水閣纔停。高亞白尹癡鴛迎於廊下。史天然趙二寶歷階而升，就於水閣中少坐。接著蘇冠香姚文君林翠芬皆上前廝喚。史天然怪問何早。蘇冠香道：『我們三個人來了兩天了呀。』尹癡鴛道：『韻叟是個風流廣大教主，前兩天爲了亞白文君兩個人請他們喫「合巹杯」，今天嘿專誠請閣下同貴相好做個「乞巧會」。』

談次，齊韻叟從閣右翩翩翔步而出。史天然口稱『年伯』，揖見問安。齊韻叟謙遜兩句，顧見趙二寶，問：『可是貴相好？』史天然應『是』。趙二寶也叫聲『齊大人』。齊韻叟帶笑近前攜了趙二寶的手，上上下下打量一遍，轉向高亞白尹癡鴛點點頭道：『果然是好人家風範！』趙二寶見齊韻叟年逾耳順，花白鬍鬚，一片天眞，十分懇摯，不覺樂於親近起來。

於是大家坐定，隨意閒談。趙二寶終未稔熟，不甚酬對。齊韻叟敎蘇冠香領趙二寶去各處玩去。姚文君林翠芬亦自高興。四人結隊成羣，就近從閣左下階。階下萬竿修竹，綠蔭森森，僅有一線羊腸曲徑。竹窮徑轉，便得一溪，隱隱見隔溪樹影中，金碧樓台，參差高下，只可望而不可即。

四人沿著溪岸穿入月牙式的十二迴廊。廊之兩頭並嵌著草書石刻，其文曰『横波檻』。過了這廊則珠簾畫棟，碧瓦文琉，聳翠凌雲，流丹映日。不過上下三十二楹，插游於其中者，一若對霤連甍，千門萬戶，倀倀乎不知所之：故名之曰『大觀樓』。樓前奇峯突起，是爲『蜿蜓嶺』。嶺下有八角亭，是爲『天心亭』。自堂距嶺，新蓋一座棕櫚涼棚，以補其隙。棚下排列茉莉花三百餘盆，宛然是『香雪海』。

四人各摘半開花蕊，簪於鬢端。忽聞高處有人聲喚，仰面看時，卻係蘇冠香的大姐，叫做小青，手執一枝荷花，獨立亭中，笑而招手。蘇冠香喊她下來，小青渺若罔聞，招手不止。姚文君如何耐得，飛身而上，直造其巓，不知爲了甚麼，張著兩手，招得更急。林翠芬道：『我們也去看噥。』說著，縱步撩衣，願爲先導。蘇冠香只得挈趙二寶從其後，遵循磴道，且止且行，嬌喘微微，不勝困憊。

原來一笠園之名蓋爲一笠湖而起。其形象天之圜，故曰『笠』；約廣十餘畝，故曰『湖』。這一笠湖居於園中央，西南鳳儀水閣之背，西北當蜿蜒嶺之陽。從蜿蜒嶺俯覽全園，無不可見。

蘇冠香趙二寶既至天心亭，遙望一笠湖東南角釣魚磯畔有一簇紅妝翠袖，攢聚成團，大姐娘姨絡繹奔赴，問小青：『什麼事？』小青道：『是個娘姨採了一朵荷花，看見個罾，隨手就扳，剛剛扳著蠻大的金鯉魚，這就大家在看。』蘇冠香道：『我當看什麼好東西，倒走得腳嘿疼死了！』趙二寶亦道：『我穿的平底鞋，都要跌哩。』

姚文君還嫌道不仔細，定欲親往一觀；趁問答時，早又一溜煙趕了去。林翠芬欲步後塵，那裡還追得及。三人再坐一會，方慢慢趦上蜿蜒嶺。林翠芬道：『我要去換衣裳。』就於大觀樓前分路自去。

蘇冠香見大觀樓窗寮四敞，簾幙低垂，四五個管家，七手八腳調排桌椅，因問道：『可是在這兒喫酒？』管家道：『這兒是晚上，這時候便飯在鳳儀水閣裡喫了。』

蘇冠香無語，挈趙二寶仍由原路同回鳳儀水閣來。只見水閣中衣裳環珮，香風四流，又來了華鐵眉葛仲英陶雲甫朱藹人四客，連孫素蘭吳雪香覃麗娟林素芬皆已在座。惟姚文君脫去外罩衣服，單穿一件小袖官紗衫，靠在臨湖窗檻上，把一把蒲葵扇不住的搖。蘇冠香問道：『你跑了去有沒看見？』文君說不出話，努了努嘴。冠香回頭去看，一隻中號荷花缸放在冰桶架上，內盛著金鯉魚，眞有一尺多長。趙二寶也略瞟一眼。

當下掇開兩隻方桌，擺起十六碟八炒八菜尋常便菜，依照向例，各帶相好，成雙作對的就座。一桌爲華鐵眉葛仲英陶雲甫朱藹人，一桌爲史天然高亞白尹癡鴛齊韻叟。大家擧杯相屬，俗禮胥捐。趙二寶尙覺含羞，垂手不動。齊韻叟說道：『你到這兒來，不要客氣，喫酒喫飯總一塊喫。你看她們呀。』

說時，果見姚文君夾了半隻醉蟹，且剝且喫，且向趙二寶道：『你不喫，沒誰來跟你客氣，等會餓著。』蘇冠香笑著，執箸相讓，夾塊排南，送過趙二寶面前。二寶纔也喫些。高亞白忽問道：『她自己身體嘿，爲什麼做倌人？』史天然代答道：『總不過是過不下去。』齊韻叟長嘆道：『上海這地方，就像是陷阱！跌下去的人不少喨！』史天然因說：『她還有一個親眷，一塊到上海，這時候也做了倌人了。』尹癡鴛忙問：『名字叫什麼？在哪兒？』趙二寶接嘴道：『叫張秀英，同覃麗娟一塊在西公和。』尹癡鴛特呼隔桌陶雲甫，問其如何。雲甫道：『蠻好，也是人家人樣子。可要叫她來？』癡鴛道：『等會去叫，這時候要喫酒了。』

於是齊韻叟請史天然行個酒令。天然道：『好玩點的酒令，都行過了，沒有了嘿。』適管家上第一道菜，魚翅。天然一面喫一面想，想那桌朱藹人陶雲甫不喜詩文，這令必須雅俗共賞爲妙，因宣令道：『有嘿有一個在這兒。拈席間一物，用四書句疊塔，好不好？』大家皆說：『遵令。』管家慣於伺候，移過茶几，取紫檀文具撬開，其中筆硯籌牌，無一不備。

史天然先飲一觥令酒，道：『我就出個「魚」字，拈鬮定次，末家接令。』在席八人，當拈一根牙籌，各照字數寫句四書在牙籌上，註明別號爲記。管家收齊下去，另用五色箋謄正呈閱。兩席出位爭觀。

行了幾次，有說『雞』的，有說『肉』的。輪到高亞白，且不接令，自己斟滿一觥酒，慢慢喫著。尹癡鴛道：『可是要喫了酒過令了？』高亞白道：『你倒奇怪喏，酒也不許我喫了！你要說嘿你就說了。』癡鴛笑著，轉令管家先將牙籌派開。亞白喫完，大聲道：『就是「酒」好了！』齊韻叟呵呵笑道：『在喫酒，怎麼「酒」字都想不起來！』大家不假思索，一揮而就：

酒：
沽酒（亞）
不爲酒（仲）
鄉人飲酒（鐵）
博奕好飲酒（天）
詩云既醉以酒（藹）
是猶惡醉而强酒（雲）
曾元養曾子必有酒（韻）
有事弟子服其勞有酒（癡）

高亞白閱畢，向尹癡鴛道：『你去說罷！挨著了！』癡鴛略一沉吟，答道：『你罰了一雞缸杯，我再說。』亞白道：『爲什麼要罰啊？』癡鴛道：『造塔嘿要塔尖的呀！「肉雖多」，「魚躍于淵」，「雞鳴狗吠相聞」，都是有尖的塔。你說的酒，四書句子「酒」字打頭可有啊？』

齊韻叟先鼓掌道：『駁得有理！』史天然不覺點頭。高亞白沒法只得受罰，但向尹癡鴛道：『你這人就叫「囚犯碼子」！最喜歡扳差頭！』癡鴛不睬，即說令道：『我想起個「粟」字，四書上好像不少。』亞白聽了譁道：『我也要罰你了！這時候在喫酒，哪來的「粟」呀？』一手取過酒壺，代斟一觥。癡鴛如何肯服，引得閧堂大笑。

大家喫到微醺，亦欲留不盡之興以卜其夜。齊韻叟遂令管家盛飯。

飯後，大家四出散步，三五成羣，惟主人齊韻叟自歸內室去睡中覺。

高亞白尹癡鴛帶著姚文君林翠芬及蘇冠香相與躑躅湖濱，無可消遣；偶然又踅至大觀樓前，見那三百盆茉莉花已盡數移放廊下，涼棚四周掛著密密層層的五色玻璃球，中間棕櫚梁上用極粗綆索掛著一丈五尺圓圍的一箱煙火。蘇冠香指點道：『說是從廣東叫人來做的呀。不曉得可好看。』尹癡鴛道：『有什麼好看！還是不過是煙火就是了！』林翠芬道：『不好看嘌人家爲什麼拿幾十塊洋錢去做它呀？』姚文君道：『我一直沒看見過煙火，倒先要看看它什麼樣子。』說著，踅下臺階，仔細仰視。

卻又望見一人飛奔而來，文君不認得係齊府大總管夏餘慶，只見他上前匆匆報道：『客人來了。』高亞白尹癡鴛同蘇冠香姚文君林翠芬閧然走避。踅過九曲平橋，迎面假山坡下有三間留雲榭，史天然華鐵眉在內對坐圍棋，趙二寶孫素蘭倚案觀局。一行人隨意立定。

突然半空中吹來一聲崑曲，倚著笛韻，悠悠揚揚，隨風到耳。林翠芬道：『誰在唱？』蘇冠香道：『梨花院落裡教曲子了啵。』姚文君道：『不是的，我們去看。』就和林翠芬尋聲向北，於竹籬眼中窺見箭道之旁三十三級石臺上乃是葛仲英吳雪香兩人合唱，陶雲甫擫笛，覃麗娟點鼓板。姚文君早一溜煙趕過箭道，奮勇先登。害得個林翠芬緊緊相從，汗流氣促。幸而甫經志正堂前，即被姐姐林素芬叫住，喝問：『跑了去做什麼？』翠芬對答不出。素芬命其近前，替她整理釧鈿，埋怨兩句。

翠芬見志正堂中間炕上朱藹人橫躺著吸鴉片煙。翠芬叫聲『姐夫』，爬在炕沿陪著姐姐講些閒話，不知不覺，講出由頭，竟一直講到天晚。各處當值管家點起火來。志正堂上只點三盞自來火，直照到箭道盡頭。

接著張壽報說：『馬師爺在這兒了』。朱藹人乃令張壽收起煙盤，率領林素芬翠芬前往赴宴。一路上皆有自來火，接遞照耀。將近大觀樓，更覺煙雲繚繞，燈燭輝煌。不料樓前反是靜悄悄的，僅有七八個女戲子在那裡打扮。原來這席面設在後進中堂，共是九桌，勻作三層。

諸位賓客，畢至咸集，紛紛讓坐。正中首座係馬師爺，左爲史天然，右爲華鐵眉。朱藹人既至後進，見尹癡鴛坐的這席尚有空位，就於對面坐下。林素芬林翠芬並肩連坐。其餘後叫的局，有肯坐的留著位置，不肯坐的亦不相強。庭前穿堂內原有戲臺，一班家伎扮演雜劇。鑼鼓一響，大家只好飲酒聽戲，不便閒談。主人齊韻叟也無暇敬客，但說聲『有褻』而已。

一會兒，又添了許多後叫的局，索性擠滿一堂。并有叫雙局的。連尹癡鴛都另叫一個張秀英，見了趙二寶，點首招呼。二寶因施瑞生多時絕跡，不記前嫌，欲和秀英談談，終爲衆聲所隔，不得暢敍。

比及上過一道點心，唱過兩齣京調，趙二寶擠得熱不過，起身離席，向尹癡鴛做個手勢，便拉了張秀英，由左廊抄出，逕往九曲平橋，徙倚欄杆，消停絮語；先問秀英：『生意可好？』秀英搖搖頭。二寶道：『姓尹的客人倒不錯，你巴結點做好了。』秀英點點頭。二寶問起施瑞生。秀英道：『你那兒來過幾趟？西公和一直沒來過呀。』二寶道：『這種客人靠不住，我聽說做了袁三寶了。』

秀英急欲問個明白。可巧東首有人走來，兩人只得住口。等到跟前，纔看清是蘇冠香。冠香道是兩人要去更衣，悄問二寶，正中了二寶之意。冠香道：『這時候我去喊琪官，我們就琪官那兒去罷。』

秀英二寶遂跟冠香下橋沿坡而北，轉過一片白牆，從兩扇黑漆角門推進看時，惟有一個老婆子在中間油燈下縫補衣服。蘇冠香逕引兩人登樓，趦至琪官臥房。琪官睡在床上，聞有人來，慌即起身，迎見三人，叫聲『先生』。冠香向琪官悄說一句。琪官道：『我們這兒是髒死了的嘛。』冠香接口道：『那也不用客氣了。』

趙二寶不禁失笑，自往床背後去。張秀英退出外間，靠窗乘涼。冠香因問琪官：『你可是不舒服？』琪官道：『不要緊的，就是喉嚨唱不出。』冠香道：『大人叫我來請你，唱不出不要唱了。你可去？』琪官笑道：『大人喊嘿，可有什麼不去的呀。要你先生請是笑話了。』冠香道：『不是呀，大人怕你不舒服了，躺著，問聲你可好去；就不去也沒什麼。』琪官滿口應承。

恰值趙二寶事畢洗手，琪官就擬隨行。冠香道：『那你也換件衣裳噥。』琪官訕訕的復換起衣裳來。

張秀英在外間忽招手道：『姐姐來看噥。（註⑤）這兒好玩。』趙二寶跟至窗前，向外望去，但見西南角一座大觀樓，上下四旁一片火光，倒映在一笠湖中，一條條異樣波紋，明滅不定。那管絃歌唱之聲，婉轉蒼涼，忽近忽遠，似在雲端裡一般。二寶也說好看，與秀英看得出神。直等琪官穿脫齊全，蘇冠香出房聲請，四人始相讓下樓出院，共循原路而回。回至半路，復遇著個大總管夏餘慶，手提燈籠，不知所往。見了四人，旁立讓路，並笑說道：『先生去看噥，放煙火了。』蘇冠香且行且問道：『那你去做什麼呀？』夏總管道：『我去喊個人來放；這個煙火說要他們做的人自己來放才好看。』說罷自去。

四人仍往大觀樓後進中堂。趙二寶張秀英各自歸席。蘇冠香令管家掇隻酒杌放在齊韻叟身旁，叫琪官坐下。

維時戲劇初停，後場樂人隨帶樂器移置前面涼棚下伺候。席間交頭接耳，大半都在講話。那琪官不施脂粉，面色微黃，頭上更無一些插戴，默然垂首，若不勝幽怨者然。齊韻叟自悔孟浪，特地安慰道：『我喊你來，不是唱戲，教你看看煙火，看完了去睡好了。』琪官起立應命。

須臾，夏總管稟說：『預備好了。』齊韻叟說聲『請。』侍席管家高聲奉請馬師爺及諸位老爺移步前樓看放煙火。一時賓客倌人紛紛出席。

註①日本製，傳統圖案的光滑的花布，比國內一般家中手製的粗白土布包袱精緻。

註②『側行而前，』復『側行而出，』乃滿洲禮節，見溥佳著『清宮回憶』（一九八三年四月二十三日聯合報）：『我們側身進入殿內，』朝見後又『側身退出來。』想是古禮，侍立的延伸。但是此書外從未見別處提過。倘是滿俗，清中葉後才在官場的僕役間普遍流行，可能源自最原始的時代，不以正面或背面對着貴人，表明卑賤的人近前，不敢有性的企圖。

註③也就是說回家鄉去一趟。因爲傳說蘇州出美人，高等妓女都算是蘇州人。

註④即藺綢。

註⑤張秀英比趙二寶大好幾歲，而客氣的稱她『姐姐』，顯出她們之間的新距離。——她們還是良家婦女的口吻，沒有不稱『姐姐』的避諱。

第卅九回

渡銀河七夕續歡娛　衝繡閣一旦斷情誼

說起衛霞仙性情與乃眷有些相似，後來便叫定一個衛霞仙。

當晚霞仙與龍池並坐首席，相隨賓客倌人趕出大觀樓前進廊下看放煙火。前進一帶窗寮盡行關閉，廊下所有燈燭盡行吹滅，四下裡黑魆魆地。

一時，粵工點著藥線，樂人吹打『將軍令』領頭。那藥線燃進窟窿，箱底脫然委地。先是兩串百子響鞭，噼噼啪啪，震得怪響。隨後一陣金星，亂落如雨。忽有大光明從箱內放出，

按這馬師爺別號龍池，錢塘人氏，年紀不過三十餘歲，文名蓋世，齊韻叟請在家中，朝夕領教。龍池謂韻叟華而不縟，和而不流，為酒地花天作砥柱，戲贈一『風流廣大教主』之名。每遇大宴會，龍池必想些新式玩法，異樣奇觀，以助韻叟之興。就是七夕煙火，即為龍池所作，僱募粵工，口講指劃，一月而成。

但龍池亦犯著一件懼內的通病，雖居滬瀆，不敢胡行。韻叟必欲替他叫局，龍池只得勉強應酬，初時不論何人，隨意叫叫，因龍池

如月洞一般，照得五步之內針芥畢現。

樂人換了一套細樂，纔見牛郎織女二人，分列左右，緩緩下垂。牛郎手牽耕田的牛，織女斜倚織布機邊，作盈盈凝望之狀。

細樂既止，鼓聲隆隆而起，乃有無數轉貫球雌雌的閃爍盤旋，護著一條青龍，翔舞而下，適當牛郎織女之間。隆隆者驀易羯鼓作爆豆聲，銅鉦喤然應之。那龍口中吐出數十月炮，如大珠小珠，錯落滿地，渾身鱗甲間冒出黃煙，氤氳醲郁，良久不散。看的人皆喝聲采。

俄而鉦鼓一緊，那龍顛首掀尾，接連翻了百十個筋斗，不知從何處放出花子，滿身環繞，跋扈飛揚，儼然有攪海翻江之勢。喜得看的人喝采不絕。

花子一住，鉦鼓俱寂。那龍也居中不動，自首至尾，徹裡通明，一鱗一爪，歷歷可數。龍頭尺木披下一幅手卷，上書『玉帝有旨，牛女渡河』八個字。兩旁牛郎織女作躬身迎詔之狀。樂人奏『朝天樂』以就其節拍，板眼一一吻合。看的人攢攏去細看，僅有一絲引線拴著手足而已。及那龍線斷自墮，伺候管家忙從底下抽出拎起來，竟有一人一手多長，尚有幾點未燼火星倏亮倏暗。

當下牛郎織女欽奉旨意，作起法來，就於掌心飛起一個流星，緣著引線，衝入箱內，鐘魚鐃鈸之屬，嗶剝叮噹，八音並作，登時飛落七七四十九隻烏鵲，高高低低，上上下下，佈成陣勢，彎作橋形，張開兩翅，兀自栩栩欲活。

看的人愈覺稀奇，爭著近前，并喝采也不及了。樂人吹起嗩吶，咿啞咿啞，好像送房合巹之曲。牛郎乃舍牛而升，織女亦離機而上，恰好相遇於鵲橋之次。

於是兩個人，四十九隻鳥鵲，以及牛郎所牽的牛，織女所織的機，一齊放起花子來。這花子更是不同：朵朵皆作蘭花竹葉，往四面飛濺開去，眞個是『火樹銀花合，星橋鐵鎖開』光景。連階下所有管家都看得興發，手舞足蹈，全沒規矩。

足有一刻時辰，陸續放畢，兩個人，四十九隻鳥鵲，以及牛郎所牽的牛，織女所織的機，無不徹裡通明，纔看淸牛郎織女面龐姣好，眉目傳情，作相傍相偎依依不捨之狀。

樂人仍用『將軍令』煞尾收場。粵工只等樂闋時，將引線放寬，紛紛然墜地而滅，依然四下裡黑黝黝地。

大家盡說：『如此煙火，得未曾有！』齊韻叟馬龍池亦自欣然。管家重開前進窗寮，請去後進入席。後叫的許多出局趁此閧散。衛霞仙張秀英也即辭別。琪官也即回房。諸位賓客生恐主人勞頓，也即不別而行。入席者寥寥十餘位。

齊韻叟要傳命一班家樂開臺重演，十餘位皆道謝告醉。韻叟因琪官不唱，興會闌珊，遂令蘇冠香每位再敬三大杯。冠香奉命離座。侍席管家早如數斟上酒。十餘位不待相勸，如數乾訖，各向冠香照杯。大家用飯散席。

齊韻叟道：『本來要與諸君作長夜之飲，但今朝人間天上，未便辜負良宵，各請安置，翌日再敘，如何？』說罷大笑。管家掌燈伺候。齊韻叟拱手告罪而去。馬龍池自歸書房。葛仲英陶雲甫朱藹人暨幾個親戚，另有臥處，管家各以燈籠分頭相送。惟史天然華鐵眉臥房即鋪設於大觀樓上，與高亞白尹癡鴛臥房相近。管家在前引導，四人隨帶相好，聯步登樓。先至史天然房內，小坐閒談。只見中間排著一張大床，簾櫳帷幙一律新鮮，鏡臺衣桁，粉奩唾盂，無不具備。史天然舉眼四顧，華鐵眉高亞白俱有相好陪件，惟尹癡鴛只做淸倌人林翠芬，因笑道：『癡鴛先先太寂寞了嘿！』癡鴛將翠芬肩膀一拍，道：『哪會寂寞啊！我們的小先生也蠻懂的了！』翠芬笑而脫走。

癡鴛轉向趙二寶要盤問張秀英出身底細。二寶正待敍述，卻被姚文君纏住癡鴛要盤問煙火怎樣做法。癡鴛回說：『不曉得。』文君道：『箱子裡可是藏個人在那兒做？』癡鴛道：『箱子裡有人嘿跌死了！』文君道：『那爲什麼像活的呢？』大家不禁一笑。華鐵眉道：『大約是提線傀儡之法。』文君仍不得解，想了一想，也不再問。

管家送進八色乾點，大家隨意用些，時則夜過三更，簷下所懸一帶絳紗燈搖搖垂滅。華鐵眉高亞白尹癡鴛及其相好就此興辭歸寢。娘姨阿虎疊被鋪床，服侍史天然趙二寶收拾安臥而退。

天然一覺醒來，臥聽得樹林中小麻雀兒作隊成羣，喧噪不已，急忙搖醒二寶，一同披衣起身；喚阿虎進房問時，始知天色尚早，但又不便再睡，且自洗臉漱口喫點心。阿虎排開奩具，即爲二寶梳妝。

天然沒事，閒步出房，偶經高亞白臥房門首，向內窺覷，高亞白姚文君都不在房。天然掀簾進去，見那房中除床榻桌椅之外，空落落的，竟無一幅書畫，又無一件陳設，壁間只掛著一把劍一張琴。惟有一頂素綾帳子，倒是密密畫的梅花，知係尹癡鴛手筆；一方青緞帳額，用鉛粉寫的篆字，知係華鐵眉手筆。天然正在賞鑒，忽聞有人高叫：『天然兒，到這兒來。』天然回頭望去，乃尹癡鴛隔院相喚；當即退出抄至對過癡鴛臥房。癡鴛適纔起身，剛要洗臉，迎見天然，暫請寬坐。這房中卻另是一樣，祇覺金迷紙醉，錦簇花團，說不盡綺靡紛華之概。天然倒不理會，但見靠窗書桌上堆著幾本草訂書籍，問是何書。癡鴛道：『去年韻叟刻了一部詩文，叫「一笠園同人全集」，還有些楹聯，匾額，印章，器銘，燈謎，酒令之類，一概扔了好像可惜，這就教我再選一部，就叫「外集」。選了一半，還沒發刻。』

天然取書在手，問道：『昨天的酒令可要選啊？』癡鴛道：『我想過了，「粟」字之外，還有「羊」字「湯」字好說，連「雞」「魚」「酒」「肉」，統共七個字。』天然道：『「粟」「羊」「湯」三個字……四書上哪來這麼些湯呀？』癡鴛遂笑念道：

『湯：于湯（註①）。五就湯。伊尹相湯。冬日則飲湯。由堯舜至於湯。伊尹以割烹要湯。囂囂然曰，吾何以湯。不識王之不可以爲湯。』

天然聽了，笑道：『你可是昨天晚上睡不著，一直在想？』癡鴛道：『我是沒什麼睡不著，你嘿恐怕來不及睡！』

說話時，趙二寶新妝既罷，聞得天然聲音，根尋而至，癡鴛眼光直上直下只看二寶，且笑道：『今天晚上這可要睡不著了！』二寶不解癡鴛所說云何，然亦知其爲己而發，別轉頭咕噥道：『隨便你去說什麼好了！』癡鴛慌自分辯。二寶那裡相信。天然呵呵一笑。

可巧管家來請午餐，三人乃起身隨管家下樓。這午餐擺在大觀樓下，前進中堂平開三桌。下首一桌早爲幾個親戚佔坐。齊韻叟蘇冠香等得史天然尹癡鴛趙二寶到來，讓於當中一桌坐下。隨見姚文君身穿官紗短衫袴，腰懸一壺箭，背負一張弓，打頭前行，後面跟著華鐵眉孫素蘭葛仲英吳雪香陶雲甫覃麗娟及朱藹人林素芬林翠芬高亞白十人，從花叢中迤邐登堂。姚文君卸去弓箭，就和衆人坐了上首一桌。惟林翠芬仍過這邊坐在尹癡鴛肩下。

酒過三巡，食供兩套，齊韻叟擬請行令。高亞白道：『昨日的酒令還沒完嘿。』史天然道：『有了。』歷述尹癡鴛所說『栗』『羊』『湯』三字，又教癡鴛念出『四書』疊塔句子。齊韻叟道：『難道八個字拼不滿？』尹癡鴛道：『倘若喫大菜，說個「牛」字也行。』高亞白道：『湯王作了什麼孽，放在許多畜生裡頭？』闔席大笑。

尹癡鴛慢慢喫著酒，問趙二寶道：『張秀英酒量可好？』二寶道：『你去做了她嘿，就曉得了嘛，問什麼呀！』陶雲甫道：『秀英酒量同你差不多，可要去試試看？』高亞白道：『癡鴛心心念念在張秀英身上，等會一定去。』尹癡鴛本自合意，不置一詞，草草陪著行過兩個容易酒令，然後終席。

消停一會，日薄崦嵫，尹癡鴛約齊在席衆人特地過訪張秀英，惟齊府幾個親戚辭謝不去。癡鴛擬邀主人齊韻叟。韻叟道：『我這時候不去；你倘若對勁了嘿，請她一塊到園裡來好了。』

癡鴛應諾，當即僱到七把皮篷馬車，分坐七對相好。林翠芬雖含醋意，尚未盡露，仍與尹癡鴛同車出一笠園，經泥城橋，由黃浦灘兜轉四馬路，停於西公和里。陶雲甫覃麗娟搶先下車導引衆人進衖至家，擁到樓上張秀英房間。秀英猝不及防，手忙腳亂。高亞白叫住道：『你不要睹應酬，快點喊個檯面下去，我們喫了點嘿回去了。』張秀英唯唯，立刻傳命外場，一面叫菜，一面擺席。朱藹人乘間隨陶雲甫踅往覃麗娟房間吸煙過癮。林翠芬不耐煩，拉了姐姐林素芬，相將走避。

趙二寶靜坐無聊，逕去開了衣橱，尋出一件東西，手招史天然前來觀看，乃是幾本春宮册頁。（註②）天然接來，授與尹癡鴛。癡鴛略一過目，隨放桌上，道：『畫得不好。』華鐵眉抽取其中稀破的一本展視，雖丹青黯淡，而神采飛揚，讚道：『蠻好嘿！』葛仲英在旁，也說：『還不錯！』但惜其殘缺不全，僅存七幅，又無圖章款識，不知何人所繪。高亞白因爲之搜討一遍，始末兩幅，若迎若送；中五幅，一男三女，面目差同；沉吟道：『大約是畫的小說故事。』史天然笑說：『不錯。』隨指一女道：『你看，有點像文君。』大家一笑丢開。外場絞上手巾。尹癡鴛請出客堂，人席就坐。

七人一經坐定，擺莊划拳，熱鬧一陣。高亞白見張秀英十分巴結，只等點心上席遂與史天然華鐵眉葛仲英各率相好不別而行。朱藹人也率林素芬林翠芬辭去，單留下陶雲甫尹癡鴛兩人。覃麗娟相知既深，無話可敍。張秀英聽了趙二寶，宛轉隨和，並不作態，奉承得尹癡鴛滿心歡喜。

到了初九日，齊府管家手持兩張名片，請陶尹二位帶局回園。陶雲甫向尹癡鴛道：『你去替我謝聲罷。今天晚上陳小雲請我，比一笠園近點。』尹癡鴛乃自率張秀英仍坐皮篷馬車偕歸齊府一笠園。

陶雲甫待至傍晚，坐轎往同安里金巧珍家赴宴，可巧和王蓮生同時並至，下轎廝見，相讓進門。不料衖口一批頑皮孩子之中，有個阿珠兒子，見了王蓮生，飛奔回家，逕自上樓，闖進沈小紅房間，報說：『王老爺在金巧珍那兒喫酒。』

恰値武小生小柳兒在內摟做一處，阿珠兒子驀見大驚，縮腳不迭。沈小紅老羞成怒，一頓喝罵。阿珠兒子不敢爭論，咕噥下樓。阿珠問知緣故，高聲頂嘴道：『他小孩子曉得什麼呀！起先你一趟一趟教他去看王老爺，這時候看見了王老爺回報你也沒錯嘿！你自己想想看，王老爺爲什麼不來？還有臉罵人！』小紅聽這些話如何忍得，更加拍桌跺腳，沸反盈天。阿珠倒冷笑道：『你不要鬧嘛！我們是娘姨呀！不對嘿好歇生意的嘛！』小紅怒極，嚷道：『要滾嘿就滾！什麼稀奇死了！』阿珠連聲冷笑，不復回言，將所有零碎細軟打成一包，挈帶兒子，辭別同人，蕭然竟去，暫於自己租的小房子混過一宿。比至清晨，阿珠令兒子看家，親去尋著薦頭人，取出舖蓋，復去告訴沈小紅的爺娘兄弟，志堅詞決，不願幫傭。

喫過中飯，阿珠方踅往五馬路王公館前舉手推敲，銅鈴即響；立候一會，纔見開門。阿珠見開門的是廚子，更不打話，直進客堂。卻被廚子喝住道：『老爺不在這兒，樓上去做什麼？』阿珠回答不出，進退兩難。幸而王蓮生的姪兒，適因聞聲跑下樓梯，問阿珠：『可有什麼話？』阿珠略敍大概，卻爲樓上張蕙貞聽見，喊阿珠上樓進房。阿珠叫聲『姨太太』，循規侍立。

蕙貞正在裹腳，即令阿珠坐下，問起武小生小柳兒一節。阿珠心中懷恨，遂傾筐倒篋而出之。蕙貞得意到極處，說一場，笑一場。尚未講完，王蓮生已坐轎歸家，一見阿珠，殊覺詫異，問蕙貞說笑之故。蕙貞歷述阿珠之言，且說且笑。蓮生終究多情，置諸不睬。

阿珠未便再講，始說到切己事情，道：『公陽里周雙珠要添娘姨，王老爺，可好薦薦我？』蓮生初意不允。阿珠求之再三，蓮生只得給與一張名片，令其轉懇洪善卿。

阿珠領謝而去。因天色未晚，阿珠就往公陽里來。只見周雙珠家門首早停著兩肩出局轎子，想其生意必然興隆；當下尋了阿金，問：『洪老爺可在這兒？』阿金道是王蓮生所使，不好怠慢，領至樓上周雙玉房間檯面上。席間僅有四位，係陳小雲湯嘯菴洪善卿朱淑人。阿珠向來熟識，逐位見過，袖出王蓮生名片，呈上洪善卿，說明委曲，堅求吹噓。

善卿未及開言，周雙珠道：『我們這兒就是這個房裡，巧囡一個人忙不過來，要添個人。你可要做做看好了？』阿珠喜諾，即幫巧囡應酬一會，接取酒壺，往廚房去添酒。下得樓梯，未盡一級，猛可裡有一幅洋布手巾從客堂屏門外甩進來罩住阿珠頭面。阿珠喫驚喊問：『什麼人？』那人慌的賠罪。阿珠認得是朱淑人的管家張壽，擲還手巾，暫且隱忍。

及阿珠添酒回來，兩個出局——金巧珍林翠芬——同時告辭。周雙珠亦欲歸房，連叫阿金，不見答應，竟不知其何處去了。阿珠忙說：『我來。』一手拿了荳蔻盒，跟到對過房間。等雙珠脫下出局衣裳，摺疊停當，放在櫥裡，又聽得巧囡高聲喊手巾。阿珠知檯面已散，忙來收拾。洪善卿推說有事，和陳小雲湯嘯菴一鬨散盡，只剩朱淑人一人未去。周雙玉陪著，想對含笑，不發一言。

阿珠湊趣，隨同巧囡避往樓下。巧囡引阿珠見周蘭。周蘭將節邊下腳分拆股數先與說知。阿珠無不遵命。周蘭再問問王蓮生沈小紅從前相好情形，并道：『這時候王老爺倒叫了我們雙玉十幾個局呢。』阿珠長嘆一聲，道：『不是我要說她壞話，王老爺待這沈小紅再要好也沒有了！』

一語未了，忽聞阿金兒子——名喚阿大的——從大門外一路哭喊而入。巧囝拔步奔出。阿珠頓住嘴，與周蘭在內探聽。那阿大只有哭，說不明白。倒是隔壁一個相幫特地報信道：『阿德保在打架呀，快點去勸嘛！』

周蘭一聽，料是張壽，急令阿珠喊人去勸。不想樓上朱淑人得了這信，嚇得面如土色，搶件長衫，披在身上，一溜煙跑下樓來，周雙玉在後叫喚，並不理會。

淑人下樓，正遇阿珠出房，對面相撞，幾乎仰跌。阿珠一把拉住，沒口子分說道：『不要緊的！五少爺，不要走嘛！』

淑人發急，用力灑脫，一直跑去，要出公陽里南口；於轉彎處，望見南口簇擁著一羣看的人塞斷去路，果然張壽被阿德保揪牢髮辮打倒在牆腳邊，看的人嚷做一片。淑人便轉身出西口，兜個圈子，由四馬路回到中和里家中，心頭兀自突突地跳。張壽隨後也至，頭面有幾搭傷痕，假說東洋車上跌壞的。淑人不去說破。張壽捉空央求淑人爲之包瞞。淑人應許，卻於背地誡飭一番。從此張壽再不敢往公陽里去，連朱淑人亦不敢去訪周雙玉。

倏經七八日，周雙玉挽洪善卿面見代請，朱淑人始照常往來。張壽由羨生妒，故意把淑人爲雙玉開寶之事當作新聞抵掌高談。傳入朱藹人耳中，盤問兄弟淑人：『可有這事？』淑人滿面通紅，垂頭不答。藹人婉言勸道：『玩玩本來不要緊，我也一直叫你去玩。起先周雙玉就是我替你去叫的局。你這時候爲什麼要瞞我嘛？我叫你玩，我有我的道理。你玩了還是要瞞我，這倒不對了嘿。』

淑人依然不答。藹人不復深言。誰知淑人

固執太甚，羞愧交并，竟致耐守書房，足不出戶；惟周雙玉之動作行爲，聲音笑貌，日往來於胸中，徵諸詠歌，形諸夢寐，不浹辰而懨懨病矣。藹人心知其故，頗以爲憂，反去請教洪善卿陳小雲湯嘯菴三人。三人心虛跼蹐，主意全無。會尹癡鴛在座，瞿然道：『這種事嘿，你要去同韻叟商量的嘛。』

朱藹人想也不差，即時叫部馬車請尹癡鴛並坐，逕至一笠園謁見齊韻叟。尹癡鴛先正色道：『我替你找到了一樁天字第一號的生意在這兒，你可要謝謝我？』齊韻叟不解所謂。朱藹人當把兄弟朱淑人的怕羞性格，相思病根，歷歷敍出緣由，求一善處之法。韻叟呵呵笑道：『這可有什麼要緊啊！請他到我園裡來，叫了周雙玉一塊玩兩天嘿好了。』癡鴛道：『不是你的生意到了？我嘿就像做了掮客！』韻叟道：『什麼掮客？你嘿就叫拆梢！』大家鬨然大笑。

韻叟定期翌日請其進園養疴。藹人感謝不盡。癡鴛道：『你自己倒不要來；他看見了哥哥，規規矩矩，不行的。』韻叟道：『我說他病好了，趕緊替他定親。』

藹人都說是極，拱手興辭，獨自一個乘車回家，急至朱淑人房中，問視畢，設言道：『高亞白說，這個病應該出門去散散心。齊韻叟就請你明天到他園子裡玩兩天。我想可以就近診脈，倒蠻好。』

淑人本不願去，但不忍拂哥哥美意，勉强應承。藹人乃令張壽收拾一切應用物件。次日是八月初五，日色平西，接得請帖，攙起淑人中堂上轎，擡往一笠園端門首，齊府管家引領轎班直進園中東北角一帶湖房前停下。

齊韻叟迎出，說聲不必作揖。淑人虛怯怯的下轎。韻叟親手相扶，同至裡間臥房，安置淑人於大床上。房中几案帷幙以及藥銚香爐粥盂參罐，位置井井。淑人深致不安。韻叟道：『不要客氣，你睡一會罷。』說畢，吩咐管家小心伺候，逕自踅出水閣去了。

淑人落得安心定神，朦朧暫臥。忽見面東窗外湖堤上，遠遠地有一個美人，身穿銀羅衫子，從蕭疏竹影內姍姍其來，望去絕似周雙玉，然猶疑爲眼花所致，詎意那美人繞個圈子，走入湖房。淑人近前逼視，不是周雙玉更是何人？

淑人始而驚訝，繼而惶惑，終則大悟大喜，不覺說一聲道：『噢！』雙玉立於床前，眼波橫流，嫣然一盼，忙用手帕掩口而笑。淑人掙扎起身，欲去拉手。雙玉倒退避開。淑人沒法，坐而問道：『你可曉得我生了病？』雙玉忍笑說道：『你這人噁也少有出見的！』淑人問是云何。雙玉不答。

淑人央及雙玉過來，手指床沿，令其並坐。雙玉見幾個管家皆在外間，努嘴示意，不肯過來。淑人搖搖手，又合掌膜拜，苦苦的央及。雙玉躊躇半晌，向桌上取茶壺篩了半鍾杏仁茶送與淑人，趁勢於床前酒杌上坐下。於是兩人喁喁切切，對面長談。談到黃昏時侯，淑人絕無倦容，病已去其大半。管家進房上燈，主人竟不再至，亦不見別個賓客。這夜雙玉親調一劑『十全大補湯』給淑人服下，風流汗出，二豎潛逃，但覺腳下稍微有些綿軟。

齊韻叟得管家報信，用一乘小小籃輿往迎淑人，相見於鳳儀水閣。淑人作揖申謝。韻叟不及阻止，但誡以後不得如此繁文。淑人只得領命，又與高亞白尹癡鴛拱手爲禮，相讓坐定。

正欲閒談，蘇冠香和周雙玉攜手並至。齊韻叟想起，向蘇冠香道：『姚文君張秀英可要去叫了來陪陪雙玉？』冠香自然說好。韻叟隨令管家傳喊夏總管，當面命其寫票叫局。夏總管承命退下，韻叟轉念，又喚回來，再命其發帖請客。請的是史天然華鐵眉葛仲英陶雲甫四位。夏總管自去照辦。

朱淑人特問高亞白飲食禁忌之品。亞白道：『這時候病好了，要趕緊調補，喫得下嚜最好了，沒什麼禁忌。』尹癡鴛插說道：『你應該問雙玉。雙玉的醫道比亞白好！』朱淑人聽說，登時面紅，無處藏躲。齊韻叟知他靦腆，急用別話岔開。

須臾，管家通報：『陶大少爺來。』隨後陶雲甫覃麗娟並帶著張秀英接踵而入，見了衆人，寒暄兩句。陶雲甫就問朱淑人：『貴恙好了？』淑人獨怕相嘲，含糊答應。

高亞白向陶雲甫道：『令弟相好李漱芳的病倒不好嘛。』雲甫驚問如何。亞白道：『今天我在看，就不過一兩天了。』雲甫不禁慨嘆，既而一想，漱芳既死，則玉甫的罣礙牽纏反可斷絕，為玉甫計未始不妙，茲且丟下不提。

註①商朝發源地。開國君主湯武王亦稱湯王。

註②趙二寶沒到張秀英處來過，而熟門熟路，逕自去開衣櫥找出畫冊，顯然知道她一向放在衣櫥裡。當然是施瑞生送她的，跟她與二寶同看的，大概也三人一同仿效過畫中姿勢。施瑞生初次在她們那裡過夜，次日傷風，想是春宮畫上的姿勢太體育化，無法蓋被；第二十六回寫他精力過人的持久性；時間長了，不蓋被更要著涼。二寶去開衣櫥取畫冊的一個動作，勾起無邊春色。

第四十回

拆鸞交李漱芳棄世　急鴒難陶雲甫臨喪（註①）

按一笠園中午餐在鳳儀水閣，臨時發帖請的客是陶雲甫先到，接著史天然華鐵眉暨葛仲英各帶相好，陸續齊集。齊韻叟爲朱淑人沉疴新癒，宜用酸辛等味以開其胃，特喚僱大菜師傅，請諸位任意點菜，就於水閣中並排三隻方桌，鋪上檯單，團團圍坐，每位面前放著一把自斟壺，不待相勸，隨量而飲。

齊韻叟猶嫌寂寞，問史天然：『上回你的四書疊塔倒不錯；再想想看，四書上可有什麼酒令？』天然尋思不得。華鐵眉道：『我想起了個花樣，要一個字有四個音，引四書句子作證。』因舉了個例子，衆人正議論間，突然侍席管家引進一個腳夫，直造筵前。雲甫認識，係兄弟陶玉甫的轎班，問他何事。那轎班鞠躬附耳悄地稟明一切。雲甫但道：『曉得了，就來。』那轎班也就退去。

高亞白問道：『可是李漱芳的凶信？』雲甫道：『不是；爲了玉甫的病。』亞白詫異道：『玉甫沒什麼病嘿。』雲甫攢眉道：『玉甫是自己在那兒要生病！漱芳生了病嘿，玉甫竟衣不解帶的服侍漱芳，接連幾夜沒睡，這時候也在發寒熱。漱芳的娘叫玉甫去睡，玉甫一定不肯，漱芳的娘這就打發轎班來請我去勸勸玉甫。』

齊韻叟點頭道：『玉甫漱芳都難得，漱芳的娘倒也難得！』雲甫道：『越是要好嘿，越是受累！玉甫前世裡總欠了她們多少債，今世在還！』闔席聽了，皆爲太息。

雲甫本意欲留下覃麗娟侍坐和興，麗娟不肯，早命娘姨收起銀水煙筒，荳蔻盒子。雲甫深爲抱歉，遍告失陪之罪。齊韻叟送至簾前而止。

陶雲甫覃麗娟下階登轎，另有兩個管家掌著明角燈籠平列前行，導出門首。兩肩轎子離了一笠園，往著四馬路滔滔遄返。覃麗娟自歸西公和里。陶雲甫卻往東興里李漱芳家。

及門下轎，踅進右首李浣芳房間，大阿金睃見，跟去加過茶碗，更要裝煙。雲甫揮去，令她『喊二少爺來。』大阿金應命去喊。

約有半刻時辰，陶玉甫纔從左首李漱芳房間趔趄而至，後面隨著李浣芳，見過雲甫，默默坐下。雲甫先問漱芳現在病勢。玉甫說不出話，搖了搖頭，那兩眼眶中的淚已紛紛然如脫線之珠，倉促間不及取手巾，只將袖口去掩。浣芳爬在玉甫膝前，扳開玉甫的手，怔怔的仰面直視。見玉甫掉下淚痕，浣芳哇的失聲便哭。大阿金呵禁不住，仍需玉甫叫她不要哭，浣芳始極力含忍。

雲甫睹此光景，亦覺慘然，宛轉說玉甫道：『漱芳的病也可憐，你一直住這兒服侍服侍，那也沒什麼；不過總要有點譜子才好。我聽見說，你在發寒熱，可有這事？』

玉甫呆著臉，眼注地板，不則一聲。雲甫再要說時，卻聞李秀姐聲音，在左首簾下低叫兩聲『二少爺』。玉甫惶急，撇下雲甫，一溜奔過。浣芳緊緊相隨。雲甫因有心看其病勢，也踱過左首房間，隔著圓桌望去，只見李漱芳坐在大床中，背後墊著幾條棉被，面色如紙，眼睛似閉非閉，口中喘急氣促；玉甫靠在床前，按著漱芳胸脯，緩緩往下揉挪；阿招蹲在裡床，執著一杯參湯；秀姐站在床隅，秉著洋燭手照；浣芳擠上去，被秀姐趕下，掩在玉甫後面偷眼張覷。

雲甫料病勢不妙，正待走開，忽覺漱芳喉嚨嗽的聲響，吐出一口稠痰。秀姐遞上手巾就口承接，輕輕拭淨。漱芳氣喘似乎稍定，阿招將銀匙舀些參湯候在唇邊。漱芳張口似乎吸受，雖餵了四五匙，僅有一半到肚。玉甫親切問道：『你心裡可好過？』連問幾遍，漱芳似乎抬起眼皮，略瞟一瞟，旋即沉下。

玉甫知其厭煩，抽身起立，秀姐回頭，放下手照，始見陶雲甫在前，慌說道：『啊唷！大少爺也在這兒？這兒髒死了，對過去請坐嚜。』

雲甫方轉步出房，秀姐令阿招下床留伴，自與玉甫浣芳一齊擁過右首房間。大家都不入座，立在當地，你望著我，我望著你。浣芳只怔怔的看看這個面色，看看那個面色，盤旋蹀躞，不知所爲。

還是秀姐開言道：『漱芳的病是總不行的了！起初我們都在望她好起來，這時候看她樣子不像會好。那也是沒法子。這她是不好了，我們好的人還是要過日子，可有什麼爲了她說不要活了？沒這個道理嘿。大少爺，對不對？』

玉甫在旁，聽到這裡，從丹田裡提起一口氣，咽住喉管，竟哭出聲來，連忙向房後溜去。雲甫只做不知。秀姐又道：『漱芳病了一個多月，上上下下，害了多少人！先是一個二少爺，辛苦了一個多月，成天成夜陪著她，睡也沒的睡。今天我摸摸二少爺頭上好像有點寒熱。大少爺倒要勸勸他才好。我跟二少爺說過：漱芳死了，還是要你二少爺照應點我。我眼睛裡看出的二少爺眞正像是我親人一樣！這時候漱芳曌病倒了，二少爺再要生了病，那可怎麼樣呢？』

雲甫聽了，蹙額沉思；遲迴艮久，復令大阿金去喊二少爺。大阿金找到左首房間，並不在內，問阿招，說『不在這兒』。誰知玉甫竟在後面秀姐房裡面壁而坐，嗚嗚飲泣。浣芳也哭著，拉衣扯袖，連聲叫『姐夫不要哭嘛！』大阿金找到了，說：『大少爺喊你去。』

玉甫勉强收淚，消停一會，仍挈浣芳出至右首房間，坐在雲甫對面。秀姐側坐相陪。雲甫乃將正言開導一番，說：男子從無殉節之理，就算漱芳是正室，只可以禮節哀，況名分未正者乎？

玉甫不待詞畢而答道：『大哥放心！漱芳有不多兩天了，我等她死了，後事預備好了，這就到家裡，從此不出大門好了！別的話，大哥不要去聽。漱芳也苦，生了病沒個稱心點人服侍，我爲了看不過，說說罷了。』雲甫道：『我說你也是個聰明人，難道想不穿？照你這樣說，也行；不過你有點寒熱，爲什麼不睡？』玉甫滿口應承，道：『白天睡不著，這要睡了，大哥放心。』

雲甫沒話，將行。秀姐卻道：『還有句話商量：前兩天漱芳樣子不好曌，我想替她沖沖喜（註②），二少爺總望她好，不許做，這時候可得要去做了嘛。再不做，怕來不及。』雲甫道：『那是做了擱在那兒好了；就好了，也不要緊。』說著起身。玉甫亦即侍立要送。浣

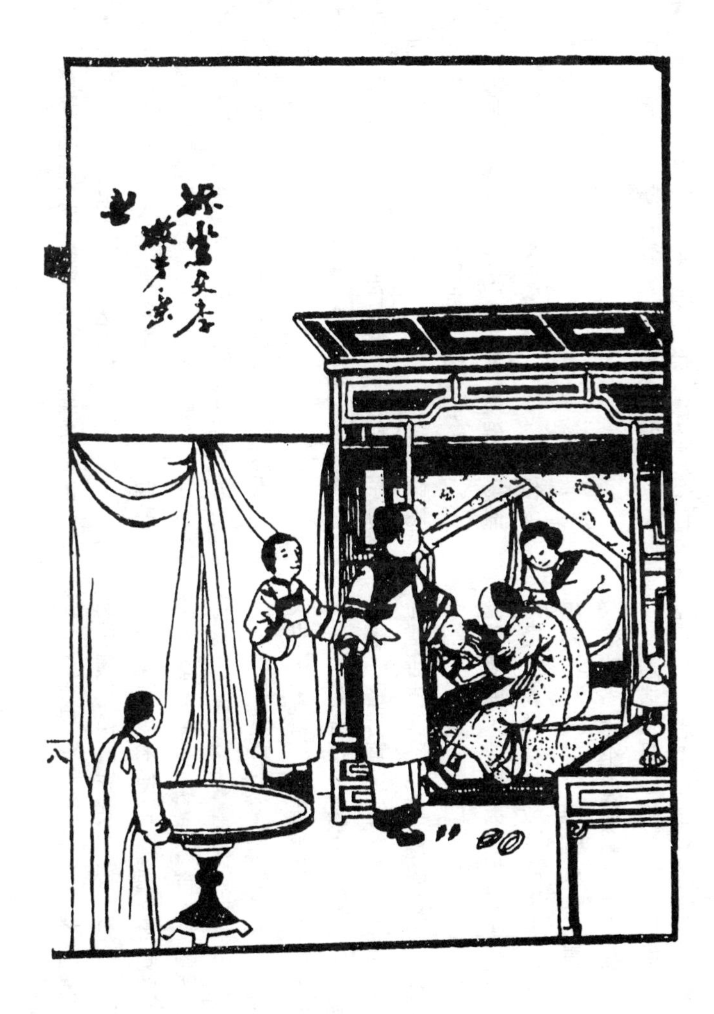

芳只恐玉甫跟隨同去，攔著不放。雲甫也止住玉甫，堅囑避風早睡。秀姐送出房來。雲甫向秀姐道：『玉甫也不大明白，倘若有什麼事嘍，你差個人到西公和告訴我，我來幫幫他。』秀姐感謝不盡。雲甫並吩咐玉甫的轎班，令其不時通報。秀姐直送出大門外看著上轎方回。

雲甫還不放心，到了西公和里覃麗娟家，就差個轎班去東興里打探二少爺睡了沒有。等彀多時，轎班纔回，說：『二少爺睡嘍，睡了，又在發寒熱。』雲甫更令轎班去說：『受了寒氣，倒是發洩點的好，需要多蓋被，讓他出汗。』轎班說過返命。雲甫喫了稀飯，和覃麗娟同床共寢。

次早睡醒，正擬問信，恰好玉甫的轎班來報說：『二少爺蠻好在那兒，先生也清爽了點。』雲甫心上略寬，起身洗臉，又值張秀英的娘姨為換取衣裳什物，從一笠園歸家，順賚一封齊韻叟的便啓，請雲甫晚間園中小敘，且詢及李漱芳之病。雲甫令娘姨以名片回覆，說：『等會沒什麼事就來。』

不料娘姨去後，敲過十二點鐘，雲甫午餐未畢，玉甫的轎班飛報，李漱芳業已去世。雲甫急的是玉甫，丟下飯碗，作速坐轎前赴東興里，一路打算，定一處置之法；迨至門首，即命轎班去請陳小雲、湯嘯菴兩位到此會話。

雲甫邁步進門，只見左首房間六扇玻璃窗豁然洞開，連門簾也揭去，燒得落床衣及紙錢銀箔之屬煙騰騰地直沖出天井裡，隨風四散；房內一片哭聲，號啕震天，還有七張八嘴吆喝收拾的，聽不清那個為玉甫聲音。

適遇相幫桂福卸下大床帳子，胡亂捲起掮出房來，見了雲甫，高聲向內喊道：『大少爺在這兒了。』雲甫且往右首房間，兀坐以待。忽聽得李秀姐急聲嚷道：『二少爺，不要哝！』隨後一羣娘姨大姐飛奔攏去。轎班等都向窗口探首觀望，不知爲著甚事。

接著秀姐娘姨圍定玉甫，前面挽，後面推，扯拽而出。玉甫哭得喉音盡啞，只打乾噎，腳底下不曉得高低，跌跌撞撞，進了右首房間。雲甫見玉甫額角爲床欄所磕，墳起一塊，跺腳道：『你像什麼樣子呀！』

玉甫見雲甫發怒，自己方漸漸把氣遏抑下去，背轉身，挺在椅上。秀姐正擬商量喪事，阿招在客堂裡叫秀姐道：『媽，來看哝；浣芳還在叫姐姐，要爬到床上去拉起來。』秀姐慌得復去挈過浣芳。浣芳更哭得似淚人一般。秀姐埋怨兩句，交與玉甫看管。

恰值轎班請的陳小雲到了。雲甫招呼迎見。小雲先道：『嘯菴爲了朱淑人親事到杭州去了。你請他什麼事？』雲甫乃說出拜託喪事幫忙之意。小雲應諾。

雲甫轉向玉甫朗朗說道：『這時候死噻是死了；你也不懂什麼事，就在這兒也沒什麼用場。我說噻托小雲去代辦了，我同你兩個人走開點。』玉甫發急道：『那麼哥哥再放我四五天好不好？』剛說一句，又哭得接不下去。

雲甫道：『不是呀，這時候走了等會再來好了呀。我是叫你去散散心。』秀姐倒也攛掇道：『大少爺一塊去散散心，蠻好。二少爺在這兒，我也有點不放心。』小雲調停道：『散散心也不錯。倘若有什麼事噻，我來請你。』

玉甫被逼不過，垂首無言。雲甫就喊打轎，親手攙了玉甫同行，說：『我們到對過西公和去。』

浣芳聽說對過，只道他們去看漱芳，先自跑過左首房間，阿招要擋不及。既而浣芳候之不至，又茫茫然跑出客堂。玉甫方在門首上轎，浣芳顧不得什麼，哭著喊著，一直跑出大門，狠命的將頭顱往轎杠亂碰；猶幸秀姐眼快，趕緊追上，攔腰抱起，浣芳還倔强作跳。玉甫道：『讓她一塊去了罷。』秀姐應許放手。浣芳得隙，伏下身子，鑽進轎內，和玉甫不依，經玉甫好言撫慰而罷。

轎班擡往西公和里覃麗娟家。雲甫出轎，領玉甫暨浣芳登樓進房。麗娟見玉甫浣芳淚眼未乾，料為漱芳新喪之故。外場絞上手巾，雲甫命多絞兩把給浣芳揩。麗娟索性叫娘姨舀盆面水，移過梳具，替浣芳刷光頭髮，并勸其敷些脂粉。浣芳情不可卻。玉甫坐在煙榻上，忽睡忽起，沒個著落。

不多時，陳小雲來找，坐而問道：『棺材嘿有現成的在那兒，一個婺源板，也不錯；一個價錢大點，那是楠木。用哪一個？』玉甫說：『用楠木。』雲甫遂不開口。小雲道：『所用衣裳開好一篇帳在那兒。他們要用鳳冠霞帔嘿如何？』玉甫回答不出，望著雲甫。雲甫道：『那也沒什麼，玉甫總就不過白花掉兩塊洋錢。姓李的事與陶姓無涉。隨便他們要用什麼，讓他們用好了。』小雲又訴說：『陰陽先生看的，初九午時入殮，未時出殯，初十申時安葬。墳嘿在徐家匯（註③），明天就叫水作下去打壙，倒也要趕緊了。』雲甫玉甫同聲說『是』。小雲說畢去了。

黃昏時候，玉甫想起一件事來，須去交代。雲甫力阻不聽，只得相陪，乘轎同去。浣芳自然從行，仍和玉甫合坐一轎。及至東興里李漱芳家看時，漱芳尸身早經載出，停於客堂中央；掛著藍布孝幔，靈前四衆尼姑對坐諷經；左首房間保險燈點得雪亮，有六七個裁縫擺開作檯趕做孝白；陳小雲在右首房間，正與

李秀姐檢點送行衣。

陶玉甫見這光景，一陣心酸，那裡熬得，背著雲甫，逕往後面李秀姐房中，拍櫈搥檯，放聲大慟。再有李浣芳一唱一和，聲徹於外。李秀姐急欲進勸，反是陶雲甫叫住，道：『你倒不要去勸他。單是哭還不要緊，讓他哭出點的好。』李秀姐因令大阿金準備茶湯伺候。

比及送行衣檢點停當，後面哭聲依然未絕，但不像是哭，竟是直聲的叫喊。陶雲甫道：『這去勸罷。』李秀姐進去，果然一勸便止，並出前邊洗過臉，漱過口。浣芳團團圈牢陶玉甫，刻不相離。

陶玉甫略覺舒和，即問李秀姐入殮頭面。李秀姐道：『頭面是不少在那兒，就缺點衣裳。』陶玉甫道：『她幾對珠花同珠嵌條，都不中意，單喜歡帽子上一粒大珠子，還拿來做帽正好了。還有一塊羊脂玉珮，她一直掛在鈕子上，那就讓她帶了去。不要忘記。』秀姐說：『曉得了。』

玉甫心中有多少事，一時卻想不起。雲甫乃道：『你要哭嘿，隨便什麼時候到這兒來哭好了，倒也沒什麼；就不過晚上不要住在這兒，你同我到西公和去。西公和就像是隔壁，你有什麼話就可以來，他們就好來請你，大家鑾便，對不對？』

玉甫知道是好意，不忍違逆，一概依從。雲甫當請陳小雲西公和便飯。秀姐堅意款留。雲甫道：『我們不是客氣，為了在這兒喫總不安頓。』秀姐道：『我們自己做菜，燒好在那兒，送過來好不好？』

雲甫應受。臨行，又被浣芳攔著玉甫不放。雲甫笑道：『還是一塊去好了。』浣芳尚緊拉玉甫衣襟，不肯坐轎。於是小雲雲甫前後遮護，一同步行。

剛至覃麗娟家，相幫桂福提著竹絲罩籠隨後送到，擺在樓上房裡，清清楚楚四盆四碗。雲甫令麗娟浣芳入席共飲。玉甫仍滴酒不聞。小雲公事未了，毫無酒興，甫及三巡，就和玉甫浣芳先偏了喫飯。獨有麗娟陪著雲甫杯杯照乾。雲甫欲以酒爲消愁遣悶之計，喫到醺然，方纔告罷。小雲飯後即行。雲甫已向麗娟計定，騰出亭子間爲玉甫安榻。

這一夜玉甫爲思窮望絕，無可奈何，反得放下身心，鼾鼾一覺。只有浣芳睡在玉甫身旁，夢魂顛倒，時時驚醒。

初八早晨，浣芳睡夢中欻地哭喊：『姐姐！我也要去的呀！』玉甫忙喚醒抱起。浣芳還癡著臉嗚咽不止。玉甫並不根問，相與穿衣下床，又驚動了雲甫麗娟，也比往常起得較早。

喫過點心，玉甫要去東興里看看，雲甫終不放心，相陪並往。浣芳亦隨來隨去，分拆不開。玉甫自早至晚，往返三次，慟哭三場，害得個雲甫焦勞備至。

註①『鴒』典出詩經，喻兄弟之誼。『鴒難』指兄弟有難。

註②替病人定製棺材，與替病人娶親一樣，同是『沖喜』。

註③上海近郊。

第四一回

入其室人亡悲物在　信斯言死別冀生還

按到了八月初九這日，陶雲甫濃睡酣時，被炮聲響震而醒，醒來遙聞吹打之聲，道是睡過了頭，連忙起身。覃麗娟驚覺，問：『做什麼？』雲甫道：『晚了呀。』麗娟道：『早得很哩。』雲甫道：『你再睡一會，我先起來。』遂喚娘姨進房，問：『二少爺有沒起來？』娘姨道：『二少爺是天亮就走了，轎子也不坐。』雲甫洗臉漱口，趕緊過去；一至東興里口，早望見李漱芳家門首立著兩架矗燈，一羣孩子往來跳躍看熱鬧。

雲甫下轎進門，只見客堂中靈前桌上已供起一座白綾位套（註①）；兩旁一對茶几，八字分排，上設金漆長盤，一盤鳳冠霞帔，一盤金珠首飾；有幾個鄉下女客，粗細不倫，大約係李秀姐的本家親戚，徘徊瞻眺，嘖嘖欣羨，都說『好福氣』；再有十來個男客在左首房間高談闊論，料玉甫必不在內。雲甫踅進右首房間。陳小雲方在分派執事夫役，擁做一堆，沒些空隙。靠壁添設一張小小帳檯，坐著個白鬚老者，本係帳房先生，攤著一本喪簿，登記各家送來奠禮。見了雲甫，那先生垂手侍立，不敢招呼。雲甫向他問玉甫何在。那先生指道：『在這邊。』

雲甫轉身去尋，只見陶玉甫將兩臂圍作栲栳圈，伏倒在圓桌上，埋頭匿面，聲息全無，但有時頭忽閃動，連兩肩望上一掀。雲甫知是吞聲暗泣，置之不睬，等夫役散去，纔與小雲廝見。雲甫向小雲說，意欲調開玉甫。小雲道：『這時候哪肯走。等會完了事看。』雲甫道：『等到什麼時候啊？』小雲道：『快了，喫了飯嘍，就預備動手了。』

雲甫沒法，且去榻床吸鴉片煙。須臾，果然傳呼開飯。左首房間開了三桌，自本家親戚以及引禮樂人炮手之屬，擠得滿滿的。右首房間只有陳小雲陶雲甫陶玉甫三人一桌。

正待入座，覃麗娟家一個相幫進房。雲甫問他甚事。相幫說是送禮，袖出拜匣，呈上帳檯。匣內代楮一封，夾著覃麗娟的名片。雲甫覺得好笑，不去理會。接連又有送禮的，戴著紫纓涼帽，端盤來了。

雲甫認識是齊韻叟的管家，慌的去看，盤內三份楮錠、緗（註②），三張素帖，卻係蘇冠香姚文君張秀英出名。雲甫笑向管家道：『大人眞正要格外周到！其實何必呢？』（註③）管家應是，復稟道：『大人說，倘若二少爺心裡不開爽嘍，請到我們園子裡去玩玩。』雲甫道：『你回去謝謝大人，過兩天二少爺本來要到府面謝。』管家連應兩聲是，收盤自去。

三人始各就位。小雲因下面一位空著，招呼帳房先生。那先生不肯，卻去叫出李浣芳在下相陪。玉甫不但戒酒，索性水米不沾牙。雲甫亦不強勸。大家用些稀飯而散。

飯後，小雲逕往外面去張羅諸事。玉甫怕

人笑話，仍掩過一邊。雲甫見浣芳穿一套縞素衣裳，嬌滴滴越顯紅白，著實可憐可愛，特地攜著手，同過榻床前，隨意說些沒要緊的閒話。浣芳平日靈敏非常，此時也呆瞪瞪的，問一句，答一句。

正說間，突然一人從客堂吆喝而出，天井裡四名紅黑帽便喝起道來。隨後大炮三聲，金鑼九下，嚇得浣芳向房後奔逃。玉甫早不知何往。雲甫起立探望，客堂中密密層層，千頭攢動，萬聲嘈雜，不知是否成殮。一會兒又喝道一遍，敲鑼放炮如前，穿孝親人曁會弔女客同聲擧哀。雲甫退後躺下，靜候多時，聽得一陣鼓鈸，接著鐘鈴搖響，念念有詞，諒爲殮畢灑淨的俗例。

灑淨之後，半晌不見動靜。雲甫再欲探望，小雲忽擠出人叢，在房門口招手。雲甫急急趨出，只見玉甫兩手扳牢棺板，彎腰曲背上半身竟伏入棺內，李秀姐竭盡氣力，那裡推挽得動。雲甫上前，從後抱起，強拉到房間裡。外面登時鑼炮齊鳴，哭喊競作。蓋棺竣事，看的人遂漸漸稀少。

於是吹打贊禮，設祭送行。雲甫把守房門，不許玉甫出外。自立嗣兄弟浣芳妹子阿招大姐及樓上兩個討人一一拜過，然後許多本家親戚男女客陸續各拜如禮。小雲趕出大門，指手劃腳，點撥夫役，擁上客堂，撤去祭桌，絡起繩索。但聞一聲炮響，眾夫役發喊上肩，紅黑帽敲鑼喝道，與和尚鼓鈸之聲——僧眾先在衖口等候。這裡喪輿方緩緩啓行。秀姐率闔家女眷等步行哭送。本家親戚或送或不送，一鬨而去。

玉甫乘亂欻地鑽出雲甫肋下，雲甫看見，拉回。玉甫沒奈何，跌足發恨。雲甫道：『你這時候去做什麼？明天我同你徐家匯去一趟那才是正經。這時候就送到船上，一點事都沒有，幹什麼呀？』

玉甫聽說的不差，只得罷休。雲甫即要拉往西公和。玉甫定要俟送喪回來始去，雲甫也只得依從。不意等之良久杳然。

玉甫想著漱芳遺物，未稔秀姐曾否收拾，背著雲甫，親往左首房間要去查看；跨進門檻，四顧大驚：房間裡竟搬得空落落的；一帶橱箱都加上鎖；大床上橫堆著兩張板櫈；掛的玻璃燈，打碎了一架，伶伶仃仃，欲墜未墜，壁間字畫亦脫落不全；滿地下雞魚骨頭尚未打掃。

玉甫心想漱芳一死，如此糟蹋，不禁苦苦的又哭一場。雲甫在右首房間並未聽見，任玉甫哭個盡情。玉甫一路哭至床前，忽見烏黑的一團，從梳妝檯下滾出，眼前一瞥，頃刻不見。玉甫頓發一怔，心想莫非漱芳魂靈，現此變異，使我勿哭，因此不勸自止。

適值陳小雲先回，玉甫趨見問信。小雲道：『船上都預備好了，明天開下去。你嘅明天喫了中飯坐馬車到徐家匯好了。』

雲甫甚不耐煩，不等轎班，連催玉甫快走。玉甫步出天井，卻有一隻烏雲蓋雪的貓蹲著在水缸蓋上側轉頭咬嚼有聲。玉甫恍然，所見烏黑的一團即此畜生作怪，歎一口氣，逕跟雲甫趲往西公和里覃麗娟家。

那時愁雲黯黯，日色無光；向晚，就濛濛的下起雨來。雲甫氣悶已甚，點了幾色愛喫的菜，請陳小雲事畢過來小飲。小雲帶了李浣芳同來。玉甫詫問何事。小雲道：『她要找姐夫呀，跟她媽鬧了一會了。』

浣芳緊靠玉甫身邊，悄悄訴道：『姐夫有沒曉得？姐姐一個人在船上，我們嘅倒都回來了，連桂福也跑來了。等會給陌生人搖了去，那可到哪去找嘛？』小雲雲甫聽說，不覺失笑。玉甫仍以好言撫慰。覃麗娟在旁，點頭讚歎道：『她沒了姐姐也苦呵！』雲甫嗔道：『你可是要她哭？剛剛哭好了不多一會，你還要去惹她！』

麗娟看浣芳當眞水汪汪含著一泡眼淚，不曾哭出，忙換笑臉，挈浣芳的手，過自己身邊，問其年紀幾歲，誰教的曲子，大曲教了幾支，一頓搭訕，直搭訕到搬上晚餐始罷。雲甫和小雲對酌，麗娟稍可陪陪。玉甫浣芳先自喫飯。雲甫留心玉甫一日所食僅有半碗光景，雖不強勸，卻體貼說道：『今天你起來得早，可要睡？先去睡罷。』

玉甫亦覺無味，趁此同浣芳辭往亭子間，關上房門，推說睡了。其實玉甫這些時像土木偶一般，到了亭子間，只對著一盞長頸燈台默然悶坐。浣芳相偎相倚，也像有甚心事，注視一處，目不轉睛；半日，浣芳忽道：『姐夫聽嘛！這時候雨停了點了。我們到船上去陪陪姐姐，等會還到這兒來，好不好？』玉甫不答，但搖搖頭。浣芳道：『不要緊的呀，不要給他們曉得就是了。』玉甫因其癡心，愈形悲楚，一氣奔上，兩淚直流。浣芳見了，失聲道：『姐夫爲什麼哭啊？』玉甫搖搖手，叫她『不要作聲。』

浣芳反身抱住玉甫，等玉甫淚乾氣復，道：『姐夫，我有一句話，你不要去告訴別人，好不好？』玉甫問：『什麼話？』浣芳道：『昨天帳房先生跟我說：姐姐就不過去一趟，去了兩禮拜，還到家裡來。陰陽先生看好了日子，說是二十一嘿，一定回來的了。帳房先生是老實人，他話先說在那兒，是錯不了的！他還叫我不要哭，姐姐聽見哭，怕不肯來。還叫我不要去同別人說，說穿了，倒不許姐姐來

了。姐夫，這可不要哭哰，好讓姐姐回來呀。』

玉甫聽完這篇話，再也忍不住，嗚嗚咽咽，大放悲聲。浣芳急得跺腳叫喚，一時驚動小雲雲甫。推進門去，看此情形，小雲呵呵一笑。雲甫攢眉道：『你可有點譜子！』玉甫狠命收捺下去。覃麗娟令娘姨舀盆水來，並囑道：『二少爺洗了臉睡罷。今天辛苦了一天了。』說畢皆去。娘姨送上面水。玉甫洗過，再替浣芳揩一把。娘姨掇盆去後，玉甫就替浣芳寬衣上床，並頭安睡。初時甚是清醒，後來漸次懵騰，連陳小雲辭別歸去也一概不聞。

次早起身，天晴日出，爽氣迎人，玉甫擬獨自溜往洋涇濱尋那載棺的船。剛離亭子間，爲娘姨所攔，說是：『大少爺交代我們，叫二少爺不要走。』一面浣芳又追出相隨。玉甫料不能脫身，只好歸房，俟至午牌時分，始聞雲甫咳嗽聲。麗娟蓬頭出房喊娘姨，望見玉甫浣芳，招呼道：『都起來了，房裡來哰。』玉甫挈浣芳並過前面房間，見了雲甫，欲令轎班叫馬車。雲甫道：『喫了飯去喊正好嘿。』玉甫乃欲叫菜。雲甫道：『叫了。』玉甫方就榻床坐下，看著麗娟對鏡新妝。麗娟向浣芳道：『你的頭也毛得很，可要梳？我替你梳梳罷。』浣芳含羞不要。雲甫道：『爲什麼不要梳？你自己去鏡子裡看，可毛啊？』玉甫幫著慫恿。浣芳愈形跼蹐。玉甫道：『熟了點倒怕面重了。』麗娟笑道：『不要緊的，來哰。』一手挽過浣芳來梳，隨口問其向日梳頭何人。浣芳道：『本來是姐姐，這時候是隨便什麼人。前天早上，要換個湖色絨繩，媽也梳了一回。』

雲甫唯恐閒話中打動玉甫心事，故意支說

別事。麗娟會意，不復多言。玉甫雖呆臉端坐，意馬心猿，無時或定，雲甫豈不覺得。適外場報說：『菜來了。』雲甫便令搬上樓來。浣芳梳的兩隻丫角比麗娟正頭終究容易，趕著梳好，一同喫飯。

飯後玉甫更不躭延，親喊轎班叫了馬車俟於衖口。雲甫沒法，和玉甫浣芳即時動身，一直駛往西南相近徐家匯官道之旁，只見一座絕大墳山，靠盡頭新打一壙，七八個匠人往來工作，流汗相屬，壙前疊著一堆磚瓦，鋪著一坑石灰，知道是了，相將下車。一個監工的相幫上前稟說：『陳老爺也來了，都在這邊船上。』

玉甫回頭望去，相隔一箭多路，遂請雲甫挈浣芳步至堤前，只見一排停著三隻無錫大船首尾相接：最大一隻載著靈柩暨一班和尚；陳小雲偕風水先生坐了一隻；李秀姐率闔家女眷等坐了一隻。

玉甫先送浣芳交與秀姐，纔同雲甫往小雲坐的船上拱手廝見；促膝閒談。談過半點多鐘，風水先生道：『是時候了。』小雲乃命柱福傳喚本地炮手，作速赴工；傳令小工頭點齊夫役，準備行事；傳語秀姐，教浣芳等換上孝衫。當下風水先生前行，小雲雲甫玉甫跟到墳頭。

不多時，炮聲大震，靈柩離船，和尚敲動法器，叮叮噹噹，當先接引，闔家女眷等且哭且走，簇擁於後。玉甫目見耳聞，心中有些作噁，兀自掙扎，卻不道天旋地轉，立刻眼前漆黑，腳底下站不定，仰翻身跌倒在地。嚇得小雲雲甫，攙的攙，叫的叫。秀姐慌張尤甚，顧不得靈柩，飛奔搶上，招人中，許神願，亂做一堆。幸而玉甫漸漸甦醒開目，衆人稍放些心。

風水先生指點左首一座洋房，說係外國酒館，可以勾留暫坐。秀姐雲甫聽了，相與扶掖前往。維時皜皜秋陽，天氣無殊三伏，玉甫本爲炎熱所致；既進洋房，脫下夾衫，已凉快許多，再喫點荷蘭水（註④），自然清爽沒事。

玉甫見雲甫出立廊下，乘間要溜。秀姐如何敢放。玉甫央及道：『讓我去看看好了；我沒什麼呀，你放手嘛！』秀姐沒口子勸道：『二少爺，剛剛好了點，再要去，那我們可是擔不起這干係的！』雲甫隔壁聽明，大聲道：『你可是要嚇死人？安靜點罷！』

玉甫無奈歸座，焦躁異常，取腰間佩的一塊漢玉，將指甲用力刻劃，恨不得砸個粉碎。秀姐婉婉商略道：『我說二少爺，你噻坐在這兒，我去看一趟。看他們做好了，我叫桂福來請你，那你再去看，不是蠻好？』玉甫道：『那麼快點去嘛。』

秀姐請進雲甫軟困玉甫於洋房中纔去。玉甫由玻璃窗望到墳頭，咫尺之間，歷歷在目，登科稟主（註⑤），事事齊備，再想不到這浣芳圍繞墳旁，又哭又跳，不解其爲甚緣故。恰遇桂福來請，雲甫乃與玉甫離了外國酒館，重至墳頭。浣芳猶哭個不止，一見玉甫，連身撲上，只喊說：『姐夫，不好了呀！』玉甫問：『什麼不好？』浣芳哭道：『你看嘛！姐姐給他們關到裡頭去了呀！這還好出來啊！』衆人聽著茫然，惟玉甫喻其癡意。浣芳復連連推搡玉甫，并哭道：『姐夫去說嘛！教他們開個門在那兒嘛！』

玉甫無可撫慰，且以誑言掩飾。浣芳那裡肯罷，轉身撲到墳上，又起兩手，將稟的石灰拚命扒開，泥水匠更禁不得，還是秀姐去拉，始拉下來。秀姐仍把浣芳交與玉甫看管，且道：『總算完了事了，請你二少爺先回去，此地有我們在這兒。』

玉甫想在此荒野亦屬無聊，即時跟從雲甫並坐馬車，浣芳擠在中間，駛歸四馬路西公和里，一路尚被浣芳胡纏瞎鬧。及進覃麗娟家門口，只聽得樓上有許多人聲音。雲甫問外場，知為尹癡鴛親送張秀英回家，連高亞白姚文君咸在。雲甫甚喜，領玉甫浣芳上樓，先往覃麗娟房間略坐片刻，便往對過張秀英房間。

註①加綢套的神主牌。

註②喪事用的淺黃色帛布。

註③同是妓女送奠儀，他對自己的相好與齊韻叟代送的，態度判然不同，畫出勢利。

註④一種棕色的檸檬蘇打水。

註⑤『廩主』即『廩』（借用的同音字，意即粉刷）的神主——參看下段『廩的石灰』——在墳堆上刷的一條白粉上寫死者姓名，因為沒有墓碑。

第四二回

賺勢豪牢籠歌一曲　懲貪黷挾制價千金

按高亞白尹癡鴛一見陶雲甫，動問李漱芳之事。雲甫歷陳大略。尹癡鴛聞陶玉甫在對過覃麗娟房間，特令娘姨相請。陶玉甫遂帶李浣芳踅過張秀英房間廝見。坐定，高亞白力勸陶玉甫珍重加餐，尹癡鴛僅淡淡的寬譬兩句。

玉甫最怕提起這些話，不由自主，黯然神傷。陶雲甫忙搭訕問道：『前天晚上四書酒令，有沒接下去？』尹癡鴛道：『我們幾天工夫添了好些好些好酒令，你說哪一個？』高亞白道：『就昨天我們大會，龍池先生想出個四書酒令，也不錯。妙在不難不易，不少不多。統共六桌二十四位客，剛剛二十四根籌。』

誰知這裡談論酒令，陶玉甫已與李浣芳溜過覃麗娟房間，背人悶坐。麗娟差個娘姨去陪。高亞白低聲向陶雲甫道：『令弟氣色有點澀滯，你倒要勸勸他，保重點嘛。』尹癡鴛接說道：『你為什麼不同令弟到一笠園去玩兩天，讓他散散心？』雲甫道：『我們本來明天要去；這幾天，連我也無趣得很。』

癡鴛四顧一想，即命張秀英喊個檯面下

去，道：『今天嘿我先請請他，難得湊巧，大家相好都在這兒，剛剛八個人一桌。』雲甫正待阻止，秀英早自應命，令外場去叫菜了。姚文君起立說道：『我家裡有堂戲在那兒，我先去做掉了一齣，就來。』高亞白叮囑『快點。』文君乃不別而行。

那時晚霞散綺，暮色蒼然。姚文君下樓坐轎，從西公和里穿過四馬路，回至東合興里家中，跨進門口，便仰見樓上當中客堂，燈火點得耀眼，幢幢人影，擠滿一間，管絃簫鼓之聲，聒耳得緊。文君問知為賴公子，也喫一驚，先趦往後面小房間見了老鴇大腳姚，喁喁埋怨，說不應招攬這癩頭黿。大腳姚道：『誰去招攬呀！他自己跑了來找你，一定要做戲喫酒，我們可好回掉他？』

文君無可如何，且去席間隨機應變。迨上得樓梯，娘姨報說：『文君先生回來了。』頓時客堂內一羣幫閒門客像風馳潮湧一般趕出迎接，圍住文君，歡叫喜躍。文君屹然挺立，瞪目而視。幫閒的那裡敢囉唣，但說：『少大人等了你半天了，快點來喏。』一個門客前行，為文君開路；一個門客掇過櫈子，放在賴公子身後，請文君坐。

文君因周圍八九個出局倌人係賴公子一人所叫，密密層層，插不下去，索性將櫈子拖得遠些。賴公子屢屢回頭，望著文君上下打量。文君縮手斂足，端凝不動。賴公子亦無可如何。

文君見賴公子坐的主位上首僅有兩位客，乃是羅子富王蓮生，膽子為之稍壯。其餘二十來個不三不四，近似流氓，並未入席，四散鵠立，大約賴公子帶來的幫閒門客而已。

當有一個門客趨近文君，鞠躬聳肩，問

道：『你做什麼戲？你自己說。』文君心想做了戲就可托詞出局，遂說做『文昭關』。那門客巴得這道玉音，連忙告訴賴公子，說文君做『文昭關』，並敍述『文昭關』的情節與賴公子聽。更有一個門客慫恿文君速去後場打扮起來。

等到前面一齣演畢，文君改裝登場，尚未開口，一個門客湊趣，先喊聲『好』。不料接接連連，你也喊好，我也喊好，一片聲嚷得天崩地塌，海攪江翻。席上兩位客，王蓮生慣於習靜，腦痛已甚；羅子富算是粗豪的人，還禁不得這等胡鬧。只有賴公子捧腹大笑，極其得意，唱過半齣，就令當差的放賞。那當差的將一捲洋錢散放巴斗內呈賴公子過目，望臺上只一撒，但聞索郎一聲響，便見許多晶瑩輝耀的東西滿臺亂滾。臺下這些幫閒門客又齊聲一嚎。

文君揣知賴公子其欲逐逐，心上一急倒急出個計較來：當場依然用心的唱，唱罷落場，喚個娘姨於場後戲房中暗暗定議，然後卸妝出房，含笑入席。不提防賴公子一手將文君攬入懷中。文君慌的推開起立，佯作怒色，卻又扒在賴公子肩膀悄悄的附耳說了幾句。賴公子連連點頭，道：『曉得了。』

於是文君取把酒壺，從羅子富王蓮生敬起，敬至賴公子，將酒杯送上賴公子唇邊，賴公子一口吸乾。文君再敬一杯，說是成雙，賴公子也乾了。文君纔退下歸座。

賴公子被文君挑逗動火，顧不得看戲，掇轉屁股，緊對文君嘻開嘴笑，惟不敢動手動腳。文君故意打情罵俏，以示親密。羅子富王蓮生皆爲詫異。幫閒的更沒見識，只道文君傾心巴結，信而不疑。

少頃，忽然有個外場高聲向內說：『叫局。』娘姨即高聲問：『哪兒呀？』外場說：『老

旗昌。』娘姨轉身向文君道：『這下子好了！三個局還沒去，老旗昌又來叫了。』文君道：『他們老旗昌喫酒，向來要天亮的，晚點也沒什麼。』娘姨高聲回說道：『來嘿來的，還有三個局轉過來。』外場聲諾下去。

賴公子聽得明白，著了乾急，問文君：『你眞的出局去？』文君道：『出局嘿可有什麼假的呀！』

賴公子面色似乎一沉。文君只做不知，復與賴公子悄悄的附耳說了幾句。賴公子復連連點頭，反催文君道：『那你早點去罷。』文君道：『這時候去正好。忙什麼呀！』

俄延之間，外場提上燈籠，候於簾下，娘姨拴出琵琶銀水煙筒交代外場。賴公子再催一遍。文君嗔道：『忙什麼呀！你可是在討厭我？』

賴公子滿心鶻突，欲去近身掏摸，卻恐觸怒不美。文君臨行，仍與賴公子悄悄的附耳說了幾句。賴公子仍連連點頭。這些幫閒門客眼睜睜看著姚文君飄然竟去。羅子富王蓮生始知文君用計脫身，不勝佩服。

賴公子並不介意，喫酒看戲，餘興未闌。卻有幾個門客攢聚一處切切議論，一會推出一個上前請問賴公子緣何放走姚文君。賴公子回說：『我自己叫她去，你不要管。』（註）門客無言而退。

羅子富王蓮生等上到後四道菜，約會與辭。賴公子不解迎送，聽憑自便。兩人聯步下樓，分手上轎。

王蓮生自歸五馬路公館。羅子富獨往尚仁里黃翠鳳家。大姐小阿寶引進樓上房間。黃翠鳳黃金鳳皆出局未回，祇有黃珠鳳扭捏來陪。

俄而老鴇黃二姐上樓廝見，與羅子富說說話，頗不寂寞。黃二姐因問子富道：『翠鳳要贖身了呀，有沒跟羅老爺說？』子富道：『說嘿說起過，好像不成功。』黃二姐道：『不是不成功；她們自己贖身，要嘿不說；說了出來，還有什麼不成功！可是我不許她贖？我是要她做生意，不是要她的人。倘若她贖身不成功，自然生意也不高興替我做，不是讓她贖的好？』

子富道：『那她為什麼說不成功？』黃二姐嘆口氣道：『不是我要說她！翠鳳這人調皮不過！我們開個把勢，買了來討人才不過七八歲，養到了十六歲嘿做生意，喫穿費用倒不要去說它，樣樣都要教她嘿，她好會。羅老爺，你說要費多少心血哪？那麼生意倒也難說。倘若生意不好，白花了本錢，還要白費心，那也是沒法子的事。眞正要運氣到了，人嘿外場也不錯，這就生意剛剛好點起來。比方有十個討人，九個不會做生意，單有一個生意蠻好，那麼一直這些時下的多少本錢自然都要她一個人做出來的囉。羅老爺，對不對？這時候翠鳳要贖身，她倒跟我說，進來的身價一百塊洋錢，就加了十倍不過一千嘿。羅老爺，你說可好拿進來的身價來比？』

子富道：『她嘿說一千，你要她多少呢？』黃二姐道：『我嘿自己天地良心，到茶館裡教衆人去斷好了。她一節工夫，單是局帳，就要千把吶；客人辦的東西，給她的零用洋錢，都不算它，就拿了三千身價給我，也不過一年的局帳錢。她出去做下去，生意正要好呢。羅老爺，對不對？』

子富尋思半晌不語。珠鳳乘間掩在靠壁高椅上打瞌睆。黃二姐一眼睃見，隨手橫撻過去。珠鳳撲的一交，伏身跌下，竟沒有醒，兩手還向樓板上胡抓亂摸。子富笑問：『做什

鬻
貧歎
姝判
價千金

麼？』連問兩遍。珠鳳掙出一句道：『丟掉了呀！』黃二姐一手拎起來，狠狠的再撻一下，道：『丟掉了你的魂靈了喲！』這一下纔把珠鳳撻醒，立定腳，做嘴做臉，侍於一旁。

黃二姐又向子富說道：『就像珠鳳這樣子，白給她飯喫，可好做生意！有誰要她？還是一百也讓她走好了嘿。可好說翠鳳贖身嘿多少呐，珠鳳倒也不能少？』

子富道：『上海灘上，倌人身價，三千也有，一千也有，沒一定的規矩。我說你嘿將就點，我嘿幫貼點，大家湊攏來，成功了，總算是一樁好事。』黃二姐道：『羅老爺說得不錯。我也不是一定要她三千。翠鳳自己先說了好些蠻話，我可好說什麼？』

子富胸中籌畫一番，欲趁此時說定數目，以成其事。恰好黃翠鳳黃金鳳同檯出局而回，子富便縮住嘴。黃二姐亦訕訕的告辭歸寢。

翠鳳跨進房門，就問珠鳳：『可是在打瞌晄？』珠鳳說：『沒有。』翠鳳拉她面向檯燈試驗，道：『你看兩隻眼睛！倒不是打瞌晄？』珠鳳道：『我一直在聽媽講話，哪睡呀。』翠鳳不信，轉問子富。子富道：『媽打過的了。你就噥噥罷，管她做什麼？』

翠鳳怒其虛誑，作色要打，卻爲子富勸說在先，暫時忍耐。子富忙喝珠鳳退去。翠鳳乃脫下出局衣裳，換上一件家常背心。金鳳也脫換了過來叫聲『姐夫』，坐定。子富爰將黃二姐所說身價云云，縷述綦詳。

翠鳳鼻子裡『哼』了一聲，答道：『你看好了！一個人做了老鴇，她的心一定狠得不得了的哦！媽起先是娘姨呀，就拿的帶擋洋錢買了我們幾個討人，哪有多少本錢呀！單是我一個人，五年生意嘿，做了二萬多，都是她的嘿。這時候衣裳，頭面，家具，還有萬把，我可能夠帶了去？她倒還要我三千！』說到這裡，又『哼』了兩聲，道：『三千也沒什麼稀奇，你有本事嘿拿了去！』

子富再將自己回答黃二姐云云，併爲詳述。翠鳳一聽，發嗔道：『誰要你幫貼啊？我贖身嘿有我的道理，你去瞎說些什麼，說上這麼些！』

子富不意遭此搶白，只是訕訕的笑。金鳳見說的正事，也不敢接口。翠鳳重復叮囑子富道：『這可不要去跟媽多嘴了；媽這人，依了她倒不好。』

子富應諾，因而想起姚文君來，笑向翠鳳道：『姚文君這人倒有點像你。』翠鳳道：『姚文君嘿，哪像我！我說癩頭黿有點嚇死人，文君不做也沒什麼，不該拿「空心湯糰」給他喫。就算你到了老旗昌不回去，明天還有什麼法子？』

子富聽說得有理，轉爲文君擔憂，道：『不錯呀，文君這可要喫虧了！』金鳳在旁笑道：『姐夫幹什麼呀；姐姐不要你說嘿，你去瞎說。姚文君喫虧不喫虧，讓她去好了，要姐夫發急！』子富方笑而丟開。一宿晚景少敍。

十一日近午時候，翠鳳金鳳並於當中間窗下梳頭。子富獨在房中，覺得精神欠爽，意欲吸口鴉片煙，親自燒成一枚夾生的煙泡裝上槍去，脫落下來，終不得吸。適值黃二姐進來看見，上前接過籤子，替子富另燒一口，爲此對躺在煙榻上，切切私議。黃二姐先問夜來幫貼之說。子富遂告訴她翠鳳之意，堅不可奪，不惟不肯加增，并且不許幫貼。

黃二姐低聲道：『翠鳳總是說蠻話！照翠

鳳這樣子，我有點氣不過，心想就是三千嚜倒也不給她贖了去；這時候說嚜說了半天了，羅老爺肯幫貼點，那是再好也沒有。我就請你羅老爺吩咐一聲，應該多少，我總依你羅老爺。』

子富著實躊躇道：『不然是也沒什麼，這她說了不要我幫貼，我倒尷尬了。沒懂她什麼意思。』黃二姐道：『那是翠鳳的調皮了噲！她自己要贖身，可有什麼幫貼她，倒說是不要的呀？她嘴裡說不要，心裡在要。要你羅老爺幫貼了，等她出去多少用場，還要你羅老爺照應點，可是這意思？』

子富尋思此說倒亦的確，莽莽撞撞，逕和黃二姐背地議定二千身價，幫貼一半。黃二姐大喜過望，連裝三口鴉片煙。子富吸得夠了，黃二姐乃抽身出房。

註：原文：全書唯一的一句普通話對白。顯然賴公子與他的幫閑都是北方人——至少長江以北。他對姚文君就說吳語，正如山東人羅子富也會說流利的吳語。

第四三回

成局忽翻虔婆失色　旁觀不忿雛妓爭風

按黃二姐撇下羅子富在房，趕往中間客堂，黃翠鳳黃金鳳新妝初畢，刷鬢簪花，黃二姐即欣欣然將子富幫貼一千之議訴與翠鳳。翠鳳一聲兒不言語，忙洗了手，趕進房間，高聲向子富道：『你錢倒不少噠！我倒不曉得還有在那兒！蠻好，連二千身價在裏頭，你去拿五千洋錢來！』子富惶急道：『我哪有多少錢啊？』翠鳳冷笑道：『這種客氣話，你這時候用不著說！媽一說你就發急了！我這時候贖身出去，衣裳，頭面，家具，有了三千嘿，剛剛好做生意。你幫了我一千，可好再說沒有？你沒有嘿，教我贖身出去可是餓死？』

子富這纔回過滋味，亦高聲問道：『那麼你意思總不要我幫貼，對不對？』翠鳳道：『幫貼嘿，可有什麼不要的呀！你替我衣裳，頭面，家具，預備好了，隨便你去幫貼多少好了！』

子富轉向黃二姐道：『剛才說的話作廢，譬如沒說。她贖身不贖身也不關我事。』說罷，倒身往煙榻躺下。

黃二姐初不料如此決撒，登時面色氣得鐵青，一手指定翠鳳嘴臉，惡狠狠數落道：『你這人好良心！你自己去想想看！你七歲沒了爹娘，落的堂子，我看你可憐，一直拿你當親生女兒，梳頭裹腳，出理到如今，哪一樁事我得罪了你，你死命同我做冤家？你好良心！你贖了身要升高了呀！我一直指望你升高了嘿照應點我老太婆，這時候就在照應了！你年紀輕輕，生了這麼個良心，沒什麼好的噥！』一面咬牙切齒的說，一面鼻涕眼淚一齊迸出。

翠鳳慌忙眉花眼笑勸道：『媽，不要噥！這可有什麼要緊啊？我是你的討人呀，贖不贖嘿隨你的便——這我不贖了；等會鬧得給隔壁人家聽見了倒給他們笑話！』

翠鳳尚未說完，黃二姐已出房外揩了把面。趙家媽還在收拾妝奩，略勸兩句。黃二姐便向趙家媽道：『倌人自己贖身，客人幫貼嘿也多得要命！倘若羅老爺不肯幫，那你也好算是女兒，應該跟羅老爺說，挑挑我；可有什麼羅老爺肯幫了，你倒不許羅老爺幫？可是羅老爺的錢你一定要一個人拿了去？』

翠鳳在房裏吸水煙，聽了，笑阻道：『媽不要說了呀！我贖身不贖好了，再替媽做十年生意，一節嘿千把局帳，十年做下來要多少？』自己輪指一算，佯作失驚，道：『啊唷！局帳洋錢要三萬的哦！那是媽快活得呵——連贖身洋錢也不要了，說道：「去罷！去罷！」』

幾句說得子富也不禁發笑起來。黃二姐隔房答道：『你不要再花言巧語拿我開心！你要同我做冤家嘿，做好了，看你可有什麼好處！』說著，邁步下樓。趙家媽事畢隨去。珠鳳金鳳並進房來，皆嚇得呆瞪瞪的。

翠鳳始埋怨子富道：『你怎麼這麼糊塗的

呀！白送給她一千洋錢爲了什麼嘛？有時候應該你要用的地方，我跟你說了，你倒也不是爽爽氣氣的拿出來；這時候不應該你用嘿，一千也肯了！』子富抱慚不辯。自是，翠鳳贖身之事擱散不提。

延過一日，子富偶閱新聞紙，見後面載著一條道：

前晚粵人某甲在老旗昌狎妓請客，席間某乙叫東合興姚文君出局。因姚文君口角忤乙，乙竟大肆咆哮，揮拳毆辱，當經某甲力勸而散。傳聞乙餘怒未息，糾合無賴，聲言尋仇，欲行入虎穴探驪珠之計，因而姚文君匿跡潛蹤，不知何往云。

子富閱竟大驚，將這新聞告知翠鳳。翠鳳卻不甚信。子富乃喊管家高升，當面吩咐，令其往大腳姚家打聽文君如何喫虧，是否癩頭黿所爲。

高升承命而去，剛趕出四馬路，即望見東合興里口停著一輛皮篷馬車，上面坐著一個倌人，身段與姚文君相仿。高升緊步進前，纔看清倌人爲覃麗娟，頗訝其坐馬車何若是之早；略瞟一眼，轉彎進衖，到大腳姚家客堂中向相幫探信。那相幫但說不關癩頭黿之事，其餘說得含糊不明。

高升遲迴欲退，只見陶雲甫從客堂後面出來，老鴇大腳姚隨後相送。高升站過一邊，叫聲『陶老爺』。雲甫問他到此何事。高升說：『打聽文君的事。』

雲甫低頭一想，然後悄向高升道：『事是沒這事，騙騙這癩頭黿。怕癩頭黿不相信，去上的新聞紙。這時候文君在一笠園，蠻好在那裏。你去跟老爺說，不要給外頭人聽見。』高升連聲應『是』。

雲甫遂別了大腳姚，出衖上車，一路滔滔，直駛進一笠園門內方停。當值管家當先引導，由東轉北，繞至一處，背山臨湖的五間通連廳屋，名曰拜月房櫳；但見簾篩花影，簷裊茶煙，裏面卻靜悄悄的，不聞笑語聲息。

陶雲甫覃麗娟進去，祇有朱藹人躺在榻床吸鴉片煙，旁邊坐著陶玉甫李浣芳，更無別人在內。正要動問，管家稟道：『幾位老爺都在看射箭，就要來了。』

道言未了，果然一簇冠裳釵黛，蹌濟繽紛，從後面山坡下兜過來。打頭就是姚文君，打扮得唧靈唧溜，比衆不同。周雙玉張秀英林素芬蘇冠香俱跟在後。再後方是朱淑人高亞白尹癡鴛齊韻叟暨許多娘姨管家。齊集於拜月房櫳，隨意散坐。

陶雲甫乃向姚文君道：『剛才我自己到你家裏去問，你媽說，癩頭黿昨天又來，跟他說了倒蠻相信，就是一班流氓，七張八嘴，有點閒言閒語我說也不要緊。』

齊韻叟亦向陶雲甫道：『還有一樁事要跟你說：令弟今天要回去。我問他：「可有事？我們節上嘿還要熱鬧熱鬧，怎麼急著回去？」令弟說：「去了再來。」這我倒想起來了：明天十三是李漱芳頭七，大約就是爲此，所以一定要去一趟。我說漱芳命薄情深，可憐亦可敬，我們七個人明天一塊去弔弔她，公祭一壇，倒是一段風流佳話。』雲甫道：『那先要去給個信才好。』韻叟道：『不必；我們弔了就走，出來到貴相好那兒去喫局，我嘿要見識見識貴相好同張秀英的房間。大家去鬧她們一天。』覃麗娟接說道：『齊大人還要客氣。我們那兒地方小點，大人不嫌髒，請過來坐坐，也算我們有面子。』

須臾，傳呼開飯，管家即於拜月房櫳中央，左右分排兩桌圓檯。衆人無須推讓，挨次就位：左首八位，右首六位。齊韻叟留心指數，訝道：『翠芬到了哪去了？今天一直沒看見她。』林素芬答道：『她起來了又睡著。』尹癡鴛忙問：『可有什麼不舒服？』素芬道：『怎曉得她；好像沒什麼。』

韻叟遂令娘姨去請。那娘姨一去半日，不見回覆。韻叟忽想起一事，道：『前天我聽見梨花院落裏，瑤官同翠芬兩個人合唱一套「迎像」，倒唱得不錯。』林素芬道：『不是翠芬嗹；她大曲會嘿會兩支，「迎像」沒教嘿。』蘇冠香道：『是翠芬在唱。她就聽他們教，聽會了好幾支呢。』陶雲甫道：『「迎像」跟「哭像」，連下去一塊唱，那可眞累死人！』高亞白道：『「長生殿」其餘角色派得鑾勻，就是個正生，「迎像」「哭像」，兩齣喫力點。』

齊韻叟聞此議論，偶然高興，再令娘姨傳喚瑤官。瑤官得命，隨那娘姨而至。衆人見瑤官的皪圓的面孔，並不敷些脂粉，垂著一條絕大樸辮，好似烏雲中推出一輪皓月。韻叟命其且坐一旁，留出一位，在尹癡鴛肩下，專等林翠芬。

維時，上過四道小碗，間著四色點心。管家端上茶碗，並將各種水煙旱煙雪茄煙裝好奉上。朱藹人獨出席就榻，仍去吸鴉片煙。陶雲甫乃想起酒令來，倡議道：『龍池先生的「四書」酒令，我們再行行看。』尹癡鴛搖手道：『不成功！一部「四書」我統統想過，再要湊它二十四句再也湊不全的了。』

不想席間講這酒令，適值林翠芬挈那娘姨，穿花度柳，姍姍來遲，悄悄的站了多時，大家都沒有理會。尹癡鴛覺背後響動，回頭看視，只見翠芬滿面淒涼，毫無意興，兩鬢腳蓬蓬鬆鬆，連簪珥釧環亦未齊整，一手扶定癡鴛椅背，一手只顧揉眼睛。癡鴛陪笑讓座。翠芬漠然不睬。癡鴛起身雙手來攙。翠芬摔脫袖子，攢眉道：『不要噥！』齊韻叟先『格』聲一笑，引得衆人不禁鬨堂。癡鴛不好意思，訕訕坐下。

翠芬豈不知這笑的爲己而發，越發氣得別轉臉去。張秀英謂其係清倌人倒不放在心上，意欲勸和，無從搭口。還是林素芬招手相叫，翠芬方慢慢趑往姐姐面前。素芬替她理理頭髮，捉空於耳朵邊說了兩句。翠芬置若罔聞，等姐姐理好，復慢慢趑向遠遠地煙榻對過一帶靠窗高椅上，斜嘴打了一個呵欠。

席間衆人肚裏好笑，不敢出聲。尹癡鴛輕輕笑道：『只好我去倒運點了噥！』說了，便取根水煙筒，趑至煙榻前，點著紙吹，也去坐在靠窗高椅上，和翠芬隔著一張半桌。癡鴛知道清倌人喫醋，必然深自忌諱，不可勸解的，只用百計千方，逗引翠芬頑笑。翠芬回身爬上窗檻，眼望一笠湖中一對白鳧出沒游泳，聽憑癡鴛裝腔作勢，並不覷一正眼兒。齊韻叟料急切不能挽回，姑命瑤官獨唱一套『迎像』。瑤官自點鼓板，央蘇冠香爲之擫笛。席間急於聽曲，不復關心。

朱藹人自煙榻下來，順便慫恿翠芬同去喫酒。翠芬苦苦告道：『有點不舒服，喫不下呀！』藹人只得走開。尹癡鴛沒奈何，遂去挨坐翠芬身邊，另換一副呆板面孔，正正經經，親親密密的，特地叫聲『翠芬』，道：『你不舒服嚜，檯面上去稍微坐一會。酒倒不喫也沒什麼。你不去，就是我嚜曉得你是不舒服，他們非得要說你是喫醋。你自己想想看。』

翠芬見癡鴛還是先時相待樣子，氣已消了

幾分；及聽斯言，抉出眞病，心目中是首肯，但一時翻不轉面皮，垂頭不語。癡鴛探微察隱，乘間要攙翠芬的手。翠芬奪手嗔道：『走開點㖠！討厭死了！』癡鴛央及道：『那你一塊去好不好？』翠芬道：『你去好了嘍！要我去做什麼？』癡鴛道：『你去坐一會還到這兒來好了。』翠芬道：『你先去！』

癡鴛恐催促太迫，轉致拂逆，遂再三叮囑翠芬就來，先自歸席。瑤官的『迎像』正唱到抑揚頓挫之際，席間竦然聽之。癡鴛略微消停，即丟個眼色與林素芬。素芬復招手叫翠芬。翠芬便趁勢趔趄而前，問：『姐姐，什麼呀？』素芬向高椅努嘴示意。癡鴛也欠身相讓。翠芬卻將高椅拉開些，仍斜簽身子和瑤官對坐。

癡鴛等瑤官唱完，暗將韻叟本要合唱之意附耳告訴翠芬。翠芬道：『「迎像」我不會的嘍。』癡鴛又將韻叟曾經聽得之說附耳告訴翠芬。翠芬道：『沒學全哩呀。』

癡鴛連碰兩個釘子，並不介意，只切切求告翠芬喫杯熱酒潤潤喉嚨，揀拿手的唱一支。翠芬不忍再拗，裝做不聽見，故意想出些話頭問瑤官。瑤官不得不答。癡鴛手取酒壺，篩滿一雞缸杯，送到翠芬嘴邊。翠芬使氣大聲道：『放在那兒㖠！』癡鴛慌得縮手放在桌上。翠芬只顧和瑤官搭訕問答，斜刺裏抄過手去取那杯酒一口呷乾，丟下杯子，用手帕揩揩臉。瑤官問翠芬：『可唱？』翠芬點點頭。於是瑤官擫笛，翠芬續唱半齣『哭像』。席間自然稱讚一番，然後用飯撤席。

那時將近三點鐘，衆人不等齊韻叟回房歇午，陸續趲出拜月房櫳，三三兩兩，四散園中，各適其適去了。林翠芬趕人不見，拉了瑤官先行，轉出山坡，抄西向北，一直往梨花院落行來。只見院門大開，院中樹蔭森森，幾隻燕子飛出飛進，兩邊廂房恰有先生在內敎一班初學曲子的女孩兒。瑤官逕引翠芬上樓到了自已臥房裏。隔壁琪官聽見，也趕過來，見翠芬臉上粉黛闌珊，就道：『你要洗洗臉了呀。哪去鬧得這樣子？』瑤官笑道：『不是鬧，爲了喫醋。』翠芬怒道：『我倒不懂什麼叫喫醋！你說說看！』瑤官不辯，代喊個老婆子，舀盆面水，親自移過鏡台。翠芬坐下，重整新妝。琪官還待盤問。翠芬道：『你問她做什麼呀？她是聽他們在說喫醋，這算學了個乖了！可曉得喫醋是什麼事！』

瑤官背地向琪官擠擠眼，搖搖頭，琪官便不作聲。不提防被翠芬在鏡中看得分明，且不提破，急急的掠鬢勻臉，撒手就走；將及房門，復回身說道：『我走了！這好兩個人去說我好了！』

琪官瑤官趕緊追上挽留。翠芬竟已拔步飛奔，登登下樓，出了梨花院落，一路自思，何處去好；從白牆根下繞至三叉石子路口，擡頭望去，遙見志正堂台階上站立一人，背叉著手，形狀似乎張壽，翠芬逆料姐夫姐姐必在那裏，不如趕去消遣片時再說。

第四四回

逐兒嬉乍聯新伴侶　陪公祭重覩舊門庭

按林翠芬打定主意，迤邐趄到志正堂前，張壽揭起簾子，讓其進去，只見姐夫朱藹人躺在堂中榻床吸鴉片煙，姐姐林素芬陪坐閒話。翠芬笑嘻嘻叫聲『姐夫』，扒著姐姐膝蓋，側首觀看。素芬想起，隨口埋怨翠芬道：『這可不要去瞎吵得不在當上！尹老爺還跟你蠻好，你也省事點，快快活活，講講話嘸好了。他們有交情，自然要好點。你是淸倌人，可好眼熱啊！』

翠芬不敢回嘴，頓時面脹通紅，幾乎下淚。藹人笑道：『你再要去說她，眞正要氣死她的了！』素芬嗤的失笑道：『好壞也沒懂嘸，還生什麼氣呀！』翠芬一半羞慚，一半懊悔，要辯又不能辯，著實教她爲難。素芬不去理論，仍與藹人攀談。

良久良久，翠芬微微換些笑容。藹人即攛掇她出去玩。翠芬本覺在此無味，彳亍將行。素芬叫住，叮嚀道：『你嘸自己要乖覺，可曉得？再去豎起了個面孔，給他們笑！』

翠芬默然，懶懶的由志正堂前箭道上低著

頭向前走，胸中還轆轆的轉念頭。不知不覺，轉個彎，穿入萬花深處，順路踅過九曲平橋。橋下一直西北係大觀樓的正路，另有一條小路，向南岔去，都是層層疊疊的假山。那山勢千迴百折，如游龍一般，故總名爲蜿蜒嶺。及至嶺盡頭，翻過龍首天心亭，亦可通大觀樓了。

翠芬無心走此小路，或懸崖峭壁，或幽壑深巖，越走越覺隱僻，正擬轉身退回，忽見前面一個人，身穿簇新綢緞，蹲踞假山洞口，濕漉漉地。翠芬失聲問：『誰？』那人絕不返顧。翠芬近前逼視，竟是朱淑人，彎著腰，躡著脚，手中拿根竹籤，在那裏撩苔剔蘚，撥石掏泥。翠芬問道：『丟了什麼東西呀？』淑人但搖搖手，只管旁視側聽，一步步捱進假山洞。翠芬道：『你看衣裳弄髒了呀。』淑人始低聲道：『不要作聲嘛。你要看好東西嚜，這邊去。』

翠芬不知如何好看東西，依照所指方向，貿然往尋，只見山腰裏蓋著三間潔白光滑的淺淺石室，周雙玉獨自一個坐於石檻上，兩手合捧一隻青花白地磁盆，湊到臉上，將盆蓋微開一縫，孜孜的向內張覷。翠芬未至跟前，便嚷道：『什麼東西呀？給我看嘛！』雙玉見是翠芬，笑說：『沒什麼好看。』隨手授過磁盆。翠芬接得在手，揭起盆蓋，不料那盆內單裝著一隻促織兒，撅起兩根鬚，奕奕閃動。雙玉慌的伸手來掩。翠芬只道是搶，將身一扭，那促織兒就猛可裏一跳，跳在翠芬衣襟上。翠芬慌的捕捉，早跳向草地裏去了。翠芬發急亂嚷，丟下磁盆，邁步追趕。雙玉隨後跟去。那促織兒接連幾跳，跳到一塊山石之隙，被翠芬趕上一撲撲入掌心，一把揣住，笑嘻嘻踅回來，道：『在這兒了！險的！』

雙玉去草地裏拾起磁盆。翠芬鬆手，放進

促織兒，加上蓋。雙玉再張時，不禁笑道：『沒用的了，放了它生罷。』翠芬慌的攔阻，問：『爲什麼沒用了呀？』雙玉道：『掉了脚了呀。』翠芬道：『掉了脚嚜，也不要緊嚜。』

雙玉恐她糾纏，笑而不答。適值朱淑人滿面笑容，一手沾染一搭爛泥，一手揣得緊緊的，亦到了石室前。雙玉忙問：『有沒捉到？』淑人點頭道：『好像還不錯，你去看㖿。』雙玉向翠芬道：『這可要放生了它，裝這隻了。』翠芬按定盆蓋，不許放，嚷道：『我要的呀！』

雙玉遂把磁盆交給翠芬，和淑人並進石室中間。翠芬接踵相從。這室內僅擺一張通長瑪瑙石天然几，几上疊著一大堆東西，還有許多雜色磁盆。雙玉揀取空的一只描金白定窰，將淑人手中促織兒裝上。雙玉一張，果然『玉冠金翅』，雄傑非常，也嘖嘖道：『不錯！比「蟹殼青」還要好！』翠芬在旁，拉著雙玉袖口，央告要看。雙玉教她看法。翠芬照樣捧著，張見這盆內還是一隻促織兒，並無別的東西，便不看了。

雙玉說起適間『蟹殼青』折脚一節，淑人也要放生。翠芬如何肯放，取那磁盆抱於懷中，只道：『我要的呀！』淑人笑道：『你要它做什麼呀？』翠芬略怔一怔，反問道：『正是要它做什麼，我不曉得嚜。你說㖿。』招得淑人只望著雙玉笑。雙玉囑道：『你不要作聲，那就請你一塊看好東西。』

翠芬唯唯遵命。當下展開一條大紅老虎絨毯鋪設几前石板砌成的平地上；搬下一架象牙嵌寶雕籠，陳於中央；許多雜色磁盆，一字兒排列在外。淑人雙玉對面盤膝坐下，令翠芬南向中坐，先將現捉的促織兒下了雕籠，然後將所有『蝴蝶』、『螳螂』、『飛鈴』、『棗核』、『金琵琶』、『香獅子』、『油利撻』各種促織兒更替放入，捉對兒開鬧廝鬥。

初時這『玉冠金翅』的昂昂不動，一經草莖撩撥，勃然暴怒起來，憑陵衝突，一往無前，兩下裏扭結做一處，那裏饒讓一些兒。喜歡得翠芬拍腿狂笑，仍垂下頭直瞪瞪的注視。不提防雕籠中戛然長鳴一聲，倒把翠芬猛嚇一跳。原來一隻『香獅子』竟被『玉冠金翅』的咬死，還見它聳身振翼，似乎有得意之狀。接連鬥了五、六陣，無不克捷。末後連那『油利撻』都敗走奔逃。淑人也喝采道：『這才是眞將軍了！』雙玉道：『你替它起個名字嘛。』翠芬搶說道：『我有蠻好的名字在這兒！』淑人雙玉同聲請教。

翠芬正待說出，忽見娘姨阿珠探頭一望，笑道：『我說小先生也在這兒，花園裏到處都找到了，快點去罷。』翠芬生氣道：『找什麼呀？可怕我逃走了！』阿珠沉下臉道：『尹老爺在找呀！我們嘿找你小先生做什麼！』

說著，即聞尹癡鴛聲音，一路說笑而至。淑人忙起立招呼。癡鴛當門止步，顧見翠芬，抵掌笑道：『這你也有伴了！』翠芬道：『你可要看？來嘛。』癡鴛只是笑。雙玉道：『今天就是它一隻在鬥，不要難爲它，明天看罷。』

阿珠聽說，上面收拾一切傢伙，淑人俯取雕籠，將這『玉冠金翅將軍』親手裝盆，鄭重標記。翠芬雙玉且撐且挽，一齊起身。癡鴛向雙玉道：『你也坐在冰冷的石頭上，要擔干係的嘛！不比翠芬不要緊！』淑人道：『那爲什麼？』雙玉斜睞一眼道：『你不要去問他！可有什麼好話！』

癡鴛呵呵一笑，因催翠芬先行。翠芬徙倚石几，還打量那折腳的促織兒，依依不捨。雙玉乃道：『你要嘿，拿了去。』翠芬欣然攜盆出門。癡鴛問淑人道：『我們都在大觀樓，可就

來?』淑人點首應諾。癡鴛又道:『老兄兩隻貴手也要去揩揩了噥!』一面搭訕,已和翠芬去得遠了。

阿珠收拾粗畢,自己咕噥道:『人嘿小孩子,脾氣倒不小!』雙玉道:『你也道三不著兩的!「先生」嘿「先生」,什麼「小先生」呀!』阿珠道:『叫她「小先生」也沒什麼嘿。』雙玉道:『起先是沒什麼,這時候添了個「大先生」了呀。』朱淑人接嘴說:『這倒不錯,我們也要當心點的哦。』阿珠道:『誰去當心呀?不理了嘿好了!』

於是淑人雙玉隨帶阿珠,從容聯步,離了石室,趄至蜿蜒嶺磴道之下,卻不打天心亭翻過去,只因西首原有出路在龍頰間,乃是一洞,逶迤窈窕,約三五十步穿出那洞,反在大觀樓之西;雖然遠些,較之登峯造極,終爲省力;故三人皆由此路轉入大觀樓前堂。那知茶煙未散,寂無一人,料道那些人都向堂外近處散步,且令阿珠舀水洗手,少坐以待。既而當值管家上堂點燈,漸漸的暮色蒼然,延及戶牖,方纔一對一對陸續咸集於堂上。

談笑之間,排上晚宴,大家偶然不甚高興,因此早散。散後,各歸臥房歇息。朱淑人初爲養病,和周雙玉暫居湖房,病癒將擬遷移,恰好朱藹人林素芬到園,喜其寬綽,就在湖房下榻,淑人亦遂相安。兩朱臥房雖非連屬,僅空出當中一間爲客座。那林翠芬向居大觀樓,於尹癡鴛房後別設一床。(註①)後來添了個張秀英,翠芬自覺不便,也搬進湖房來,便把客座後半間做了翠芬臥房,關斷前半間,從姐姐房中出入。

這晚兩朱暨其相好一起散歸,直至客座,分路而別。朱藹人到了房裏,吸著鴉片煙,與林素芬隨意攀談,談及明晨公祭,今夜須當早睡。素芬想起翠芬未歸，必在尹癡鴛那邊，叫她大姐吩咐道：『你拿個燈籠去看看她娘。等會沒有了自來火，敎她一個人怎麼好走啊！』大姐說是『在此地天井裏。』素芬道：『那喊她進來了呀。天井裏去做什麼？』大姐承命去喊，半日杳然。素芬自往房門口高聲叫喚，隱隱聽得外面應說：『來了。』

又半日，藹人吸足煙癮，吹滅煙燈，翠芬纔匆匆趨至，向姐夫阿姐面前打個遭兒，回身要走。素芬見其袖口露出一物，好像算盤，問：『拿的什麼東西？』翠芬擧手一揚，笑道：『是五少爺的呀。』說了已趸進房間，隨手將房門掩上。外間藹人寬衣先睡，比及素芬登床，復隔房叫翠芬道：『你也睡罷，明天早點起來。』翠芬順口噭應。素芬亦就睡下，因恐睡得過了頭，落後見笑，自己格外留心。

正自睡得沉釀甜熟，藹人忽於夢中翻了個身，依然睡去，反驚醒了素芬。素芬張目存想，不知甚麼時候，輕輕欠身揭帳，剔亮燈台，看桌上自鳴鐘，不過兩點多些；再要睡時，只聞翠芬房裏歷歷碌碌的作響，細聽不是鼠耗，試叫一聲『翠芬』。翠芬在內問道：『可是姐姐喊我？』素芬道：『爲什麼不睡啊？』翠芬道：『這要睡了。』素芬道：『兩點鐘了，在做什麼，還不睡？』翠芬更不答話，急急收拾，也睡了。

素芬偏又睡不著，聽那四下裏一片蛙聲，嘈嘈滿耳，遠遠的還有雞鳴聲，狗吠聲，小兒啼哭聲，園中不應有此，園外如何得聞，猜解不出。接著巡夜更夫敲動梆子，迤邐經過湖房牆外，素芬無心中循聲按拍，跟著敲去，遂不覺跟到黑甜鄉中，流連忘返。次日起身，幸未過晚。剛剛梳洗完備，早有管家傳命於娘姨，請老爺先生們到鳳儀水閣會齊用點心。朱藹人應諾，回說：『就來。』適值對房裏朱淑人親來探問：『預備好了沒？』林素芬說：『好了。』淑人道：『那我們穿好衣裳，一塊去。』素芬道：『好的。』

翠芬在裏間聽見淑人聲音，忙揚聲叫『五少爺。』淑人進去問：『什麼？』翠芬取那兩件雕籠磁盆交還淑人，道：『你帶了去，不要了。』

淑人見雕籠內竟有兩隻促織兒，一隻是折腳的『蟹殼青』，一隻乃是『油葫蘆』，笑問：『哪來的呀？』翠芬咳了一聲，道：『不要去說它！我嘿昨天晚上倒辛辛苦苦捉到了一隻，跟它姘個對。哪曉得短命畜生單會奔，團團轉的奔來奔去。我死命要它鬥，它嘿死命的跑，你說可要火冒？』淑人笑道：『本來說沒用的了，你不相信。你喜歡嘿，我送一對給你，拿回去玩玩。』翠芬道：『謝謝你，不要了。看見了也有氣。』

淑人笑著，順齎籠盆，趕緊回房，催周雙玉換了衣裳便走。兩邊不先不後相遇於客座中間。五個人帶著娘姨大姐同出湖房，一路並不停留，逕赴鳳儀水閣。只見衆人已齊集等候。廝見就座，用過點心。總管夏餘慶趨前稟道：『一切祭禮同應用的東西，都預備好，送了去有一會了。人嘿就派了兩個知客去侍候。可要用贊禮？』齊韻叟沉吟道：『贊禮不必了，喊小贊去一趟。』夏總管出外宣命。

須臾，小贊戴個羽纓涼帽，領那班跟出門的管家，攢聚簾外。韻叟顧問：『馬車有沒套好？』管家回稟：『套了。』韻叟乃向衆人道：『我們走罷。』

衆人聽說，各挈相好，即時起身。於是七客八局并從行僕媪一行人下了鳳儀水閣台階，簇擁至石牌樓下。那牌樓外面一條寬廣馬路，直通園外通衢大道，十幾輛馬車，皆停在那裏。一行人紛紛然登車坐定，蟬聯魚貫，駛出園門。

不多時，早又在於四馬路上。陶玉甫從車中望見『東興里』門楣三個金字燦爛如故；左右店家，裝潢陳設，景象依然；衖口邊擺著個拆字先生攤子，掛一軸面目部位圖，又是出進所常見的。玉甫那裏忍得住，一陣心酸，急淚盈把。惹得個李浣芳也哭起來。

幸而馬車霎時俱停，知客立候於衖外，一行人紛紛然下車進去。陶玉甫恐人訕笑，掩在陶雲甫背後，徒步相隨。比及門首，玉甫更喫一驚：不獨李漱芳條子早經揭去，連李浣芳條子亦復不見，卻見對門白牆上貼了一張黃榜，八衆沙門在客堂中頂禮『大悲經懺』，燒的香煙氤氳不散。知客請一行人暫坐於右首李浣芳房間，不料陳小雲在內，不及迴避。齊韻叟殊為詫異。陶雲甫搶步上前，代通姓名，并述相懇幫辦一節。韻叟方拱手說：『少會。』大家隨便散坐。

一時知客稟請行禮，齊韻叟親自要行，陶雲甫慌忙攔阻。韻叟道：『我自有道理，你也何必替她們客氣？』雲甫遂不言語。

韻叟擧目四顧，單少了陶玉甫一人，內外尋覓不見。陶雲甫便疑其往後面去的，果然從李秀姐房裏尋了出來。韻叟見玉甫兩眼圈兒紅中泛紫，竟似鮮荔枝一般，後面跟的李浣芳更自滿面淚痕，把新換的一件孝衫沾濕了一大塊。

韻叟點頭感歎，卻不好說什麼。當和一行人穿過經壇，簇擁至對過左首房間。那房間比先前大不相同：橱箱床榻燈鏡几，收拾得一件也沒有了；靠後屏門，張起滿堂月白繐帳；中

榜

間直排三張方桌，桌上供一座三尺高五彩紮的靈宮，遮護位套；一應高裝祭品，密密層層，擺列在下，龍香（註②）看燭（註③）飯亭（註④）俱全。

爾時帳後李秀姐等號啕舉哀，秀姐嗣子羞懼不出，靈右僅有李浣芳俯伏在地。小贊手端托盤，內盛三隻銀爵，躬身側立，只等主祭者行禮。

註①容許清倌人與客人這樣接近，似乎信任得出奇，雖然有隨身女僕看守。當然這是妓家煽動情慾的誘惑手腕，但同時也反映出尹癡鴛的聲名地位。

註②龍涎香簡稱。乃抹香鯨腸内分泌物，色灰褐，爲貴重香料。

註③『看』是看守。守靈之燭，日夜不熄。

註④想必是紙紮的亭子，裏面有一碗飯，代表十里長亭餞別，送亡人上路。

第四五回

陳小雲運遇貴人亨　吳雪香祥佔男子吉

按齊韻叟隨身便服詣李漱芳靈案前恭恭敬敬朝上作了個揖，小贊在旁服侍拈香奠酒，再作一揖，乃退下兩步，令蘇冠香代拜。冠香承命，拜了四拜。其餘諸位自然照樣行事。次為高亞白，是姚文君代拜的。文君拜過平身，重復跪下再拜四拜。亞白悄問何故。文君道：『先是代的呀，我自己也應該拜拜她。』亞白微笑。尹癡鴛欲令林翠芬代拜。翠芬不肯，推說：『姐姐還沒拜呀。』癡鴛笑道：『倒也不錯。』只得令張秀英來代。及林素芬為朱藹人代拜之後，翠芬就插上去也拜了。以下并不待開口，朱淑人作過揖，周雙玉便拜；陶雲甫作過揖，覃麗娟便拜。末了挨到陶玉甫，正作揖下去，齊韻叟揚言道：『浣芳尷尬。（註①）玉甫只好自己拜。』玉甫聽說，正中心懷，揖罷即拜，且拜且祝，不知祝些甚麼；祝罷又是一拜，方含淚而起。小贊乃於案頭取下一卷，雙手展開，係高亞白作的四言押韻祭文，敍述得奇麗哀艷，無限纏綿。小贊跪於案旁，高聲朗誦一遍，然後齊韻叟作揖焚庫。

禮成祭畢，陶玉甫打鬧裏挈起李浣芳先自溜去。一行人紛紛然重回右首李浣芳房間。陳小雲側立迎進。怎奈外間鐘鼓之聲，聒耳得緊，大家沒得攀談。覃麗娟張秀英同詞說道：『我們完了呀，請那邊去坐罷。』

齊韻叟連說『好極』，卻請陳小雲一塊敍敍。小雲囁嚅不敢。韻叟轉挽陶雲甫代說，小雲始遵命奉陪。臨行時又尋起陶玉甫來，差大阿金往後面去尋，不見回覆。齊韻叟攢眉道：『這可眞正罷了！』陶雲甫忙道：『我去喊。』親自從房後趕至李秀姐房門首，只見李浣芳獨倚門旁，秀姐和玉甫並在房中，對面站立，一行說一行哭。雲甫跺腳道：『走了呀！多少人單等你一個人！』秀姐因也催道：『那麼二少爺外頭去罷，等會再說好了。』玉甫只得跟雲甫趕出前邊。大家鬨然說：『來了來了！』齊韻叟道：『人這可齊啦？』蘇冠香道：『還有個浣芳。』

一語未終，阿招攙著浣芳也來了。浣芳一直趕至韻叟面前便撲翻身磕一個頭。韻叟錯愕問故。阿招代答道：『媽叫她替姐姐謝謝大人老爺先生小姐。』韻叟揮手，道：『算什麼呀？不許謝。』側裏冠香即一把拉浣芳到身邊，替她寬帶解鈕，脫下孝衫，授與阿招收去。一面齊韻叟起身離座，請陳小雲前行。小雲如何敢僭，垂手倒退。尹癡鴛笑道：『不要讓了，我來引導。』當先搶步出房。隨後一個一個次第行動。

癡鴛將及東興里口，忽聞知客在後叫『尹老爺』，追上稟道：『馬車停在南晝錦里，我去喊了來。』癡鴛道：『馬車不坐了嘛。問聲大人看。』知客回身攔稟請命。齊韻叟亦道：『一點點路，我們走了去好。』知客應聲『是』。韻叟令其傳命執事人等一概撤回，但留兩名跟班侍候。知客又應聲『是』，退站一邊。

一行人接踵聯袂，步出馬路，或左或右，或前或後，參差不齊。轉瞬間已是西公和里。姚文君打頭，跑進覃麗娟家，三腳兩步，一溜上樓。尹癡鴛續到，卻不進去，於門首竚立凝望。即時齊韻叟帶領大隊，簇擁而至。癡鴛攔臂請進。韻叟道：『你可是算本家？』癡鴛笑而不辯，跟隨進門，趦至客堂。一個外場手持一張請客票呈上陶雲甫。雲甫接來一看，塞向懷裏。衆人都不理會。

覃麗娟等在屏門內，要攙扶齊韻叟。韻叟作色道：『你道我走不動？我不過老了點，比小伙子不推扳喇。』說著，撩衣躡足，拾級登梯。娘姨打起簾子，請到房裏。韻叟四面打量，誇讚兩句。覃麗娟隨口答道：『不好的。大人請坐喇。』

韻叟略讓陳小雲，方各坐下。大家陸續進房，隨意散坐，恰好坐滿一屋子。姚文君滿面汗光，暢開一角衣襟，只顧搧扇子。高亞白就說道：『你怕熱嘿，剛才怎麼急著這樣跑？』文君道：『哪跑呀！我怕給癩頭黿的流氓看見，走急了點。』

齊韻叟見房內人多天熱，因向衆人道：『我們還要去認認秀英的房間了呀。』大家說『好。』張秀英起立岀候，並催道：『那麼一塊請過去喇。』陳小雲不復客氣，先走一步，與齊韻叟同過對過張秀英房間。衆人也有相陪過去的，也有信步走開的，只剩朱藹人吸煙過癮。

陶玉甫李浣芳沒精打彩，尚在覃麗娟房裏。陶雲甫令娘姨傳命外場擺檯面，再去對過胡亂應酬一會，捉個空，仍回房來問陶玉甫道：『李秀姐跟你說些什麼？』玉甫道：『說浣芳。』雲甫道：『說浣芳嚜，為什麼哭啊？』玉甫垂首無語。

雲甫從容勸道：『你不要單顧了自己哭，樣樣都不管。今天多少人，跑了來做什麼？說嚜說祭李漱芳，終究是為了你：怕你一個人去，想著了漱芳再要哭一場，有多少人一塊在那兒，這好讓你散散心，撩開點。這時候就說是撩不開，你也應該講講笑笑，做出點快活面孔，總算多少人面上領個情。你自己去想，對不對？』

玉甫依然無語。適娘姨來說：『檯面擺好了。』雲甫想去問齊韻叟可要起手巾。朱藹人道：『問什麼㖸，喊他們絞起來好了。』娘姨應了。雲甫替陳小雲開張局票，授與娘姨帶下發訖。

比及外場絞過手巾，兩面房間客人倌人齊赴當中客堂分桌坐席，公議齊韻叟首位，高亞白次位，陳小雲第三。其餘諸位早自坐定。陳小雲相機湊趣，極意逢迎。大家攀談，頗相浹洽。陶玉甫勉承兄命，有時也搭訕兩句。

俄而金巧珍出局到來，衆人命於陳小雲肩下駢坐。巧珍本係圓融的人，復見在席同儕銜杯舉箸，飲啖自如，自己亦隨和入席。齊韻叟賞其圓融，偶然獎許。巧珍益自賣弄，詼諧四出，滿座風生。為此席間並不寂寞。

齊韻叟忽然想著，問高亞白道：『你作的祭文裏說起了病源有許多曲曲折折，什麼事？』亞白見問，遂將李漱芳既屬教坊，難居正室，以致抑鬱成病之故徹底表明。韻叟失聲一歎，連稱：『可惜！可惜！起先跟我商量，我倒有個道理。』亞白問是何道理。韻叟道：『容易得很。漱芳過繼給我，算是我的女兒，還有誰說什麼話？』

大家聽說默然。惟有陶玉甫以為此計絕

妙，回思漱芳病中若得此計或可回生，今則徒托空言，悔之何及，登時提起一肚皮眼淚，按捺不下，急急抽身溜入覃麗娟房間去了。

高亞白道：『這是我們不好，講得起勁了，忘記了玉甫。』姚文君插口道：『李漱芳這人也太好了！做了倌人也沒什麼要緊嘿，爲什麼不許做大老婆？外頭人是瞎說呀！我做李漱芳嘿先拿說閒話的人給他兩個嘴巴子喫！』說得大家一笑。

齊韻叟禁阻道：『不要去說她了，隨便什麼講講罷。』高亞白瞿然道：『有樣好東西在這兒，給你看。』欻地出席，去張秀英房間取出一本破爛春册授與韻叟。韻叟揭開細細閱竟，道：『筆意蠻好，可惜不全。』隨將春册遞下傳觀。亞白道：『好像是玉壺山人手蹟，不過找不出他憑據。』韻叟道：『名家此種筆墨，哪肯落圖章款識。』尹癡鴛笑向亞白道：『韻叟是行家。你也有意收集呐，這本就送給你。』亞白笑道：『是你噠？說你是此地的本家，倒眞是本家，失敬了！』癡鴛只隨口咕噥了一聲，道：『這本秀英給了我了。』亞白知道癡鴛不會白拿她的，便笑道：『那送我我要請客。』癡鴛笑道：『你請我要老旗昌開廳（註②）的！』亞白笑道：『就請你開廳，節上沒工夫，你說哪天罷！』韻叟拍案笑道：『癡鴛眞會敲竹槓！』

不料這一拍，倒驚動了陶玉甫，只道外面破口爭論，悄悄的揩乾淚痕，出房歸席，見衆人依舊說笑，只聽得高亞白說：『那就准定十八。在席七位就此面訂恕邀。』衆人皆說：『理應奉陪。』玉甫低聲問陳小雲，小雲取過春册，訴明緣由。玉甫無心展閱，略翻一翻，隨手丟下。

齊韻叟見玉甫强作歡容，毫無興會；又見天色陰晦，恐其下雨，當約衆人早些散席。大

家無不遵命。金巧珍見出局不散，未便擅行。陳小雲暗地催她：『走罷。』巧珍方去。

席散後，陶雲甫擬進城回家，料理俗務。朱藹人爲湯嘯菴出門，沒個幫手，節間更忙，並向齊韻叟告罪失陪。韻叟欲請陳小雲到園，小雲亦托辭有事。韻叟道：『那麼中秋日務必屈駕光臨。』小雲未及答言，陶雲甫已代應了。韻叟轉問尹癡鴛：『可回去？』癡鴛道：『你先請。我就來。』

韻叟乃與高亞白朱淑人陶玉甫各率相好，拱手作別，仍坐原車歸園。覃麗娟張秀英直送出大門而回。接著朱藹人興辭；林翠芬跟姐姐林素芬乘轎同去。陳小雲始向陶雲甫打聽中秋一笠園大會情形。

雲甫道：『什麼大會呀！說嘍說白天賞桂花，晚上賞月；正經玩還是不過叫局喫酒。』小雲道：『聽說喫了酒嘍一定要作首詩，可有這事？』雲甫搖手笑道：『沒有的。誰肯作詩呀！倘若你高興作也作好了，總沒他們自己人作得好，徒然去獻醜。』小雲道：『我第一趟去可要用個帖子拜望？』雲甫搖手道：『無須。他請了你嘍，交代園門口，簿子上就添了你陳小雲的名字。你嘍便衣到園門口說明白了，自有管家來接你進去。看見了韻叟，大家作個揖，切勿裝出點斯斯文文的腔調來。做生意嘍，生意本色好了。』

小雲再欲問時，尹癡鴛適從對過張秀英房裏特來面說即要歸園。尹癡鴛既去，小雲亦即起身，說要往東合興里。雲甫道：『可是葛仲英請你？我同你一塊去，稍微應酬一會，我要進城了。』小雲應承暫駐。雲甫匆匆穿好熟羅罩衫，夾紗馬褂。覃麗娟並不相送。但說聲『就來叫。』

雲甫隨小雲下樓，各令車轎往東合興侍候。兩人聯步出門，穿過馬路，同至吳雪香家。一進房間，便見大床前梳妝檯上亮汪汪點著一對大蠟燭，怪問何事。葛仲英笑而不言。吳雪香敬過瓜子，回說：『沒什麼。』

須臾，羅子富王蓮生洪善卿三位熟識朋友陸續咸集。葛仲英道：『藹人嘯菴都不來，就是我們六個人，請坐罷。』小妹姐檢點局票說：『王老爺局票還沒有嘍。』仲英問王蓮生叫何人。蓮生自去寫了個黃金鳳。然後相讓入席。

洪善卿趁小妹姐裝水煙時，輕輕探問：『為什麼點大蠟燭？』小妹姐悄訴道：『我們先生恭喜在那兒，竇個催生婆婆。』善卿即向葛仲英吳雪香道喜。席間聞得此信一疊連聲：『恭喜！恭喜！且借酒公賀三杯。』仲英只是笑。雪香卻嗔道：『什麼喜呀！小妹姐嘍瞎說！』席間誤會其意，皆正色說道：『這是正經喜事，沒什麼難為情。』雪香咳了一聲道：『不是難為情。人家兒子養得蠻大還要壞掉的多得很；剛剛有了兩個月，怎曉得他成人不成人，就要道喜，也太等不及了！』

席間見如此說，反覺無可戲謔。雪香嘆了一聲，又道：『不要說什麼養不大，人家還有不好的兒子，起先養的時候，快活死了，大了點倒教人生氣！』

仲英不待說畢，笑喝道：『你還要說！你的話人家聽了也教人生氣！』雪香伸手將仲英臂膀擰了一把，道：『你嘍教人生氣了嚜！』仲英叫聲『啊唷哇！』惹得哄堂大笑。連小妹姐并既到的出局亦笑聲不絕。

羅子富見黃翠鳳黃金鳳早來，就擬擺莊。覃麗娟繼至，回報陶雲甫道：『天在下

雨，你可好不要進城了？』雲甫緣有要件，不可，轉向羅子富通融，先攏十杯。子富應諾。席間乃爭先出手打陶雲甫的莊。

那邊黃翠鳳乘間問羅子富道：『今天你為什麼不來？』子富道：『我怕你媽又要話多。』翠鳳道：『我媽又好了呀。贖身也定當了。身價嚜還是一千。』子富大為詫異，道：『還是一千嚜，為什麼起先不肯，這時候倒肯啦？』翠鳳滿面冷笑，半晌，答道：『等會跟你說。』子富心下鶻突，卻不敢緊著問。

洎乎陶雲甫滿莊，急著回家，挽留不住，竟和覃麗娟告辭別去。羅子富意不在酒，雖也續攏一莊，胡亂應景而已；只等出局一散，約下王蓮生要去打茶圍。陳小雲洪善卿乖覺，覆杯請飯。葛仲英亦不強勸。草草終席。

羅子富喊轎班點燈，逕同王蓮生於客堂登轎，擡出東合興里，正遇一陣斜風急雨頂頭侵入轎中。高升來安從旁放下轎簾，一路手扶轎槓，直至尚仁里黃翠鳳家客堂停轎。子富讓蓮生前行。

到了樓上，翠鳳迎進房間，請蓮生榻床上坐，令趙家媽先點煙燈，再加茶碗。黃金鳳在對過房間，趕緊過去叫聲『姐夫』，即道：『王老爺，對過去用煙噥。』蓮生道：『就這兒喫一樣的嚜。』金鳳道：『對過有多少煙泡在那兒。』翠鳳道：『煙泡嚜，你去拿了來好了。』

金鳳恍然，重復趕去取過七八根煙籤子，籤頭上各有一枚煙泡。蓮生本愛其嬌小聰明，今見如此巴結，更勝似渾倌人，心有所感，欣然接受，嘴裏說：『難為你。』一手拉金鳳坐於身旁。

金鳳半坐半扒看蓮生吸煙。黃珠鳳扭扭捏捏給羅子富裝水煙。子富推開不吸，緊著要問贖身之事。翠鳳且笑且嘆，慢慢說來。

註①因爲她是家屬，在靈右還禮。

註②即包下餐廳。

第四六回

誤中誤侯門深似海　欺復欺市道薄於雲

按黃翠鳳當著王蓮生即向羅子富說道：

『我們這媽終究是好人：聽她的話嚜好像蠻會說，肚子裏意思倒不過這樣。你看她，三天氣得飯也喫不下！昨天你走了，她一個人在房間裏鬧了一場。今天趙家媽下頭去，媽看見了，就跟趙家媽說，說我的多少不好；說起「我買給她的衣裳頭面要萬把洋錢的哦，不然她贖身嚜我想多給她點，這可一定一點也不給她的了！」

『我在樓上剛巧聽見，又好氣又好笑；我這就去跟媽說說明白。我說：「衣裳頭面都是我撐的東西；我在這兒，我的東西隨便誰不許動。我贖了身可好帶了去？都要交代給媽的嚜。倘若媽要給點給我，不是我客氣，謝謝媽，我一點也不要。不要說什麼衣裳頭面，就是頭上的絨繩，腳上的鞋帶，我通身一場括子換下來交代給媽，這才出此地這門口。媽放心好了。我一點也不要。」

『哪曉得我媽倒眞要分點東西給我！她當我一定要她多少呢，我說了一點都不要，這我媽再快活也沒有，教我贖身嘿贖好了，一千身價就一千好了，替我看了個好日子，十六寫紙，十七調頭。樣樣都說好。你說多好？就是我也想不到這麼容易！』

子富聽了，代為翠鳳一喜。蓮生不勝嘆服，讚翠鳳好志氣，且道：『有句老話說：「好男不喫分家飯，好女不穿嫁時衣。」這不就是你！』

翠鳳道：『做個倌人，自己總要有點算計，這才好爭口氣。倘若我贖身出去，先虧空了五六千的債，倒說不定生意好不好，我就要爭氣也爭不來。這時候我是打好了稿子做的事。有幾戶客人不在上海，都不算；在上海的客人，就不過兩戶。單是兩戶客人照應照應我就不要緊的了。五六千的債也輕鬆得很，我也不犯著要他們衣裳頭面。王老爺說得好：「嫁時衣」還是親生爹娘給女兒的東西，女兒好嘿也不要穿，我倒去要老鴇的東西！就要了來，頂多千把洋錢，哪犯得著呀？』

蓮生仍讚不絕口。子富卻早知贖身之後定有一番用度，自應格外周全，只不料其如許之多；沉吟問道：『哪有五六千的債？』

翠鳳道：『你說沒五六千，你算嘛。身價嘿一千；衣裳頭面，開好一篇帳在那兒，死命要儉省嘿三千；三間房間鋪鋪，可要千把？連零零碎碎多少用項，可是五六千噠？這時候我就叫帶了去的趙家媽同下頭一個相幫先去借了三千，付清了身價，稍微買點要緊東西，調頭過去再說。』

子富默然。蓮生吸過四五口煙，擡身箕坐。金鳳忙取水煙筒要裝。蓮生接來自吸。

消停良久，子富方問起調頭諸事。翠鳳告訴大概：看定兆富里三間樓面，與樓下文君玉合租；除帶去娘姨相幫之外，添用帳房廚子大姐相幫四人；紅木家具暫行租用，合意議價。又道：『十六他們寫紙，我嘿收拾東西交代給媽，沒空，你月半喫檯酒好了。』

子富遂面約了蓮生，并寫了張條子請葛洪陳三位，令高升立刻送去。

高升趕往東合興里吳雪香家，果然洪善卿陳小雲爲阻雨未散。看過條子，葛仲英先道：『我只好謝謝了。一笠園約定在那兒。』小雲亦以此約爲辭。只有善卿準到，寫張回條，打發高升覆命。卻聽窗外雨聲漸漸停歇，涼篷上點滴全無，洪善卿遂蹈隙步行而去。

小雲從容問仲英道：『倌人叫到了一笠園，幾天住那兒，算多少局呀？』仲英道：『看光景起。園子裏三四個倌人常有在那兒。各人各樣開消。還有的倌人，自己身體，喜歡玩，同客人約好了，索性花園裏歇夏，那也只好隨便點。』小雲道：『你可是帶著雪香一塊去？』仲英道：『有時候一塊去。到了園裏再叫也行。』小雲自己盤算一回，更無他話，辭別仲英，逕歸南晝錦里祥發呂宋票店。

明日，陳小雲親往拋球場相熟衣莊揀取一套簇新時花淺色衫褂（註①），復往同安里金巧珍家給個信。巧珍看見，問道：『你在哪去認得這齊大人？』小雲道：『就昨天剛剛認得。』巧珍道：『你跟他做了朋友嘿，我要到他花園裏逛逛去。』小雲道：『明天就請你去玩，好不好？』巧珍道：『這時候客客氣氣算什麼呀？』小雲道：『明天是一笠園中秋大會，熱鬧得不得了的。我嘿去喫酒。你要逛，早點預備好了，局票一到嘿就來。』巧珍自是欣喜。當晚小雲巧珍暢敍一宿。

到了八月十五，中秋節日，陳小雲絕早起

身打扮修飾，色色停當，鐘上剛敲八點，即催起金巧珍，叮囑兩句。小雲趕回店內，坐上包車，往山家園進發。

比及來到齊府大門首，靠對過照牆邊停下。小雲下車看時，大門以內，直達正廳，崇閎深邃，層層洞開，卻有柵欄擋住，不得其門而入，只得退出，兩旁觀望，靜悄悄地不見一人。長福手指左首，似是便門。小雲過去打量，覺得規模亦甚氣概，跨進門口，始見門房內有三五個體面門公蹺起腳說閒話。小雲傍門立定，正要通說姓名。一個就搖手道：『你有什麼事，帳房裏去。』

小雲諾諾，再歷一重儀門，側裏三間堂屋，門楣上立著『帳房』二字的直額。小雲趄進帳房，只見中間上面接連排著幾隻帳檯，都是虛位，惟第一隻坐著一位管帳先生，旁邊高椅上先有一人和那先生講話。

小雲見講話的不是別人，乃是莊荔甫，少不得廝見招呼。那先生道是同夥，略一頷首。荔甫讓小雲上座。小雲竊窺左右兩間皆有管帳先生在內，據案低頭，或算或寫，竟無一人理會小雲。小雲心想不妥，趄近第一隻帳檯向那先生拱手陪笑，敍明來意。那先生聽了，忙說：『失敬。暫請寬坐。』喊個打雜的令其關照總知客。

小雲安心坐候，半日杳然，但見儀門口一起一起出出進進，絡繹不絕，都是些有職事的管家，並非赴席賓客。小雲心疑太早，懊悔不迭。

忽聽得鬧嚷嚷一陣吶喊之聲，自遠而近。莊荔甫慌的趕去。隨後二三十腳夫，前扶後擁，扛進四隻極大板箱。荔甫往來蹀躞，照顧磕碰，扛至帳房廊下，輕輕放平，揭開箱蓋，請那先生出來檢點。

小雲僅從窗眼裏望望。原來四隻板箱分裝十六扇紫楠黃楊半身屏風，雕鏤全部『西廂』圖像，樓台仕女，鳥獸花木，盡用珊瑚翡翠明珠寶石鑲嵌得五色斑斕。

看不得兩三扇，只見打雜的引總知客匆匆跑來問那先生客在何處。那先生說在帳房。

總知客一手整理纓帽，挨身進門，見了不認識，垂手站立門旁，請問老爺尊姓。小雲說了。又問：『老爺公館在哪？』小雲也說了。總知客想了一想，笑問道：『陳老爺可記得哪一天送來的帖子？』小雲乃說出前日覃麗娟家席間面約一節。總知客又想一想，道：『前天是小贊跟去的嘿。』小雲說：『不錯。』

總知客回頭令打雜的喊小贊立刻就來，一面想些話來說；因問道：『陳老爺叫局叫誰？我去開好局票在那兒，那好早點，頭牌裏就去叫。（註②）』

小雲正待說時，小贊已喘吁吁跑進帳房叫聲『陳老爺』，手持一條梅紅字紙遞上總知客。總知客排揎道：『你辦的事好妥當！我一點都沒曉得！害陳老爺嘿等了半天！等會我去回大人！』小贊道：『園門上交代好的了。就沒送條子。也爲了大人說：帖子不要補了。我想晚點送不要緊。哪曉得陳老爺走了這裏宅門。』總知客道：『你還要說！昨天爲什麼不送條子來？』

小贊沒得回言，肩隨侍側。總知客問知小雲坐的包車，令小贊去照看車夫，親自請小雲由宅內取路進園。

其時那先生看畢屏風，和莊荔甫並立講話，陳小雲各與作別。莊荔甫眼看著總知客斜行前導，領了陳小雲前往赴席，不勝艷羡之至。

那先生講過，逕去右首帳房取出一張德大莊票交付荔甫。荔甫收藏懷裏，亦就興辭，趕出齊府便門，步行一段，叫部東洋車，先至後馬路向德大錢莊將票上八百兩規銀兌換鷹洋（註③），半現半票，再至四馬路向壺中天番菜館獨自一個飽餐一頓，然後往西棋盤街聚秀堂來。

陸秀林見其面有喜色，問道：『有沒發財？』荔甫道：『做生意眞難說！上回八千的生意，賺它二百，喫力死了；這時候滿輕鬆，八百生意，倒有四百好賺！』秀林道：『你的財氣到了！今年做掮客都不好，就是你嚜做了點外拆生意，倒不錯！』荔甫道：『你說財氣，陳小雲那才是財氣到了！』遂把小雲赴席情形細述一遍。秀林道：『我說沒什麼好。喫酒叫局，自己先要花錢。倘若沒什麼事做，只好拉倒。倒是你的生意穩當。』

荔甫不語，自吸兩口鴉片煙，定個計較，令楊家媽取過筆硯，寫張請帖，立送拋球場宏壽書坊包老爺，就請過來。楊家媽即時傳下。荔甫更寫施瑞生洪善卿張小村吳松橋四張請帖。『陳小雲或者晚間回店，也寫一張請請何妨？』一併付之楊家媽，撥派外場，分頭請客，并喊個檯面下去。

吩咐粗完，只聽樓下絕俏的聲音，大笑大喊，嚷做一片，都說：『「老鴇」來噥！「老鴇」來噥！』直嚷到樓上客堂。荔甫料知必係宏壽書坊請來的老包，忙出房相迎。不意老包陷入重圍，被許多倌人大姐此拖彼拽，沒得開交。荔甫招手叫聲『老包』。老包假意發個火跳掙脫身子。還有些不知事的淸倌人竟跟進房間裏，這個擰一下，那個拍一下；有的說：『老包，今天去坐馬車囉！』有的說：『老包，手帕子噥？有沒帶來？』弄得老包左右支吾，應接不暇。

荔甫佯嗔道：『我有要緊事請你來，怎麼裝糊塗！』老包瞿然起立，應聲道：『噢，什麼事？』怔怔的斂容待命。淸倌人方一鬨而散。

荔甫開言道：『十六扇屛風嘿，賣了給齊韻叟，做到八百塊洋錢，一塊也不少；不過他們唯恐有點小毛病，先付六百，還有二百，約半個月期。我做生意，喜歡爽爽氣氣。一點點小交易，不要去算了。這時候我來替他付淸了，到了期，我去收，不關你事，好不好？』

老包連說：『好極。』

荔甫於懷裏摸出一張六百洋錢莊票交明老包，另取現洋一百二十元，明白算道：『我嘿除掉了四十，你的四十等會給你。正價應該七百二十塊，你去交代了賣主就來。』

老包應諾，用手巾一總包好，將行。陸秀林問道：『等會到哪來請你啊？』老包道：『就來的，不要請了。』說著，往簾縫中探頭一張，沒人在外，便一溜煙溜過客堂。適遇楊家媽對面走來，不提防撞個滿懷。楊家媽失聲嚷道：『老包！怎麼走啦？』

這一嚷，四下裏倌人大姐蜂擁趕出，協力擒拏，都說：『老包，不要走嘛！』老包更不答話，奔下樓梯，奪門而逃。後面知道追不上，喃喃的罵了兩聲。老包只作不知，趕出西棋盤街，一直到拋球場生全洋廣貨店，專尋賣主殳三。

那殳三高居三層洋樓，身穿捆身子，趿著拖鞋，散著褲腳管（註④），橫躺在煙榻。下手有個貼身服侍小家丁，名叫奢子的，在那裏裝煙；旣見老包，說聲『請坐』，不來應酬。

老包知其脾氣，自去打開手巾包，將屛風正價莊票現洋攤在桌上，請殳三核數親收，并道：『莊荔甫說：一點點小交易，做得喫力死

了，講了幾天，跑了好幾趟，他們帳房門口還要多少開消，八十塊洋錢嘍他一個人要的了。我說：「隨便好了。有限得很。就沒有也不要緊。」』殳三道：『你沒有不對的嘍。』隨把二十塊零洋分給老包。

老包推卻不收，道：『這不要客氣。你要挑挑我，做成點生意好了。』殳三不好再强。老包就說聲『我走了。』殳三也不相送。老包一逕來到陸秀林房間。

莊荔甫早備下四張拾圓銀行票，等得老包回話，即時付訖。當有些清倌人聞得秀林有檯面，捉空而來，團團簇擁老包，都說：『老包叫我！老包叫我！』見老包若無其事笑嘻嘻不睬，越發說的急了。一個拉下老包耳朵，大聲道：『老包！可聽見？』一個盡力把老包揣捏搖撼，白瞪著眼道：『老包！說嘛！』一個大些的

不動手，惟嘴裏幫說道：『自然全都要叫的了！在這兒喫酒，你可好意思不叫？』老包道：『在哪喫的酒呀？』一個道：『莊大少爺不是請你喫酒？』老包道：『你看莊大少爺可是在喫酒？』一個不懂，轉問秀林：『莊大少爺可喫酒？』秀林隨口答道：『怎曉得他。』

大家聽說，面面厮覷，有些惶惑。可巧外場面稟荔甫道：『請客嘍都不在那兒。四馬路煙間茶館統統去看也沒有，沒處去請了嘍。』

荔甫未及擬議，倒是這些清倌人卻一片聲嚷將起來只和老包不依，都說：『你好！騙我們！這可一定都要叫的了！』一個個搶上前磨墨蘸筆，尋票子，立逼老包開局票。老包無法可處。

荔甫忍不住，翻臉喝道：『哪來的一批小把戲，得罪我朋友！喊本家上來問他聲看！他開的把勢，可曉得規矩？』外場見機，含糊答

應，暗暗努嘴，催淸倌人快走。秀林笑而排解道：『去罷，去罷。不要在這兒瞎纏了。我們喫酒的客人還沒齊，倒先忙著叫局！』這些淸倌人一場沒趣，訕訕走開。

荔甫向老包道：『我有道理。你叫嚜叫本堂局。起先叫過的一定不叫。』老包道：『本堂就是秀林嚜沒叫過。』秀林接嘴道：『秀寶也沒。』

荔甫不由分說，即爲老包開張局票叫陸秀寶。另寫三張請帖，請的兩位同業是必到的，其一張請胡竹山。外場接得在手，趁早齎送。

註①顯然另有八成新或是半新不舊的。原來當時的估衣鋪兼賣新衣，所以趙二寶初到上海時有現成的衣服可買。近代只有鞋帽莊，沒有『衣莊』。

註②『紅樓夢』中賈家每日菜單寫在『水牌』上——可用水拭淨的大板。此處齊府將召妓名單附地址寫在水牌上，僕人去叫了一批之後，拭去再寫一批人名，所以『頭牌』較早。

註③當時銀兩與墨西哥鷹洋並行，銀元價值比一兩稍低。

註④時人照片，連在亞熱帶廣州都穿紮腳褲。近代只有北方還穿亞寒帶滿洲傳入的這保暖的服裝。海禁未開之前，對外貿易爲廣州商人壟斷，因而豪富，生活窮奢極侈，自成一家。洋廣貨店主殳三竟有珍異的屏風出售，當是廣州大商人後裔。不紮褲腳，是寫一個破落户的懶散。

第四七回

明棄暗取攘竊瞞贓　外親內疏圖謀挾質

按聚秀堂外場手持請客票齎往南畫錦里，只見祥發呂宋票店中僅有一個小夥計坐守櫃臺；問胡竹山，說：『不在這兒，尚仁里喫花酒去了。』外場笑道：『今天請客眞正難死了！一個也請不到！』

小夥計取看票子，忽轉一念，要瞞著長福賺這轎飯錢，因說道：『票放在這兒，我替你送去，好不好？』外場喜謝懇託而去。

那小夥計喚出廚子，囑其代看，親去尚仁里黃翠鳳家，直至樓上客堂；張見房間內正亂著坐檯面，小夥計怕羞卻步，將票交與大姐小阿寶。小阿寶呈上羅子富。子富轉授胡竹山。竹山閱竟，回說：『謝謝。』小夥計掃興歸店。

少頃，出局漸集。周雙珠帶齎一張票給洪善卿閱，就是莊荔甫請的。善卿遂首倡擺莊，十觥划完，告辭作別。羅子富猜度黃翠鳳必有預先料理之事，也想早些散席爲妙。席間飲量平常，大抵與胡竹山差不多。惟有姚季蓴喜歡鬧酒，偏爲他人催請不過，去得更早。可惜這華筵令節竟不曾暢敍通宵，無事可敍，無話可述。

羅子富等客散之後，將回公館。黃翠鳳問道：『你還有什麼事？』子富道：『我是沒什麼事。你可要收拾收拾？明天一天，恐怕忙不過來。』翠鳳掉頭笑道：『咳！我的東西老早收拾好了！等到這時候！』

子富重復坐下。翠鳳道：『明天忙也不忙，倒要用得著你，不要走。』子富唯唯，打發高升轎班自回。卻聽對過房間黃金鳳檯面上划拳唱曲之聲聒耳可厭。比及金鳳席終，接著翠鳳出局，子富又不免寂寞些，將金鳳燒的煙泡連吸三口，提起精神。

翠鳳於夜分歸家，囑咐相幫小心照看斗香椽燭。相幫約了趙家媽小阿寶挖花賭錢，以爲消夜之計。子富聞得樓下人聲嘈嘈不絕，不知不覺和翠鳳談至天亮，連忙寬衣登床，懵騰一覺。畢竟有事在心，不致睡過了頭，將近午刻，共起同餐。

早有人送到一包什物。翠鳳令趙家媽將去暫交黃二姐代爲收存，明晨應用。且請黃二姐上樓，翠鳳自去捧出先前子富寄留的拜匣，討子富身邊鑰匙，當場開鎖。匣內只有許多公私雜項文書，並無別樣物件。翠鳳叫子富把文契點與黃二姐看。黃二姐笑攔道：『曉得了！你這人哪有推扳！不要看了！』翠鳳道：『媽，不是呀；這個是他的東西，媽看過了，我好帶了去讓他自己也點了一點，倘若過兩天缺了什麼，不關媽事，對不對？』

黃二姐只得看其點過鎖好。翠鳳亦令趙家媽將去，連適間一包，做一處安放；更請帳房先生隨帶衣裳頭面帳簿上樓。

子富聽這名目新奇，從旁看去。原來那帳

簿前半本開具頭面若干件，後半本開具衣裳若干件；如有破壞改拆等情，下面分行小註，一覽而知。子富暗地歎服其精細。

當下小阿寶幫同趙家媽從橱肚中掇出三隻頭面箱。翠鳳自去先開一箱，把箱內頭面一總排列桌上，央帳房先生從頭念下。這邊念一件，那邊翠鳳取一件頭面付給黃二姐，親眼驗，親手接。黃二姐遞付趙家媽，仍裝入箱內。裝畢，請黃二姐加上鎖。通共一箱金，一箱珠，一箱翡翠白玉。三箱頭面，照帳俱全，一件不缺。

趙家媽另喊兩個相幫上樓，從床背後暨亭子間兩處抬出十隻朱漆皮箱。翠鳳自去先開一箱，把箱內衣裳一總堆列榻上，央帳房先生從頭念下。這邊念一件，那邊翠鳳取一件衣裳付給黃二姐，親眼驗，親手接。黃二姐遞付趙家媽仍裝入箱內。裝畢，請黃二姐加上鎖。通共兩箱大毛，兩箱中毛，兩箱小毛，兩箱棉，一箱夾，一箱單與紗羅。十箱衣裳，照帳俱全，一件不缺。

翠鳳重央帳房先生翻到帳簿末兩頁，所有附開各帳一概要念。此乃花梨紫檀一切家具以及自鳴鐘銀水煙筒之類。翠鳳一件件指點明白，某物在某所，某物在某所。黃二姐嘻開嘴，胡亂答應，實未留心。

翠鳳一直接說道：『還有我家常穿的衣裳同零零碎碎玩的東西，帳嘪沒開，都在官箱裏，媽空了點再查好了。』黃二姐笑諷道：『你也應該喫力了呀！喫筒水煙，請坐會嘛。』

翠鳳果然覺得疲乏，和黃二姐對面坐下。黃珠鳳慌的過來裝水煙。黃金鳳正陪著子富說笑，亦遂停止。大家相視，嘿嘿無言。帳房先生料無他事，隨帶帳簿，領了相幫下樓。趙家媽小阿寶陸續各散。

翠鳳特地叫聲『媽』，從容規諫道：『我這些衣裳頭面，多嚜不算多，撐起來也不容易；今天我交代了給媽，媽收起來。你要自己有點譜子才好噱！再給姘頭騙了去，你要喫苦的噱！你幾個老姘頭都是租界上拆梢流氓，靠得住點正經人一個也沒有。我眼睛裏看見嚜，不曉得給他們騙了多少了！我的東西，幸虧我捏牢了，替媽看好在那兒，一直到這時候，沒騙了去；倘若在媽手裏，此刻也沒有了！我嚜做了四五年大生意，替媽撐了點東西，還有今天這一天，媽面上總算我有交代。這兒的事，我完結了；倒是媽這沒譜子，有點不放心。我走了還有誰來說你呀！你嚜去聽了姘頭的話，不消四五年，騙了你錢，再騙你東西，等你沒有了，讓你去喫苦，你為了姘頭喫的苦，可好意思教人照應點？你也沒臉去說嚜！』

一席話，說得黃二姐無地容身，低下頭去，撥弄手中一把鑰匙。子富但微微的笑。翠鳳又叫聲『媽』，道：『你不要怪我話多。我是替媽算計。我贖身嚜贖了出去，我的親人就只有媽，隨便到哪兒，總是黃二姐那兒出來的女兒。媽好，我也體面點；不好，大家坍台。媽樣樣都不錯，做生意蠻巴結，當個家蠻明白，就是在姘頭面上喫了虧。我為了看不過說說你，這以後我也不好說的了，你要自己有譜子。五十多歲的年紀，還像了起先那樣子，做出點話靶戲給小孩子笑話，我倒替你難為情！』

黃二姐聽了，坐著不好，走開不好，漸漸脹得滿面緋紅。翠鳳不忍再說下去，乃更端道：『我說，你這時候就拿一千洋錢買個把討人，衣裳頭面都有在那兒，做點生意下來，開消也夠了。再過兩年，金鳳梳了個正頭，時髦倌人，就說不時髦，至少也像了我好了嚜，剛剛接下去，那是再好也沒有。珠鳳本來不中用的，倘若有人家要嘿，倒讓她到好地方去罷。金鳳可有什麼好說的呀？一定數一數二。媽依了我，是福氣。』

子富連連點頭，插嘴道：『這倒是正經話。一點都不錯。』翠鳳道：『那麼起先的話可是說錯了？』黃二姐因道：『都是好話！哪有錯呀！』說罷，起立徘徊，自言自語道：『他們應該就快來了，我下頭去等著。』遂轉身逕歸樓下小房間。

翠鳳在後手指黃二姐背脊，低聲向子富道：『你看她！越說她越是個厚皮！這我說過了不說了！她要去喫苦，讓她去！』子富道：『她做老鴇也苦：給你埋怨死了，一聲也不敢響。』翠鳳道：『你還說呢！七姊妹裏頭可有什麼好人！我要做錯了點，給她打，氣得要死！』子富道：『我不相信。』翠鳳道：『你不相信，看諸金花。她們七姊妹，我碰著三個人。諸三姐比我媽好得多吶，就不過打了兩頓。要是我媽的討人，一定要死死不了，要活活不了。教她試試看嘿，曉得了。』

子富笑而不語。翠鳳嘆口氣道：『不要說是我媽，你看上海把勢裏哪個老鴇是好人！她要是好人，哪會喫把勢飯！還有個郭孝婆，你也曉得點囉？這時候自己沒有討人，還要去幫諸三姐打這諸金花，你說可教人看著有氣！』

不料翠鳳說話之間，突然樓梯上一陣腳步聲，跑上三個人，黃二姐前引，帳房先生後隨，直往對過金鳳房間。子富怪詫問故。翠鳳搖手悄訴道：『都是流氓呀！我們贖身文書要他們到了才好寫嘿。』

子富見說，放下窗簾。翠鳳惟令珠鳳過去應酬，不許擅離。金鳳竟不過去，怔怔癡坐，

不則一聲。子富視其面色如有所思，拉近身邊，親切問道：『姐姐走了，可冷靜啊？』金鳳攢眉含淚而答道：『冷靜點是不要緊；我在想：姐姐走了，就剩我一個人做生意，房錢，捐錢，多少開消，忙死了我也沒幾檯酒，幾個局，媽發急起來，那可要死了！教我還有什麼法子呢！』

翠鳳一聽，嗤的笑道：『你這時候做生意夠開消了，媽要發財了！』子富也笑慰道：『你放心，媽哪會來說你，珠鳳比你大一歲，要說嘍先說她。』金鳳道：『她天生沒生意，倒也沒什麼。我是媽一直在說：「這可應該生意好點了。」姐姐也這麼說。哪曉得這節的帳比上節倒少了點！』翠鳳道：『你嘍不要去轉什麼念頭，自己巴結做生意好了。』子富也道：『你要記著姐姐的話，那媽就喜歡你。』

黃二姐適從對過房裏踅來，聽得『媽』這字，問說甚話。翠鳳爲述金鳳之言。黃二姐順口讚道：『好女兒！倒難爲她想得到！』金鳳轉覺害羞，一頭撞入子富懷抱。大家一笑丟開。

黃二姐袖口掏出一隻金時辰表，一串金剔牙杖，雙手奉與翠鳳，道：『你說東西一點都不要，我也曉得你的意思，不好給你。這兩樣，你一直掛在身上，沒了不便的嘍。你帶了去。小意思，也不好算什麼東西。』

翠鳳不推不接，并不覷一正眼兒，冷笑兩聲，道：『媽，謝謝你！我說過一點都不要，媽還要客氣，笑話了！』黃二姐伸出手縮不進，忸怩爲難。

子富在旁調停道：『給了金鳳罷。』黃二姐想了想，不得已，給與金鳳。翠鳳正色道：『索性跟媽說了罷：我到了兆富里，媽要來看我，來好了；倘若送副盤（註①）給我，那是媽不要生氣，連小賬都沒有！』

黃二姐欲說不說，囁嚅為難。忽見趙家媽送上一張請客票。黃二姐便趁勢搭訕問：『哪兒請？』子富看那票子乃泰和館的，知係局中例酒。翠鳳不去理會，盛氣莊容，凜乎難犯。黃二姐自覺沒趣，趔趄半晌，仍往對過房裏去了。

子富將行，翠鳳囑道：『等會你要來的噥。不曉得他們贖身文書寫得可對。』子富應諾，趦出客堂，望見對過房間點的保險檯燈分外明亮，但靜悄悄的，毫無一些聲息。子富向簾子縫裏暗立潛窺，只見帳房先生架起眼鏡，據案寫字；三個流氓連黃二姐攢聚一堆兒切切私語，不知商議什麼事情；珠鳳小阿寶侍應左右。

子富並未驚動，自去赴宴。到了泰和館，自然擺莊叫局，熱鬧如常。惟子富牢記翠鳳所囑，生恐醉後誤事，不敢盡歡；酬酢一回，乘間逃席。

那時金鳳房間也擺起四盤八簋請那流氓，雄啖大嚼，吭咂有聲，笑詈叫號，雜沓間作。子富逆揣贖身文書必然寫好，見了翠鳳，將出一張正契，一張收據，上面寫的畫蚓塗鴉，不成字體；及觀文理，倒還清楚。蓋有相傳秘本作為底稿，所以不致乖謬。

翠鳳終不放心，定要子富逐句講解一遍，自己逐句推敲一遍，始令小阿寶賫交黃二姐簽押蓋印。子富記得年月底下一排姓名地方，代筆之外，平列三個中證：一個周少和，一個徐茂榮，一個混江龍。問這混江龍是否綽號。翠鳳道：『這個噻，我媽的姘頭噻。就是他不聲不響，調皮死了！剛才還在出花頭！我這人去上他的當！做夢了噥！』

子富看過贖身文書，瞻顧徬徨，若有行意。翠鳳堅留如前，說：『明天我們一塊過去。』子富沒法遵命。待那三個流氓漸次散盡，方各睡下。

翠鳳睡中留神，黎明即醒，喚起趙家媽，命向黃二姐索取一包什物。這包內包著一身行頭，色色俱備。翠鳳坐於床沿，解鬆裹腳，另換新布。子富朦朦朧朧，重入睡鄉。直至翠鳳梳洗俱完，纔來叫醒。

子富一見翠鳳，上下打量，不勝驚駭：竟是通身淨素，湖色竹布衫裙，蜜色頭繩，元色鞋面，釵環簪珥一色白銀，如穿重孝一般。

翠鳳不等動問，就道：『我八歲沒了爹娘，進這兒的門就沒戴孝；這時候出去，要補足它三年。』子富稱嘆不置。翠鳳道：『不要瞎說了！快點走罷！』子富道：『那就走好了囉。』翠鳳道：『你先走。我收拾好了就來。』隨命小阿寶跟子富至樓下向黃二姐索取那隻拜匣，置於轎中。

於是子富乘轎往兆富里。先有一轎包車停歇門首。（註②）子富下轎進門，一個添用的大姐，曾經識面，一直請到樓上正房間。高升捧上拜匣，隨即退下。子富四下裏打量一看時，不獨場面鋪陳無少欠缺，即家常動用器具亦莫不周匝齊全。子富滿口說好，更欲看那對過騰客人的空房間，大姐攔說有客乃止。（註③）

須臾，大門外點放一陣百子，高升趙家媽當頭飛報：『來了。』大姐忙去當中間點上一對大蠟燭。

翠鳳手執安息香，款步登樓，朝上伏拜。（註④）子富躡足出房，隱身背後觀其所爲。翠鳳覺著，回頭招手道：『你也來拜拜嘛。』子富失笑倒退。翠鳳道：『那張張望望些什麼

呀！房裏去！』一手推子富進房，把懷中贖身文書叫子富覆勘一遍，的眞不誤。

翠鳳自去床背後，從朱漆皮箱內捧出一隻拜匣，較諸子富拜匣，色澤體製，大同小異。匣內衹有一本新立帳簿，十幾篇店鋪發票。

翠鳳當場裝入贖身文書，照舊加上鎖，然後將這拜匣同子富的拜匣一總捧去收藏於床背後朱漆皮箱。凡事大概就緒，翠鳳安頓子富在房，踅過對過空房間打發錢子剛回家。

註①賀人搬家送的一托盤點心。

註②錢子剛乘包車。

註③子富對於翠鳳在黃二姐處的最後一夜顯然提不起興致來，但是她堅留他住宿，不要他錯過次晨戲劇性的改裝一幕。而又不肯與他同去新居，知道錢子剛也會來，怕被子剛看見他們儷影雙雙同來，感到刺激。

註④補祭父母。

第四八回

軟裏硬太歲找碴　眼中釘小蠻爭寵

按黃翠鳳調頭這日，羅子富早晚雙檯張其場面。十二點鐘時分，錢子剛回家旣去，所請的客陸續纔來。第一個爲葛仲英。仲英見三間樓面清爽精緻，隨喜一遭；旣而踅上後面陽臺。這陽臺緊對著兆貴里孫素蘭房間。仲英遙望玻璃窗內，可巧華鐵眉和孫素蘭銜杯對酌，其樂陶陶。大家頷首招呼。

華鐵眉忽推窗叫道：『你有空嘿，來說句話。』葛仲英度坐席尚早，便與羅子富說明，並不乘轎，步行兜轉兆貴里。不意先有一輩不三不四的人，身穿油晃晃暗昏昏綢緞衣服，聚立門前，若有所俟。

葛仲英進門後，即有一頂官轎，接踵而至，一直擡進客堂。仲英趕急邁步登樓。孫素蘭出房相迎，請進讓座。華鐵眉知其不甚善飮，不復客套。葛仲英問有何言。鐵眉道：『亞白請客條子，你有沒看見？什麼事，要在老旗昌大請客？』仲英道：『我問小雲，也剛曉得。』遂述尹癡鴛贈春册之事。鐵眉恍然始悟道：『我正在說，姚文君家裏嘿，爲了個癩頭黿不好去請客;爲什麼要老旗昌開廳?哪曉得是癡鴛高起興來了!』

道言未了,只見娘姨金姐來取茶碗,轉向素蘭耳邊悄說一句。素蘭猛喫大驚,隨命跟局的大姐盛碗飯來。鐵眉怪問爲何。素蘭悄說道:『癩頭黿在這兒。』鐵眉不禁吐舌,也就撤酒用飯。

食頃,倏聞後面亭子間豁琅一聲響,好像砸破一套茶碗;接著叱罵聲,勸解聲,沸反盈天。早有三四個流氓門客,履聲橐橐,闖入客堂;竟是奉令巡哨一般,直至房門口,東張西望,打個遭兒。

葛仲英坐不穩要走。華鐵眉請其少待,約與同行。孫素蘭不敢留,慌忙丟下飯碗,用乾手巾抹了抹嘴,趕緊出去。只見賴公子氣憤憤地亂嚷,要見見房間裏是何等樣恩客。那些手下人個個摩拳擦掌,專候動手。金姐沒口子分說,扯這個,拉那個,那裏擋得住。素蘭只得上前按下賴公子,裝做笑臉,宛轉陪話;說是『莽撞,得罪了。』賴公子爲情理所縛,不好胡行,一笑而止。流氓門客亦皆轉舵收篷,歸咎於娘姨大姐。

一時,葛仲英華鐵眉匆匆走避,讓出房間。孫素蘭又不敢送,就請賴公子:『去喨。』賴公子假意問:『到哪去?』素蘭說『房間裏。』賴公子直挺挺坐在高椅上,大聲道:『房間裏不去了!我們來做塡空!』流氓門客聽說,亦皆拿腔作勢,放出些脾氣來,不肯動身。禁不起素蘭揣著賴公子兩手,下氣柔聲,甜言蜜語的央告。賴公子遂身不由主,趔趄相從。一邊金姐大姐做好做歹,請那流氓門客一齊趱進房間。

賴公子只顧脚下,不提防頭上被掛的保險燈猛可裏一撞,撞破一點油皮,尚不至於出血。賴公子擡頭看了，嗔道：『你隻不通氣的保險燈也要來欺負我！』說著舉起手中牙柄摺扇輕輕敲去，把內外玻璃罩，叮叮噹噹，敲得粉碎。素蘭默然，全不介意。一班流氓門客卻還言三語四幫助賴公子。一個道：『保險燈不認得你呀！要是恩客嘿，就不碰了！不要看它保險燈也蠻乖覺呢。』一個道：『保險燈就不過不會說話！它碰你的頭，就是要趕你出去，懂不懂啊？』一個道：『我們本底子不應該到這兒正房間裏來，倒冤枉死了這保險燈！』

賴公子不理論這些話，只回顧素蘭道：『你不要在心疼，我賠給你好了。』素蘭微哂道：『笑話了嘛！本來是我們的保險燈掛得不好，要你少大人賠！』賴公子沉下臉道：『可是不要？』素蘭急改口道：『少大人的賞賜，可有什麼不要啊。這時候說是賠我們，那我們不要。』賴公子又喜而一笑。弄得他手下流氓門客摸不著頭腦，時或浸潤挑唆，時或誇詡奉承。素蘭看不入眼，一概不睬，惟應酬賴公子一個。

賴公子喊個當差的，當面吩咐傳諭生全洋廣貨店掌櫃，需用大小各式保險燈，立刻齎送張掛。

不多時，掌差的帶個夥計銷差。賴公子令將房內舊燈盡數撤下，都換上保險燈。夥計領命，密密層層，掛了十架。素蘭見賴公子意思之間不大舒服，只得任其所爲。賴公子見素蘭小心侍候，既不親熱，又不冷淡，不知其意思如何。

繼而賴公子攜著素蘭並坐床沿，問長問短。素蘭格外留神，問一句說一句，不肯多話。問到適間房內究屬何人，素蘭本待不說，但恐賴公子借端兜搭，索性說明爲華鐵眉。賴公子欻地跳起身子，道：『早曉得是華鐵眉，

我們一塊見見巒好嘿！』素蘭不去接嘴。那流氓門客即羣起而攛掇道：『華鐵眉住在大馬路喬公館，我們去請他來好不好？』賴公子欣然道：『好！好！連喬老四一塊請！』當下寫了請客票，另外想出幾位陪客，一併寫好去請。素蘭任其所爲，既不慫恿，亦不攔阻。

賴公子自己興興頭頭，胡鬧半日，看看素蘭，落落如故，肚子不免生了一股暗氣。及當差的請客銷差，有的說有事，有的不在家，沒有一位光顧的。賴公子怒其不會辦事，一頓『王八蛋』，喝退當差的，重新氣憤憤地道：

『他們都不來嘿，我們自己喫！』

當下復亂紛紛寫了叫局票。賴公子連叫十幾個局。天色已晚，擺起雙檯。素蘭生怕賴公子尋釁作惡，授意於金姐，令將所掛保險燈盡數點上，不獨眼睛幾乎耀花，且逼得頭腦烘烘發燒，額角珠珠出汗。賴公子倒極爲稱心，鼓掌狂叫，加以流氓門客閧堂附和，其聲如雷。素蘭在席，只等出局到來，便好抽身脫累；誰知賴公子且把出局靠後，偏生認定素蘭一味的軟廝纏。素蘭這晚偏生沒得出局，竟無一些躲閃之處。

初時素蘭照例篩酒，賴公子就擧那杯子湊到素蘭嘴邊，命其代飮。素蘭轉面避開。賴公子隨手把杯子撲的一碰，放於桌上。素蘭斜睞一眼，手取杯子，笑向賴公子婉言道：『你要教我喫酒嘿，應該敬我一杯，我敬你的酒還是拿給我喫，可是你不識敬！』也把杯子一碰，放於賴公子面前。賴公子反笑了，先自飮訖，另篩一杯授與素蘭。素蘭一口呷乾。席間皆喝聲采。

賴公子豪興遄飛，欲與對飮。素蘭顰蹙道：『少大人請罷，我不大會喫酒。』賴公子錯愕道：『你還要看不起我！出名的好酒量，說不會喫！』素蘭冷笑道：『少大人要纏夾死了！我們喫酒，學了來的呀。拿一雞缸杯酒一氣呷下去，過了一會再挖它出來，這才算會喫了。出局去，到了檯面上，客人看見我們喫酒一口一杯，都說是好酒量，哪曉得回去還是要吐掉了才舒服！』賴公子也冷笑道：『我不相信！要嚜你喫了一雞缸杯，挖給我看。』素蘭故意岔開道：『挖什麼呀？你少大人嚜，教人挖了，還要教人看！（註①）』

賴公子一路攀談，毫無戲謔；今聽斯言，快活得什麼似的，張開右臂，欲將素蘭攬之於懷。素蘭乖覺，假作發急，俏聲一喊，倉皇逃遁。只見金姐隔簾點首兒。素蘭出房，問其緣故。原來是華鐵眉的家奴，名喚華忠，奉主命探聽賴公子如何行徑。素蘭述其梗概，並道：『你回去跟老爺說，一直鬧到了這時候，總要挑我的眼；問老爺可有什麼法子。』

華忠未及答話，檯面上一片聲喚『先生』。素蘭只得歸房。華忠屏息潛蹤，向內暗覷，但覺一陣陣熱氣從簾縫中冲出，席間科頭跣足，袒裼裸裎，不一而足。賴公子這邊被十幾個倌人團團圍住，打成栲栳圈兒，其熱尤酷。

賴公子喝令讓路，要素蘭上席划拳。素蘭推說『不會划。』賴公子拍案厲聲道：『划拳嚜可有什麼不會的呀！』素蘭道：『沒學過，哪會呀。少大人要划拳，明天我就去學，學會了再划好了。』賴公子瞋目相向，獰惡可畏。幸而流氓門客爲之排解道：『她們是先生；先生的規矩，彈唱曲子，不划拳。叫她唱支曲子罷。』素蘭無可推說，只得和起琵琶來。

華忠認得這一班流氓門客都是些敗落戶紈袴子弟與那駐防吳淞口的兵船執事（註②），恐爲所見，查問起來，難於對答，遂回身退出，自歸大馬路喬公館轉述於家主。華鐵眉尋思一回，沒甚法子，且置一邊。

次日飯後，卻有個相幫以名片相請。鐵眉又尋思一回，先命華忠再去採聽賴公子今日遊蹤所至之處，自己隨即乘轎往兆貴里孫素蘭家等候覆命。

素蘭一見鐵眉，嗚嗚咽咽，大放悲聲，訴不盡的無限冤屈。鐵眉惟懇懇的寬譬慰勸而已。素蘭慮其再至，急欲商量。鐵眉浩然長嘆，束手無策。素蘭道：『我想一笠園去住兩天，你說好不好？』鐵眉大爲不然，搖頭無語。素蘭問怎的搖頭。鐵眉道：『你不曉得，有許多不便噠。我嘿先不好去跟齊韻叟去說；癩頭黿同我們世交，給他曉得了嘿，也好像難爲情。』素蘭道：『姚文君在一笠園，就爲了癩頭黿；什麼不便呀？』鐵眉理屈詞窮，依然無語。

良久，素蘭鼻子裏哼了一聲，道：『我是曉得你這人，隨便什麼一點點事，用得著你嘿，總不答應！你放心，我不過先告訴你；齊大人那兒，我自己說好了。癩頭黿曉得了，也不關你事。』鐵眉拍手道：『那蠻好。等會我們到老旗昌，你要說嘿就說。』素蘭鼻子裏又哼了一聲，亦復無語。

兩人素性習靜，此時有些口角，越發相對忘言。直至華忠回來報說：『這時候少大人在坐馬車，回來了到這兒來。』鐵眉聞信，甚爲慌張，方啓口向素蘭道：『我們走罷。』素蘭聞言，愈覺生氣，遲迴半晌，方啓口答道：『隨便你。』

於是鐵眉留下華忠：假使賴公子到此生事，速赴老旗昌報信。素蘭囑咐金姐好生看待賴公子，只實說出局於老旗昌便了。

兩人相與下樓，各自上轎。剛擡出兆貴

里，便隱隱聽得輪蹄之聲，駛入石路。一剎間追風逐電，直逼到轎子旁邊。鐵眉道是賴公子，探頭一張，乃係史天然，挈帶趙二寶，分坐兩輛馬車，一路朝南駛去，大約即爲高亞白所請同席之客。等得馬車過後，轎子慢慢前行，轉過打狗橋，經由法大馬路，然後到了老旗昌。只見前面一帶歇著許多空轎空車，料史天然必然先到。又見後面更有許多轎子銜接擡來。

華鐵眉孫素蘭站定少待。那轎子抬至門首，一齊停下，卻係葛仲英朱藹人陶雲甫三位，連帶的局吳雪香林素芬覃麗娟，共是六肩轎子。大家廝見，紛紛進門。高亞白在內望見，與兩個廣東娘子迎出前廊，大笑道：『催請條子剛剛去，倒都來了，還有個天然兄，還要早。好像大家約好了時候。（註②）』

一行人躡足升階，至於廳堂之上。先到者除史天然趙二寶外，又有尹癡鴛朱淑人陶玉甫三位。大家見過。高亞白道：『就是個陳小雲同韻叟沒到。』

衆人相讓坐下，因而仔細打量這廳堂。果然別具風流，新翻花樣，較諸把勢，絕不相同。屏欄窗牖，非雕鏤即鑲嵌，刻劃得花梨銀杏，黃楊紫檀，層層精緻，帳幙簾帷，非藻繪即綺繡，染得湖縐官紗，寧綢杭線，色色鮮明。大而棟梁柱礎牆壁門戶等類，無不聳翠上騰，流丹下接；小而几案椅杌床榻橱櫃等類，無不精光外溢，寶氣內含。至於栽種的異卉奇葩，懸掛的法書名畫，陳設的古董雅玩，品題的美果佳茶，一發不消說了。

衆人再仔細打量那廣東娘子，出出進進，替換相陪，約莫二三十個，較諸把勢卻也絕不相同：或擫著個直强强的頭，或拖著根散樸樸的辮（註④），或眼梢貼兩枚圓丟丟綠膏藥，或腦後插一朵顫巍巍紅絨毬。尤可異者：桃花顴頰，好似打腫了嘴巴子；楊柳腰肢，好似夾挺了背梁筋（註⑤）。兩隻袖口，晃晃蕩蕩，好似豬耳朵；（註⑥）一雙鞋皮，踢踢踏踏，好似龜板殼。若說氣力，令人駭絕！朱藹人說得半句發鬆的話，婊子既笑且罵，扭過身子，把藹人臂膊隔著兩重衣衫輕輕擰上一把，擰得藹人叫苦連天；連忙看時，並排三個指印，青中泛出紫色，好似熟透了的牛奶葡萄一般。衆人見之，轉相告戒，無敢有詼諧戲謔者。婊子兀自不肯干休，咭咭呱呱，說個不了。

幸而外面通報：『齊大人來。』衆人乘勢起立趨候。齊韻叟率領一羣嫂嫂嫋嫋嬝嬝婷婷的本地婊子，即係李浣芳周雙玉張秀英林翠芬姚文君蘇冠香六個出局。那廣東婊子插不上去，始免糾纏。

其時滿廳上點起無數燈燭，廳中央擺起全桌酒筵，廣東婊子聲請入席。衆人按照規例，帶局之外，另叫個本堂局（註⑦）。婊子各帶鼓板絃索，嘔嘔啞啞，唱起廣東調來。若在廣東規例，當於入席之前挨次唱曲，不准停歇。高亞白嫌其聒耳，預爲阻止。至此入席之後，齊韻叟也不耐煩，一曲未終，又阻止了。席間方得攀談，行令如常。

既而華鐵眉的家丁華忠趕上廳來，附耳報命於家主道：『少大人到了淸和坊袁三寶那兒去，兆貴里沒來。』華鐵眉略一頷首，因悄悄訴與孫素蘭，使其放心。適爲齊韻叟所見，偶然動問。鐵眉乘勢說出癩頭黿軟廝纏情形。韻叟遽說道：『那到我們花園裏來嘛。跟文君做伴，不是蠻好？』素蘭接說道：『我本來要到大人的花園裏，爲了他說，恐怕不便。』韻叟轉問鐵眉道：『什麼不便啊？你也一塊來了嘿。』

鐵眉屈指計道：『今天嘿讓她先去。我有點事，二十來看她。』韻叟道：『那也行。』天然也說是二十來。

鐵眉見素蘭的事已經議妥，記起自己的事，即擬言歸。高亞白知其徵逐狎昵皆所不喜，聽憑自便。

華鐵眉去後，丟下了素蘭沒得著落，去留兩難。（註⑧）韻叟微窺所苦，就道：『這兒的場面，本來是整夜的嘿，我回去就要睡了。』高亞白知其起居無時，惟適之安，亦惟有聽憑自便而已。

齊韻叟乃約同孫素蘭帶領蘇冠香辭別席間眾人，出門登轎，迤邐而行。約一點鐘之久，始至於一笠園。園中月色逾明，滿地上花叢竹樹的影子，交互重疊，離披動搖。韻叟傳命擡往拜月房櫳，由一笠湖東北角上兜過圈來。剛繞出假山背後，便聽得一陣笑聲，嘻嘻哈哈，熱鬧得很，猜不出是些什麼人。

比及到拜月房櫳院牆外面，停下轎子，韻叟前走，冠香挈素蘭隨後，步進院門，只見十來個梨花院落的女孩兒在這院子裏空地上相與撲交打滾，踢毽子，捉盲盲，玩耍得昏了頭。驀然擡頭見了主人，猛喫大驚，跌跌爬爬，一鬨四散。獨有一個凝立不動，一手扶定一株桂樹，一手垂下去彎腰提鞋，嘴裏又咕噥道：『跑什麼啊！小孩子沒規矩！』

韻叟於月光中看去，原來竟是琪官。韻叟就笑嘻嘻上前，手攙手說道：『我們到裏頭去喏。』琪官趦得兩步，重回復身，望著別株桂樹之下隱隱然似乎有個人影探頭探腦。琪官怒聲喝道：『瑤官！來！』瑤官纔從黑暗裏應聲趨出。琪官還呵責道：『你也跟了她們跑，不要面孔！』瑤官不敢回言。

一行人踅進拜月房櫳，韻叟有些倦意，歪在一張半榻上，與素蘭隨意閒談，問起癩頭黿，安慰兩句；見素蘭拘拘束束的不自在，因命冠香道：『你同素蘭先生到大觀樓上去，看房間裏可缺什麼東西，喊他們預備好了。』素蘭巴不得一聲，跟了冠香相攜並往。

韻叟喚進簾外當值管家吹滅前後一應燈火，只留各間中央五盞保險燈。管家遵辦退出。韻叟遂努嘴示意，令琪官瑤官兩人坐於榻旁，自己朦朦朧朧合眼瞌睡，霎時間鼻息鼾鼾而起。琪官悄地離座移過茶壺，按試滾熱，用手巾周圍包裹；瑤官也去放下後面一帶窗簾，即低聲問琪官道：『可要拿條絨單來蓋蓋？』琪官想了想，搖搖手。

兩人嘿嘿相對，沒甚消遣。琪官隔著前面玻璃窗賞玩那一笠湖中月色。瑤官偶然開出抽屜，尋得一副牙牌，輕輕的打五關。琪官作色禁止。瑤官佯作不知，手持幾張牌，向嘴邊禱祝些什麼，再呵上一口氣，然後操將起來。琪官怒其不依，隨手攫取一張牌藏於懷內。急得瑤官合掌膜拜，陪笑央及。無奈琪官別轉頭不理。瑤官沒法，只得涎著臉，做手勢，欲於琪官身上搜檢。琪官生怕肉癢，莊容盛氣以待之。

兩人正擬交手扭結，忽聞中間門首吉丁當簾鈎搖動聲音。兩人連忙迎上去，見是蘇冠香和大姐小青進來。琪官不開口，只把手緊緊指著半榻。冠香便知道韻叟睡著了，幸未驚醒，親自照看一番，卻轉身向琪官切切囑道：『姐姐請我去，說有活計要做。謝謝你們倆替我陪陪大人。等會睡醒了，叫小青裏頭來喊我好了。』瑤官在旁應諾。冠香囑畢，飄然竟去。琪官支開小青不必侍候。小青落得自在嬉遊。

琪官坐定，冷笑兩聲方說瑤官道：『你這

儍子嚜少有出見的！隨便什麼話，總是瞎答應！』瑤官追思適間云云，惶惑不解，道：『她沒說什麼嚜！』琪官『哼』的從鼻子裏笑出聲來，道：『你是她買的討人，應該替她陪陪客人——沒說什麼！』瑤官道：『那我們走開點。』琪官睜目嗔道：『誰說走哇！大人叫我們坐在這兒，陪不陪，挨不著她說嚜！』瑤官纔領會其意思。琪官復哼哼的連聲冷笑，道：『倒好像是她們的大人！不是笑話！』

這一席話，竟忘了半榻上韻叟，粲花之舌，滾滾瀾翻，愈說而愈高了。恰好韻叟翻個轉身，兩人慌掩住嘴，鵠候半晌，不見動靜。琪官躡足至半榻前，見韻叟仰面而睡，兩隻眼睛微開一線，奕奕怕人。琪官把前後襟左右袖各拉直些，仍躡足退下。瑤官哪裏有興致再去打五關，收拾牙牌，裝入抽屜，核其數三十二張，並無欠缺，不知琪官於何時擲還。兩人依然嘿嘿相對，沒甚消遣。

相近夜分時候，韻叟睡足欠伸。簾外管家聞聲，舀進臉水。韻叟揩了把面，瑤官遞上漱盂，漱了口。琪官取預備的一壺茶，先自嘗嘗，溫暾可口，約篩大半茶鍾遞上。韻叟呷了些。韻叟顧問：『冠香呢？』琪官置若罔聞。瑤官道：『說是姨太太那兒去。』

韻叟傳命管家去喊冠香。琪官接取茶鍾，隨手放下，坐於一旁，轉身向外。韻叟還要喫茶，連說三遍。琪官只是不動，冷冷答道：『等冠香來倒給你喫。我們笨手笨腳，哪會倒茶！』韻叟呵呵一笑，親身起立要取茶鍾。瑤官含笑近前，代篩遞上。

韻叟喫過茶，就於琪官身旁坐下，溫存熨貼了好一會。琪官仍瞪著眼，呆著臉，一語不發。韻叟用正言開導道：『你不要糊塗。冠香是外頭人，就算我同她要好，終不比你自己

人。自己人一直在這兒，冠香一年半載嘿回去了嘿。你也何必去喫這醋？』

琪官聽說，大聲答道：『大人，你可是一點譜子都沒了？我們曉得什麼醋不醋！』韻叟訕訕笑道：『喫醋你不曉得？我教你個乖。你這時候嘿就是叫喫醋。』琪官用力推開道：『快點去喫茶罷！冠香來了！』

韻叟回頭去看，琪官得隙掙脫，招呼瑤官道：『冠香來了，我們走罷。』

韻叟見側首玻璃窗外果然蘇冠香影影綽綽來了，就順勢打發，道：『大家去睡罷。天也不早了。』瑤官一面應諾，一面跟從琪官踅下臺階，劈面迎著冠香。琪官催道：『先生快點來噓。大人等在那兒。』冠香不及對答，邁步進去。琪官瑤官兩人遂緩緩步月而歸。

註①挖是性的代名詞之一，如與年長婦女交合稱為『挖古井』。此處她是說他要她表演活春宮。

註②賴公子顯然是豪門之子出仕，任水師將官。

註③請帖上向不寫明時間，除了午飯有『午』字。

註④民初一度流行『鬆辮子』——不自髮根紮起。似乎廣州早已有了，得風氣之先。

註⑤參看第二十三回姚奶奶『滿面怒氣，挺直胸脯，』均與傳統女性『探雁脖兒』的微俯姿勢不合。

註⑥當時的廣袖都是上下一樣闊，而廣東流行的衣袖想必受外來影響，是喇叭袖，或是和服袖，袖口蕩悠悠的成為另一片。

註⑦原來粵菜館老旗昌兼設妓院，制度不同，不知是否為了遠來的粵商的便利。廣州是外貿先進，書中提起的『廣東客人』都彷彿是闊客。前文借殳三的屏風側面一寫廣州的奢華，此回才正面寫。

註⑧沒有自己的客人在旁，對其他的客人就要避嫌疑。所以後來跟著齊韻叟回去，談話時也還是不自然，因為瓜田李下。旁邊雖有人，都是他的姬妾之流，不能作證。孫素蘭聰明老練，尚且如此，可見行規之嚴。

第四九回

小兒女獨宿怯空房　賢主賓長談邀共榻

按琪官瑤官兩人離了拜月房櫳，趁著月色，且說且走。瑤官道：『今天晚上的月亮比前天晚上還要亮。前天晚上嘸熱鬧了一夜；今天晚上一個人也沒有！』琪官道：『他們可算什麼賞月呀！像我們這時候，那倒眞正是賞月！』瑤官道：『我們索性到蜿蜒嶺上去，坐在天心亭，一個花園統統都看見。那兒賞月嘸最好了。』琪官道：『正經要賞月，你可曉得什麼地方？在志正堂前頭高臺上。有多少機器，就是個看月亮同看星的家具。有了家具連太陽都好看了。看了嘸，還有多少講究。他們說：同皇帝家裏觀象臺一個式樣，就不過小點。』瑤官道：『那我們到高臺上去罷。我們也用不著它家具，就這樣看看好了。』琪官道：『倘若碰見個客人，不行的。』瑤官道：『客人都不在這呀。』琪官道：『我們還是大觀樓去看看孫素蘭睡了沒有，那倒還差不多。』瑤官高興，連說：『去噥。』

兩人竟不轉彎歸院，一直趕上九曲平橋，遙望大觀樓琉璃碧瓦，映著月亮，也亮晶晶的，射出萬道寒光，籠著些迷濛煙霧。

兩人到了樓下，寂靜無聲，上下窗寮掩閉，裏面黑黝黝地，惟西南角一帶樓窗——係素蘭房間——好像有些微燈火在兩重紗幔之中。兩人四顧徘徊，無從進步。

琪官道：『恐怕睡了噥。』瑤官道：『我們喊她聲看。』琪官無語。瑤官就高叫一聲：『素蘭先生。』樓上不見接口答應。卻見紗幔上忽然現個人影兒，似是側耳竊聽光景。瑤官再叫一聲，那人方捲幔推窗，往下問道：『什麼人在喊？』

琪官聽聲音正是孫素蘭，插嘴道：『我們來看你呀。可要睡了？』素蘭辨識分明，大喜道：『快點上來噥。我且不睡哩。』瑤官道：『不睡嘿，門都關囉。』素蘭道：『我們來開。你等一會。』琪官道：『不要開了。我們也回去睡了。』素蘭慌的招手跺腳，道：『不要走呀！來開了呀！』

瑤官見她發急，慫恿琪官略俟一刻。那素蘭的跟局大姐一層層開下門來，手持洋燭手照，照請兩人上樓。

素蘭迎見即道：『我要商量句話：你們兩個人睡在這兒，不要回去，好不好？』琪官駭異問故。素蘭道：『你想這兒大觀樓，前頭後頭多少房子。就剩我跟個大姐在這兒，陰氣重死了，好怕，睡也自然睡不著。正要想到你們那兒梨花院落來嘿，倒剛剛你們兩個人來喊了。謝謝你們，陪我一晚上，明天就不要緊了。』

瑤官不敢做主，轉問琪官如何。琪官尋思半日，答道：『我們兩個人睡在這兒，本來也不要緊，這時候比不得起先，有點尷尬。（註）要嘿還是你到我們那兒去噥噥罷。不過怠慢點。』素蘭道：『你們那兒去最好了。你嘿

寡女獨宿怯空房

還要客氣。』

當下大姐吹滅油燈，掌著燭臺，照送三人下樓，將一層層門反手帶上，扣好鈕環。琪官瑤官不復流連風景，引領素蘭大姐逕往梨花院落歸來，只見院牆門關得緊緊的。敲彀多時，有個老婆子從睡夢中爬起，七跌八撞，開了門。瑤官急問：『可有開水？』老婆子道：『哪還有開水！什麼時候啦！茶爐子熄了好久了！』琪官道：『關好了門去睡，不要話這麼多！』老婆子始住嘴。

四人從暗中摸索，並至樓上琪官房間。瑤官劃根自來火，點著大姐手中帶來燭臺，請素蘭坐下。琪官欲搬移自己鋪蓋，讓出大床給素蘭睡。素蘭不許搬，欲與琪官同床。琪官只得依了。瑤官招呼大姐安頓於外間榻床之上。琪官復尋出一副紫銅五更雞，親手舀水燒茶。瑤官也取出各色廣東點心，裝上一大盤，都將來請素蘭。素蘭深抱不安。

三人於燈下圍坐，促膝談心，甚是相得。一時問起家中有無親人，可巧三人皆係沒爹娘的，更覺得同病相憐。琪官道：『小時候沒了爹娘，那眞正是苦死了！哥哥嫂嫂哪靠得住；面上蠻要好，心裏在轉念頭。小孩子不懂事，上了他們當還不覺得。倘若有個把爹娘在，我爲什麼到這兒來！』素蘭道：『一點都不錯。我爹娘剛剛死了三個月，伯伯就出我的花頭：一百塊洋錢賣給人家做丫頭。幸虧我曉得了，告訴了舅舅，拿買棺材的錢還給伯伯，這就出來做生意。哪曉得這舅舅也是個壞胚子！我生意好了點，騙了我五百塊洋錢去，人也不來了！』

瑤官在旁默然呆聽，眼波瑩瑩然要掉下淚來。素蘭顧問道：『你到這來了幾年了？』琪官代答道：『她更叫人生氣！來的時候，她爹跟她一塊來。她自己也叫他「爹」。後來我問問她什麼爹呀？是她晚娘的姘頭！』

素蘭道：『你們兩個人運道倒不錯，都到了這兒來，也罷了。我的命嘍，生來是苦命。都說我沒有幫手的不好。碰著了要緊事，獨是我一個人發急，還有誰跟我商量商量；有了點不快活，悶在肚子裏，也沒處去說嘍。要找個對勁點娘姨大姐都沒有的哦。』琪官道：『你也總算稱心的了，比我們好多少的哦。像我們，就說是兩個人，可有什麼用啊？自己先一點都不能做主，還要幫別人，自然不成功。過兩年，也說不定兩個人在一起不在一起。』

素蘭道：『說到以後的事，大家看不見，怎曉得有結果沒結果。我想，沒什麼法子，過一天嘍是一天，碰著看光景再說了。』瑤官插口道：『我們嘍是在過一天是一天；你以後的事有什麼沒數目？華老爺跟你好得不得了，嫁過去嘍，預備享福好了。可有什麼看不見？』

素蘭失笑道：『你倒說得輕巧的哦。要是這樣說起來，齊大人也蠻好嘍，你們兩個人為什麼不嫁給了齊大人哪？』瑤官道：『你嘍說說正經就說到了歪裡去！』琪官點頭道：『話倒也是正經話。總歸做了個女人，大家都有點說不出的為難地方。外頭人哪曉得？只有自己心裏明白。想來你華老爺好嘍好，總不能夠十二分稱心，對不對？』

素蘭抵掌道：『你的話，這才蠻準了，可惜我不是長住在這兒；住在這兒，同你講講話倒不錯。』瑤官道：『那也哪說得定；我們出去也不曉得，你進來也不曉得，是你說的「碰著看光景再說」！』琪官道：『我說大家說話對勁了，倒不是一定要在一起，就不在一起，心裏也好像快活點。』

素蘭聞言，欣然倡議道：『我們三個人索

性拜姊妹好不好？』瑤官搶著說：『蠻好。拜了嘍大家有照應。』

琪官正待說話，只聽得外面歷歷碌碌，不知是何聲響。琪官膽小，取隻手照，拉同瑤官出外照看。那月早移過廂樓屋脊，明星漸稀，荒雞四叫，院中並無一些動靜。

兩人各處兜轉來，卻驚醒了榻床上大姐，迷糊著兩眼，問是『做什麼』。兩人說了。大姐道：『下頭在響呀。』說著，果然歷歷碌碌，響聲又作，乃班裏女孩兒睡在樓下，起來便遺。

兩人呼問明白，放心回房；隨手掩上房門，向素蘭道：『天要亮了，我們睡罷。』素蘭應諾。瑤官再讓素蘭用些茶點，收拾乾淨，自去隔壁自己房間睡下。琪官爬上大床，並排鋪了兩條薄被，請素蘭寬衣，分頭各睡。

素蘭錯過睡性，翻來覆去睡不著；聽琪官寂然不動，倒是隔壁瑤官微微有些鼻聲。俄而一隻烏鴉，啞啞叫著，掠過樓頂。素蘭揭帳微窺，四扇玻璃窗倏變作魚肚白色，輕輕叫琪官不答應，索性披衣起身，盤坐床中。不想琪官並未睡著，僅合上眼養養神，初時不應，聽素蘭起坐，也就撐起身來，對坐攀談。

素蘭道：『你說我們拜姊妹好不好？』琪官道：『我說不拜一樣好照應，拜個什麼呀？要拜嘍，今天就拜。』素蘭道：『好的。今天就拜。那怎麼個拜法噥？』琪官道：『我們拜姊妹，不過拜個心。擺酒送禮，許多空場面都用不著，就買副香燭，等到晚上，我們三個人清清爽爽磕幾個頭好了嘍。』素蘭道：『蠻好；我也說隨便點好。』

琪官見天色已大明，略挽一挽頭髮，跨下床沿，趿雙拖鞋，往床背後去；一會兒，出來淨過手，吹滅梳粧台上油燈，復登床擁被而坐，乃從容問素蘭道：『我們拜了姊妹，就像一家人，隨便什麼話都好說的了。我要問你：我們看這華老爺不錯，爲了什麼不稱心呀？』素蘭未言先嘆道：『不要提了！提起來眞叫人生氣！他這人倒不是有什麼不稱心；我同他樣樣蠻對勁，就爲了一樣不好。他這人做一百樁事情總一定有九十九樁不成功的；有點干係的事，他自然不肯做；就叫他做樁小事，他要四面八方統統想到家，是不要緊的，這才做；倘若有個把閒人說了一聲不好，就不做的了。你想這麼個脾氣可能彀娶我回去？他自己要娶也不成功。』

琪官道：『我們一直在說：先生小姐要嫁人，容易得很，哪一個好嘿就嫁給哪一個，自己去揀好了。這時候聽你說華老爺，倒眞正爲難。』

素蘭轉而問道：『我也要問你：你們兩個人自己打算，可嫁人不嫁人？』琪官亦未言先嘆道：『我們嘿再爲難也沒有了！這時候沒什麼人在這兒，跟你說說不要緊。我們是從小到這兒的，自然都要依大人的。依了大人了嘿，那可眞尷尬！大人六十多歲年紀了，倘若出了事，像我們上不上下不下算什麼等樣的人哪？這再要想著嫁人嘿晚了！』

素蘭道：『剛才瑤官在說，出去也說不定，可是這樣的意思？』琪官道：『她肚子裏還算明白，就不過有點道三不著兩。看她嘿十四歲了，一點都不知輕重，說得說不得，都要說出來。你想我們這時候可好說這種話？剛才幸虧是你，碰上了別人，說給大人聽了嘿，——好！』

琪官一面說，也打了個哈欠。素蘭道：『我們再睡會罷。』琪官道：『當然要睡。』素蘭便也往床背後去了一遭，卻見一角日光直透進玻璃窗，樓下老婆子正起來開門，打掃院子。

約摸七點鐘左右，兩人趕緊復睡下去。素蘭道：『等會你起來嘿喊我一聲。』琪官道：『晚點好了，不要緊的。』這回兩人神昏體倦，不覺沉沉同入睡鄉。

直至下午一點鐘，兩人始起。瑤官聞聲，進見笑訴道：『今天一樁大笑話，說是花園裏逃走兩個倌人。多少人在鬧，一直鬧到我起來，剛剛說明白。』素蘭不禁一笑。

琪官吩咐老婆子傳話於買辦，買一對大蠟燭，領價現交，無須登帳。素蘭亦吩咐其大姐道：『你喫過了飯嘿，到家裏去一趟，回來再到喬公館問他可有什麼話。』大姐承命，和老婆子同去。

瑤官急問：『我們可是今天拜姊妹？』素蘭頷首。琪官道：『你說話要當心點的嘛！什麼逃走倌人！倘若冠香在這兒，不是要多心嗎？就是我們拜姊妹，也不要去跟冠香說。冠香曉得了，一定要同我們一塊拜，無趣得很。』瑤官唯唯承教，并道：『我一直不說好了。』素蘭道：『沒拜嘿，不要說起；拜過了就不要緊。那是我們明明白白正經事，沒什麼對不住人的地方！』瑤官又唯唯承教。

說話之間，蘇冠香恰好來到，先於樓下向老婆子問話。琪官聽得，忙去樓窗口叫『先生』。冠香上來廝見，爰致主人之命，立請素蘭午餐。素蘭即辭了琪官瑤官跟著冠香由梨花院落往拜月房櫳。

齊韻叟既見孫素蘭，道：『昨天晚上，他們都不在這兒，我倒沒想到，這叫冠香來陪陪你。再一晚上嘿鐵眉來了。』素蘭慌道：『我不要呀。梨花院落滿舒服。今天晚上說好在這兒，還到那邊去。』韻叟道：『那麼讓冠香一塊到梨花院落來講講話，有伴，起勁點。』素蘭道：『我不要呀。我同冠香先生一樣的嘿。大人把我當了客人，我倒不好意思住這兒，要回去了。』

蘇冠香聽說，將韻叟袖子一拉，道：『你不懂嘿，還要瞎纏！她們梨花院落熱鬧得很，我去做什麼呀？』韻叟笑而置之。

不多時，陶玉甫李浣芳朱淑人周雙玉都回說不喫飯了。高亞白姚文君尹癡鴛相繼並至。大家入席小酌。高亞白姚文君宿醉醺然，屏酒不飲。尹癡鴛疲乏尤甚，揉揉眼，伸伸腰，連飯都喫不下。齊韻叟知道孫素蘭好量，令蘇冠香舉杯相勸。素蘭略一沾唇，覆杯告止。

餐畢，大家各散。尹癡鴛歸房歇息。高亞白姚文君隨意散步。孫素蘭也步出庭前。蘇冠香留心探望，見素蘭仍往梨花院落一路上去。冠香因笑著，欲和齊韻叟說話，轉念一想，又沒有甚麼話，便縮住口不說了。韻叟覺得，問道：『你要說什麼說好了。』冠香思將權詞推托。

適值小青來請冠香，說是姨太太要描花樣。冠香眼視韻叟，俟其意旨。韻叟方將歇午，即命冠香：『去好了。』冠香道：『可要去喊琪官來？』韻叟一想道：『不要喊了。』冠香叮囑簾外當值管家小心伺候，自帶小青往內院去了。

韻叟睡足一覺，鐘上敲四點，不見冠香出來，自思那裏去消遣消遣；獨自一個信著腳兒踱去，竟不覺踱過花園腰門。這腰門係通連住宅的。大約韻叟本意欲往內院尋冠香，忽又想起馬龍池，遂轉身往外，到書房裏謁見龍池，相對清談，娓娓不倦。談至上燈以後，親陪龍池晚餐，然後作別興辭，將回內院。剛趦出書房門口，頂頭撞著蘇冠香匆匆前來。一見韻叟，嚷道：『你怎麼一個人跑到這兒來啦？我嘿倒在花園裏找你，兜了好幾個圈子，就像捉迷藏！』韻叟慰藉兩句，攜了冠香的手，緩緩同行。

比及腰門叉路，冠香攛掇韻叟大觀樓去。韻叟勉從其請，重復折入花園，經過陶朱所住湖房，從牆外望望，並未進去。相近九曲平橋，冠香故意回頭，倏失驚打怪道：『可是月亮啊？』韻叟看時，只見一片燈光從梨花院落樓窗中透出，照著對面粉牆，越顯得滿院通紅。冠香道：『不曉得她們在做什麼。』韻叟道：『一定是打牌，對不對？』冠香道：『我們去看喚。』韻叟道：『不要去做討厭人，鬧散她們場子。』冠香只得跟隨韻叟仍往大觀樓。

註：指被主人收用後，行動更需自己檢點。

第五十回

强扭合連枝姊妹花　乍驚飛比翼雌雄鳥

按齊韻叟挈蘇冠香同至大觀樓上，適值高亞白姚文君都在尹癡鴛房間裏，大家廝見。高亞白手中正拿了一本薄薄的草訂書籍要看。齊韻叟見其書面簽題，知爲小贊所作時文試帖，特來請教於尹癡鴛的。韻叟因問癡鴛道：『近來可有進境？』癡鴛道：『還算不錯，有點內心。』亞白道：『給你這囚犯碼子教壞了，不要說有內心，連外心也有了！』（註①）大家笑了。

這裏說笑，那邊姚文君也說得眉飛色舞。蘇冠香怔怔呆聽，僅偶然附和而已。

韻叟聽講的是打牌情事，遂喚文君道：『素蘭在打牌呀，你高興嚜去噥。』文君道：『她們一定不是打牌；要打牌，可有什麼不來喊我的呀？』韻叟道：『你打牌可是好手？』文君嘻著嘴笑。冠香接說道：『她打的牌兇死了的哦！就是個琪官，同她差不多。我總要輸給她。』亞白道：『說她兇也不見得噥。』文君道：『我哪會兇啊！兇的人，可惜打錯了牌！』亞白道：『前天的牌，我沒打錯。摸不起眞喫不消！』文君欻地起立，嚷道：『你說沒打錯，拿牌來大家看！』說著，轉問癡鴛：『你那副牌呢？』癡鴛慌忙攔道：『好了，不要看了。你總沒錯就是了。』

文君那裏肯依，逕自動手開櫥，搜尋牌盒。癡鴛撒個謊道：『櫥裏哪有牌；給琪官借了去，一直沒還嘿。』

文君沒法回身，屹立當面，還指天劃地數說亞白手中若干張牌，所差某張，應打某張，一一數說出來請大家公斷。韻叟冠香只是笑。癡鴛顰蹙道：『面孔可要點啊？不是打架就是吵架！我嘿該倒運，剛剛住的對過房間，給他們兩個人吵死了！』亞白也只是笑。

文君冷冷答道：『你自己可曉得厭煩？說來說去兩句話！大家都聽見過。還有什麼新鮮點說說我們聽噥？』幾句倒堵住了癡鴛的嘴，沒得回言。亞白不禁拊掌大笑。韻叟想些別樣閒話搭訕開去。文君亦就放下不提。

消停一會，月出東方，漸漸高至樹杪，大家皆有些倦意，韻叟冠香始起出行。癡鴛送出房門。亞白文君順路回房，直送至樓門口而別。韻叟仍攜了冠香的手，緩緩踅下大觀樓，重過九曲平橋，望那梨花院落中燈光依然大亮，惟逼著外面月色，淡而不紅。

冠香復攛掇韻叟道：『我們去看看她們可是打牌。』韻叟道：『你怎麼這麼等不及！明天問素蘭好了。』冠香不好再相強，同出花園，歸於內院，相與就寢無話。

次日辰刻，韻叟起身，外面傳報華老爺來。韻叟逕往花園，請華鐵眉在拜月房櫳相見。韻叟先嘲笑道：『今天給我猜著了，應該是你先到。』鐵眉似乎不好意思。韻叟顧令管家快請孫素蘭先生。

須臾，陶玉甫朱淑人高亞白尹癡鴛及李浣芳周雙玉姚文君蘇冠香孫素蘭四路俱集。華鐵眉一概躬身延接。

孫素蘭輕輕叫聲『華老爺』，問：『昨天忙？身子可好？』鐵眉道：『沒什麼，還好。昨天完了事，要想到這兒來看看你，碰見了你的大姐，這就沒來，就交代給她一打香檳酒帶回去，有沒收到？』素蘭：『謝謝你。一打哪喫得完，分一半送了人了。』

尹癡鴛背地指向朱淑人悄悄笑道：『你看，他們兩個人多麼客氣！好像好久不見了！』高亞白聽見，也悄悄笑道：『自有多少描不出畫不出一副功架，也不是客氣。』大家掩口葫蘆而笑。

華鐵眉孫素蘭相離雖遠，知道笑他兩個，趕即緘口。齊韻叟惋惜道：『剛剛有點意思，一笑嚜又不作聲了！』大家越發笑出聲來。華鐵眉裝做不知，搭訕道：『癡鴛先生，令翠嬢？』尹癡鴛帶笑答道：『還沒來。』

一語未終，早見陶雲甫挈著覃麗娟張秀英，朱藹人挈著林翠芬林素芬來了。大家迎見，更不寒暄。朱藹人袖出一封書信，業經拆開，奉與齊韻叟。

韻叟看那封面，係湯嘯菴自杭州寄回給藹人的，信內大略寫著，『黎篆鴻既允親事，特請李鶴汀于老德爲媒，約定十二晚間，同乘小火輪船，行一晝夜，可以抵滬。一切面議。惟乾宅亦須添請一媒爲要』云云。

韻叟閱竟放下，問道：『請的什麼人嬢？』藹人道：『就請了雲甫。』韻叟道：『我最喜歡做媒人，你倒不請我。』陶雲甫道：『你起先就做過媒人的了，這時候挨不著你。』說得大家皆笑。

獨朱淑人一呆，逡巡近案，從側裏偷覷那

封信，僅得一言半句，已被其兄藹人收藏。淑人心中忐忑亂跳，臉上卻不露分毫，仍逡巡退歸原座，復瞟過眼去偸覷周雙玉，似覺不甚理會，纔放了些心。

接著管家又報說：『葛二少爺來。』只見葛仲英挈著吳雪香幷衛霞仙，相偕並至。齊韻叟詫異道：『可是你帶了霞仙一塊來？』葛仲英道：『不是，就園門口碰見霞仙的。』

韻叟自知一時誤會，隨令管家快請馬師爺。尹癡鴛向韻叟道：『你喜歡做媒人嘿，他們兒子快要養了，你爲什麼不替他做？』陶雲甫搶說道：『他們用不著媒人，自己不聲不響，就房間裏點了一對大蠟燭拜的堂。我倒喫到喜酒的。』大家大笑閧堂。

蘇冠香上前拉著齊韻叟問道：『你可曉得？昨天晚上，素蘭先生不是打牌嘿是做什麼？』韻叟道：『沒問她。』冠香道：『我倒問過了，也在房間裏點了一對大蠟燭拜的堂呀。』韻叟不勝錯愕。孫素蘭遂將三人結拜姊妹之事，縷述分明。韻叟道：『拜姊妹倒不錯。爲什麼光是三個人拜呀？要拜嘿一塊拜。我來做個盟主。昨天晚上不算，今天先生小姐都到齊了，一塊再拜個姊妹，好不好？』孫素蘭默然。蘇冠香咬著指頭要笑。其餘皆不在意。

韻叟即命小靑去喊琪官瑤官。高亞白向韻叟道：『這可是你的生意到了！起勁得呵——！連做媒人也不要做了！』韻叟道：『我有了生意嘿，你要幹活囉。你嘿替我作篇四六序文，就說拜姊妹的話。序文之後，開列同盟姓名，各人立一段小傳，詳載年貌籍貫，父母存歿。誰的相好嘿，就是誰做。蘇冠香同琪官瑤官三個人，我做好了。名之曰「海上羣芳譜」。公議以爲如何？』大家無不遵敎。

韻叟當命小贊準備文房四寶聽用。亞白便

打起腹稿來。恰好外邊史天然挈著趙二寶進來，裏邊馬龍池及琪官瑤官出來，與現在衆人大會於拜月房櫳。衆人爭前訴說如何拜姊妹，如何做小傳。史天然馬龍池皆道：『那是應得効勞。』

於是大家各取筆硯，一揮而就。不及一點鐘工夫，不但小傳齊全，連高亞白四六序文亦皆脫稿。

齊韻叟托尹癡鴛約略過目再發交小贊謄眞。尹癡鴛向衆人道：『倒有點意思！亞白的序文嚜，生峭古奧，沉博奇麗，不必說了；就是小傳也可觀：琪瑤素翠嚜是合傳體；趙張兩傳嚜參互成文；李浣芳傳中以李漱芳作柱；蘇冠香傳中雖不及諸姊而諸姊自見；其餘或紀言，或敍事，或以議論出之。眞正五花八門，無美不備！』大家聽了欣然。齊韻叟益覺高興。

其時已交午牌，當値管家調排桌椅。瑤官乘隙暗拉琪官趄出廊下，問道：『大人教我們一塊拜姊妹，可要拜啊？』琪官道：『大人說嚜，自然依他，就一塊拜拜，也沒什麼要緊。』瑤官道：『那我們三個人拜的倒不算？』琪官道：『你嚜要纏夾死了！什麼不算呀？三個人爲了要好，拜的姊妹，拜了也不過更要好點。此刻大人教我們拜，要好不要好，我們自己主意，大人不好管我們的嚜！』

瑤官渙然冰釋，頷首無言。聽得裏面坐席，兩人仍暗地捱身進簾，掩過一邊。不想齊韻叟特命琪官瑤官一同入席，坐列蘇冠香肩下。琪官瑤官當著衆人面前，斂手低頭，殊形跼蹐。

酒過三巡，食供兩套，齊韻叟乃向史天然道：『你這趟到上海，帶了多少東西來，一點用處都沒有，我要你一樣好東西，你一定不送給我。這時候替你餞行了，再客氣，不著槓了。你可肯送點給我？』天然大驚，問：『什麼東西呀？』韻叟呵呵笑道：『我要你肚子裏的東西。你趙二寶那兒，倒還有副對子做給她，我嘿連對子都沒有，不是欺人太甚？』天然恍然悟道：『我爲了四壁琳瑯，無從著筆。這下子年伯要我獻醜也沒法子，緩日呈教好了。』韻叟拱手道謝。

華鐵眉因問餞行之說。天然說：『接著個家信，月底要回去一趟。』鐵眉道：『我也要餞行了嘿。』韻叟道：『你要餞行嘿，同葛仲英軋了個姘頭，索性訂期二十七，就在這兒，不是蠻好？』鐵眉道：『再早點也行。』韻叟道：『早點沒空，從明天到二十四，大家都有點事。二十五嘿高尹餞行，二十六嘿陶朱餞行，你同仲英只好二十七了。』鐵眉就招呼仲英約定。天然亦拱手道謝。

適小贊將謄正的『海上羣芳譜』，呈上齊韻叟看了。韻叟遂令管家傳諭志正堂中，安排香案，又令小贊齎這『羣芳譜』四座傳觀。葛仲英看是一筆『靈飛經』小楷（註②），娟秀可愛，把小贊打量一眼。高亞白訕訕的笑道：『你不要看輕了他！他的銜頭，叫「贊禮佳兒」，「茂才高弟」。』尹癡鴛叉口道：『你嘿喜歡給人罵兩聲，爲什麼要帶累我？』小贊在旁嗤的失笑。仲英一些不懂。

癡鴛分說道：『他是贊禮的兒子，人都叫他小贊。時常作點詩文，請教我。亞白就同他開玩笑，出個對子教他對，說是「贊禮佳兒」。他對不出。亞白就說：「我替你對了罷，『茂才高弟』（註③）可是蠻好的絕對？」』仲英朗念一遍，道：『是眞對得好！』

小贊接取『羣芳譜』送往別桌上去。癡鴛悄

向仲英耳邊說道：『你看他年紀嘿輕，壞得很喏！他爹問他：「高老爺的對子爲什麼不對？」他說：「我對了。爲了尹老爺一塊在那兒，沒說。」問他：「對的什麼？」他說：「對『尚書清客』。」』（註④）仲英大笑道：『爲什麼不說「狎客」（註⑤）嗹？索性罵得爽快點了嘿！』亞白癡鴛共笑一陣。

席間上到後四道菜，管家準備雞缸杯更換。大家止住，都欲留量，以待晚間暢飲。齊韻叟不復相強，用飯散席。

於是齊韻叟聲言，請衆姊妹團拜，請諸位老爺監盟。衆人一笑遵命，各率相好由拜月房櫳來到志正堂。只見堂前一桁湘簾高高吊起，堂中燭燄雙輝，香煙直上；地下鋪著一片大紅氈毯。衆人散立兩旁，監視行禮。小贊在下唱名。衆姊妹按齒排班，雁行站定，一齊朝上拜了四拜，又轉身對面拜了四拜。禮畢，各照所定輩行，互相稱喚。衛霞仙廿三歲，最長，是爲『大姐姐』；李浣芳十二歲，最幼，是爲『十四妹』。其餘不能盡記，但呼某姊某妹，系之以名而已。

齊韻叟歡喜無限，諄囑衆姊妹，此後皆當和睦，毋忘今日之盟。衆姊妹含笑唯唯，跟隨衆人，踅下志正堂來。恰有一匹小小棗騮馬，帶著鞍轡散放高臺下齕草。姚文君自逞其技，竟跑過去親手帶住，聳身騎上，就這箭道中跑個趟子。衆人四分五落看她跑。

琪官看罷轉身，不見了齊韻叟，四面找尋。見韻叟獨自一個大踱西行，琪官暗地拉了瑤官，撇下衆人，緊步趕上，跟在後面。

韻叟並未覺著，只顧望拜月房櫳一路上踱去。踱至山坡之下，突然斜刺裏，閃過一個人，躡手躡腳，鑽入竹樹叢中。韻叟道是朱淑人捕促織兒，也躡手躡腳的趕上，要去嚇他作耍。比及到跟前，方看清後形，竟是小贇在那裏做手勢，好似向人央求樣子。韻叟止步，揚聲咳嗽。小贇嚇得面如土色，垂手侍側，不作一聲。韻叟問：『還有個什麼人？』小贇吶吶答道：『沒什麼人在這兒嘍。』瑤官在後面，用手指道：『哪，哪！』韻叟不提防，也喫一嚇。琪官急丟個眼色與瑤官，叫她莫說。韻叟卻又盤問瑤官：『說什麼？』瑤官不得已，仍用手指了一指。韻叟再回頭望前面時，果然影影綽綽，一個人已穿花度柳而去。

韻叟喝退了小贇，帶著琪官瑤官，拾級登坡。這山坡正當拜月房櫳之背，滿山上種的桂樹，交柯接幹，蓊翳葱蘢，中間蓋著三間小小船屋，顏曰眠香塢。韻叟踱進內艙，據坐胡床，盤問瑤官：『看見的什麼人？』瑤官不答，眼望琪官。韻叟即轉問琪官。琪官道：『我們也沒看清楚。』韻叟咳了一聲道：『我問你嘍，還有什麼不好說的話？』琪官道：『不是我們花園裏的人，讓她去好了。』（註⑥）

韻叟略想一想，遂置不究，復搭訕問道：『我來的時候，大家在看跑馬，都不覺著，你們兩個人什麼時候跟了來？』瑤官道：『可是大人也沒覺著？我們是一直在跟著。』琪官道：『你嘍只顧看著前頭，哪曉得我們後頭也在看。』韻叟道：『你後頭可去看看？恐怕還有誰跟著。』瑤官道：『這可沒誰了。』琪官道：『要嘍不過冠香。』

瑤官見說，眞的出門去看。韻叟亦即起立，笑挽琪官的手，道：『我們到拜月房櫳去。』舉步將行，忽聞門外瑤官高聲報說：『朱五少爺來了。』

韻叟詫異得緊，抬頭望外，果然朱淑人獨自一個，翩翩然來。韻叟請其登榻對坐，良久默然。韻叟搭訕問道：『聽說前天捉著一隻

「無敵將軍」，可有這事？」淑人含糊答應，並未接說下去。又艮久，淑人面色微紅，轉睞偷盼，似有欲言不言光景。韻叟摸不著頭腦，顧令琪官喊茶。琪官會意，拉同瑤官，退出門外，單剩韻叟淑人在眠香塢中。

註①一語成讖。

註②道藏中之四種統稱。唐鍾紹京節錄其文，書爲『靈飛經』帖，今多爲習小楷之範本。

註③茂才即秀才，東漢避開國皇帝劉秀諱，改稱茂才。『高弟』即高級弟子。尹癡鴛顯然沒中舉，難怪佯狂掩飾滿腹牢騷。高亞白揭他痛瘡，也有點謔而虐了。

註④『贊禮』乃古代官名，對『尚書』，官名，『尚』字又是動詞，尤妥。『禮』對『書』，因有『禮記』『書經』二書，更是絕對。極寫小贊的才華。

註⑤陪同去妓院的幫閒。

註⑥：作者在跋中提及預備寫的續集情節，有『小贊小青挾貲遠遁』句。顯然小贊是與蘇冠香的大姐小青私會。琪官不肯說出來，想是懼禍，惹不起主人的小小姨兼新寵。

第五一回

負心郎模棱聯眷屬　失足婦鞭箠整綱常

按朱淑人見眠香塢內更無別人，方囁嚅向齊韻叟道：『哥哥教我明天回去，不曉得可有什麼事？』韻叟微笑道：『你哥哥替你定親呀，你怎麼沒曉得？』淑人低頭蹙額而答道：『哥哥嘍，總是這樣！』

韻叟聽說，不勝驚訝，道：『替你定親倒不好？』淑人道：『不是說不好，這時候忙什麼嘍。可好跟哥哥說一聲，不要去定什麼親？』

韻叟察貌揣情，十猜八九，卻故意探問道：『那麼你什麼意思喲？』連問幾聲，淑人說不出口。

韻叟乃以正言曉之道：『你不要去跟哥哥說。照你年紀是應該定親的時候，你又沒爹娘，自然你哥哥做主。定著了黎篆鴻的女兒，交情再好也沒有。你這時候不說哥哥好，倒說道不要去定什麼親，不要說你哥哥聽見了要生氣，你就自己想，媒人都到齊，求允行盤都預備好了，可好教哥哥再去回報他？』

淑人一聲兒不言語。韻叟道：『雖然定親，大家都要情願了嘍好。你還有什麼不稱心，索性說出來，商量商量倒沒什麼。我替你打算，最要緊是定親，早點定嘿早點娶，那就連周雙玉一塊可以娶回去，不是蠻好？』

淑人聽到這裏，嚥下一口唾沫，俄延一會，又囁嚅道：『說起這周雙玉，起先就是哥哥代叫幾個局，後來也是哥哥一塊去喫了檯酒，雙玉就問我可要娶她。她說她是好人家出身，今年到了堂子，也不過做了一節清倌人，先要我說定了娶她的嘿，第二戶客人，她不做了。我嘿倒答應了她。』韻叟道：『你要娶周雙玉，容易得很。倘若娶她做正夫人，不成功的噱。就像陶玉甫，要娶這李漱芳做塡房，到底沒娶，不要說是你了。』

淑人又低頭蹙額了一會，道：『這倒有點尷尬。雙玉的性子，强得不得了，到了這兒來，就算計要贖身，一直跟我說，再要娶了個人嘿，她一定要喫生鴉片煙的。』韻叟不禁呵呵笑道：『你放心！哪一個倌人不是這樣說呀！你嘿還要去聽她的！』

淑人面上雖慚愧，心裏甚著急，沒奈何，又道：『我起先也不相信，不過雙玉不比別人，看她樣子，倒不像是瞎說。倘若弄出點事來，終究無趣。』韻叟連連搖手，道：『出什麼事！我包場好了！你放心。』

淑人料知話不投機，多言無益。適值茶房管家送進茶來，韻叟擎杯相讓，呷了一口，淑人即起興辭。韻叟一面送，一面囑道：『我說你這時候去就告訴了雙玉，說哥哥要替我定親。雙玉有什麼話，都推說哥哥好了。』淑人隨口唯唯。

兩人趷出眠香塢，琪官瑤官還在門外等候，一同跟下山坡，方纔分路。齊韻叟率琪官瑤官向西往拜月房櫳而去。朱淑人獨自一個向東行來，心想：『韻叟乃出名的「風流廣大敎主」，尚不肯成全這美事，如何是好？假使雙玉得知，不知要鬧到什麼田地！』想來想去，毫無主意，一路踅到箭道中，見向時看跑馬的都已散去，志正堂上只有兩個管家照看香燭。

淑人重復踅回，劈面遇見蘇冠香，笑嘻嘻問淑人道：『我們大人到哪去了，五少爺可看見？』淑人回說：『在拜月房櫳。』冠香道：『拜月房櫳沒有嘿。』淑人道：『剛剛去呀。』冠香聽了，轉身便走。淑人叫住問她：『可看見雙玉？』冠香用手指著，答了一句。

淑人聽不清楚，但照其所指之處，且往湖房尋覓；比及踅進院門，聞得一縷鴉片煙香，心知藹人必在房內吸煙，也不去驚動，逕回自己臥房，果然周雙玉在內，桌上橫七豎八攤著許多磁盆，親自將蓮粉餵促織兒，見了淑人，便欣然相與計議明日如何捎帶回家。

淑人只是懶懶的。雙玉只道其暫時離別，未免牽懷，倒以情詞勸慰。淑人幾次要告訴她定親之事，幾次縮住嘴不敢說；又想雙玉倘在這裏作鬧起來，太不雅相，不若等至家中告訴未遲；當下勉强笑語如常。

迨至晚間，張燈開宴，絲竹滿堂，齊韻叟興高采烈，飛觴行令，熱鬧一番，并取出那『海上羣芳譜』，要爲衆姊妹下一贊語，題於小傳之後。諸人齊聲說好。朱淑人也胡亂應酬，混過一宿。

次日午後，備齊車轎，除馬龍池高亞白尹癡鴛及姚文君仍住園內，僅留下華鐵眉孫素蘭兩人，其餘史天然葛仲英陶雲甫陶玉甫朱藹人朱淑人及趙二寶吳雪香覃麗娟李浣芳林素芬周雙玉衛霞仙張秀英林翠芬一應辭別言歸。

齊韻叟向陶玉甫道：『你是單爲了李漱芳

接煞，過了就來罷。』玉甫道：『明天想回去，二十五一准到。』韻叟見說回家去，不便强邀，轉向朱淑人道：『你明天可以就來。』淑人深恐說出定親之事，含糊應答。

大家出了一笠園，紛紛各散。朱淑人和周雙玉坐的馬車，一直駛至三馬路公陽里口。雙玉堅囑：『你有空嘿就來。』

淑人『噢噢』連聲，眼看阿珠扶雙玉進衖，淑人纔回中和里。只見哥哥朱藹人已先到家中，正在廳上撥派雜務。淑人沒事，自去書房裏悶坐，尋思這事斷斷不可告訴雙玉，我且瞞下，慢慢商量。

將近申牌時分，外間傳報：『湯老爺到了。』淑人免不得出外廝見。湯嘯菴不及敍話，先向藹人說道：『李實夫同我們一塊來，這時候在船上，也沒登岸。』藹人忙發三副請帖，三乘官轎，往碼頭迎請于老德李實夫李鶴汀；再著人速去西公和里催陶老爺立等就來。不料陶雲甫不在覃麗娟家，又不知其去向。

藹人方在著急，恰好雲甫自己投到，見了湯嘯菴，說聲『久別』。藹人急問道：『到哪去了？請也請不著你。』雲甫笑道：『我在東興里。』藹人道：『東興里做什麼？』雲甫笑而攢眉道：『還是玉甫了啵。李漱芳剛剛完結嘿，李浣芳來了。又有點尷尬事！』

藹人道：『什麼事啊？』雲甫未言先嘆道：『還是李漱芳在的時候，說過這麼句話，說她死了嘿叫玉甫娶她妹子。這時候李秀姐拿這浣芳交代給玉甫，說等她大了點收房。』

藹人道：『那也蠻好嘿。』雲甫道：『哪曉得個玉甫倒不要；他說：「我作孽嘿就作了一回，這以後再也不作孽的了，倘若浣芳要我帶回去，算了我乾女兒，我替她給人家嫁出

負心郎
模棱聯眷屬

去。」』

藹人道：『那也蠻好嘿。』雲甫道：『哪曉得個李秀姐一定要給玉甫做小老婆！她說漱芳命苦，到死沒嫁玉甫，這時候浣芳譬如做她的替身；倘若浣芳有福氣，養個把兒子，終究是漱芳根腳上起的頭，也好有人想到她。』

藹人聽罷，點頭。湯嘯菴插口道：『大家話都不錯，眞正是尷尬事！』陶雲甫道：『我倒想到個法子，一點都不要緊。』

一語未了，忽見張壽手擎兩張大紅名片，飛跑通報。朱藹人朱淑人慌即衣冠同迎出去，乃是于老德李鶴汀兩位，下轎進廳，團團一揖，升炕獻茶。朱藹人問李鶴汀：『令叔爲什麼不來？』鶴汀道：『家叔有點病，此次是到滬就醫。感承寵招，心領代謝。』

藹人轉和于老德寒暄兩句，然後讓至廳側客座，寬衣升冠，並請出陶雲甫湯嘯菴兩位會面陪坐。大家講些閒話，惟朱淑人不則一聲。

少頃，于老德先開談，轉述黎篆鴻之意，商議聘娶一切禮節。朱淑人落得抽身迴避。張壽有心獻勤，捉個空，尋到書房，特向淑人道喜。淑人憎其多事，怒目而視。張壽沒興，訕訕走開。

晚間，張壽來請赴席，淑人只得重至客座，隨著藹人陪宴。其時親事已經商議停當，席間並未提起。到得席終，于老德李鶴汀陶雲甫道謝告辭。朱藹人朱淑人並送登轎。單剩湯嘯菴未去，本係深交，不必款待。淑人遂退歸書房，無話。

廿二日，藹人忙著擇日求允。淑人雖甚閒暇，不敢擅離。直至傍晚，有人請藹人去喫花酒，淑人方溜至公陽里周雙玉家一會。

可巧洪善卿在周雙珠房裏，淑人過去見了，將定親之事悄悄說與善卿，并囑不可令雙玉得知。善卿早會其意，等淑人去後，便告訴了雙珠。雙珠又告訴了周蘭，吩咐闔家人等毋許漏言。

別人自然遵依，只有個周雙寶私心快意，時常風裏言，風裏語，調笑雙玉。適為雙珠所聞，喚至房裏，呵責道：『你還要去多嘴！前兩天銀水煙筒可是忘記掉了？雙玉鬧起來，你也沒什麼好處！』雙寶不敢回嘴，默然下樓。

隔了一日，周蘭往雙寶房間裏床背後開隻皮箱檢取衣服，丟下一把鑰匙不會收拾，偶見阿珠，令去尋來。阿珠尋得鑰匙，翻身要走。雙寶一把拉住，低聲問道：『你為什麼不到朱五少爺那兒去道喜呀？』阿珠隨口答道：『不要瞎說！』雙寶道：『朱五少爺大喜呀！你怎麼不曉得？』

阿珠知道雙寶嘴快，不欲糾纏，大聲道：『快點放噲！我要喊媽了！』雙寶還不放手。只聽得客堂裏阿德保叫聲『阿珠，有人來看你。』阿珠接口答應，問『什麼人？』趁勢撇下雙寶，脫身出房，看時，乃舊日同事大姐大阿金。阿珠略怔一怔，問：『可有什麼事？』大阿金道：『沒什麼，我來看看你呀。』

阿珠忙跑進去將鑰匙交明周蘭，復跑出來，攜了大阿金的手，踅到衖堂轉彎處對面立在白牆下切切說話。大阿金道：『這時候索性不對了！不要說是王老爺，連兩戶老客人也都不來，生客天生沒有，節下賞錢統共分到四塊洋錢。我們嘿急死了在那兒，她倒坐馬車，看戲，蠻開心！』阿珠道：『小柳兒生意蠻好在那兒，有什麼不開心？我替你打算，歇了嘿好了嘛。』大阿金道：『這是要歇了呀！他們在租小房子，叫我跟了去，一塊洋錢一月，我一定不去。』阿珠道：『我聽見洪老爺說起，王老爺家裏沒個大姐，你可要去做做看？』大阿金道：『好的，你替我去說嘛。』阿珠道：『你要去嘥，等我回頭再問了聲洪老爺。明天沒空，二十六兩點鐘，我同你一塊去好了。』

大阿金約定別去。阿珠亦自回來。廿五日早晨，接得一笠園局票，阿珠乃跟周雙玉去出局。翌日，阿珠到家傳說道：『小先生要二十八才回來呢。』周蘭沒甚言語。喫過中飯，略等一會，大阿金就來了，會同阿珠，逕往五馬路王公館。

兩人剛至門首，只見一個後生慌慌張張衝出門來低著頭一直奔去，分明是王蓮生的姪兒，不解何事。兩人推開一扇門掩身進內，靜悄悄的竟無一人。直到客堂，來安始從後面出來，見了兩人即搖搖手，好像不許進去的光景。兩人只得立住。阿珠因輕輕問道：『王老爺可在這兒？』來安點點頭。阿珠道：『可有什麼事啊？』

來安趄上兩步，正待附耳說出緣由，突然樓上劈劈拍拍一頓響，便大嚷大哭，鬧將起來。兩人聽這嚷哭的是張蕙貞，並不聽得王蓮生聲息。接著大腳小腳一陣亂跑，跑出當中間，越發劈劈拍拍響得像撒豆一般，張蕙貞一片聲喊『救命』。

阿珠看不過去，攛掇來安道：『你去勸嘛。』來安畏縮不敢。猛可裏樓板彭的一聲震動，震得夾縫中灰塵都飛下些來，知道張蕙貞已跌倒在樓板上。王蓮生終沒有一些聲息，只是劈劈拍拍悶打，打得張蕙貞在樓板上骨碌碌打滾。阿珠要自己去勸，畢竟有好些不便之處，亦不敢上樓。樓上又無第三個人，竟聽憑王蓮生打個盡情。打到後來，張蕙貞漸漸力竭聲嘶，也不打滾了，也不喊救命了，纔聽得王蓮生長嘆一聲，住了手，退入裏間房裏去。

阿珠料想不好驚動，遂輕輕辭別了來安要走。大阿金還呆瞪著兩眼發獃，見阿珠要走，方醒過來。兩人仍攜著手，掩身出門，又聽得樓上張蕙貞直著喉嚨，乾嚎兩聲，其聲著實慘戚。大阿金不禁吁了口氣，問道：『到底不曉得為什麼事？』阿珠道：『管他們什麼事，我們喫碗茶去罷。』

大阿金聽說高興，出衖轉彎，迤邐至四馬路中華衆會，聯步登樓，恰遇上市時候，往來喫茶的人逐隊成羣，熱鬧得很。兩人揀張臨街桌子坐定，合泡了一碗茶，慢慢喫著講話。阿珠笑道：『起先我們都說王老爺是個好人，這時候倒也會打小老婆了，可不稀奇！』大阿金道：『王老爺跟我們先生好的時候，嫁了嘿，倒好了。倘若我們先生嫁給了王老爺嘿，王老爺哪敢打呀！』阿珠道：『沈小紅可好做人家人！那還更要有好戲看哩！』大阿金太息道：『我們先生嘿眞正叫自己不好！怪不得王老爺娶了張蕙貞！上海數一數二的紅倌人，這時候弄得這樣子！』阿珠冷笑道：『這時候倒還不算蹩腳了嘘！』

正說時，堂倌過來沖開水，手揣一角小洋錢，指著裏面一張桌子，道：『茶錢有了，他們會過了。』兩人引領望去，那桌子上列坐四人，大阿金都不認得。阿珠覺有些面熟，似乎在一笠園見過兩次，惟內中一年輕的認得是趙二寶哥哥趙樸齋。因樸齋穿著大袍闊服，氣概非凡，阿珠倒不好稱呼，但含笑頷首而已。

一會兒，趙樸齋笑吟吟踅過外邊桌子旁，阿珠讓他坐了，遞與一根水煙筒。樸齋打量大阿金一眼，隨向阿珠搭訕道：『你先生在山家園呀，你怎麼回來啦？』阿珠說：『這就要去了。』樸齋轉問大阿金：『你跟的誰？』大阿金

說是沈小紅。阿珠接嘴道：『她這時候在找事。可有什麼人家要大姐?薦薦她。』樸齋瞿然道：『西公和張秀英說要添個大姐，等她回來了，我替你去問聲看。』阿珠道：『蠻好，謝謝你。』樸齋即問明大阿金名字，約定二十九回音。阿珠向大阿金道：『那你就等兩天好了。張秀英那兒不要嘍，再到王老爺那兒去。』大阿金感謝不盡。樸齋吸了幾口水煙，仍回裏面桌子上去。

須臾，天色將晚，阿珠大阿金要走，先往裏面招呼樸齋，樸齋同那三個朋友也要走，遂一齊趓下華衆會茶樓，分路四散。

第五二回

訂婚約即席意徬徨　掩私情同房顏忸怩

按樸齋自回鼎豐里家裏見了母親趙洪氏，轉述妹子趙二寶之言，二十八日要給史三公子餞行，另辦一桌路菜，皆須精緻豐盛。

樸齋說罷出外，自去找尋大姐阿巧，趁二寶不在家，和阿巧打情罵俏，無所不至。阿巧見樸齋近來衣衫整齊，銀錢闊綽，儼然大少爺款式，就傾心巴結起來。因此樸齋倒斷絕了王阿二這段交情。便是同時一班朋友，樸齋也漸漸不相往來，只和一個小王十分知己，約爲兄弟；又輾轉結識了華忠夏餘慶，四人時常一處作樂。

這日八月二十八日，趙樸齋知道小王自必隨來，預約華忠夏餘慶作陪，專誠請小王敍敍，也算是餞行之意。

等到日色沉西，方纔聽得門外馬鈴聲響，趙洪氏與樸齋慌張出迎。只見史三公子趙二寶已在客堂裏下轎進來。樸齋站立一邊。三公子向洪氏微笑一笑，款步登樓。

二寶叫聲『媽』，一把拉了洪氏，逕往後面

小房間，關上門，悄囑道：『媽這可不要再這樣噥！你這時候做了他丈母了呀！他沒來請你，你倒先跑了出去，可不難爲情！』洪氏嘻著嘴，把頭亂點。

二寶臨走，又囑道：『我先上去，等會他再要請你見見嘿，我叫阿虎伺候你，你看見他就叫了聲三老爺好了，不要說什麼話，倘若說錯了給他笑話。』洪氏無不遵依。

二寶遂開門出房，到樓梯邊忽見樸齋幫著小王搬取衣包什物。二寶低聲喝道：『讓他們搬好了，要你去瞎巴結！』樸齋連忙交與阿虎帶上樓去。二寶隨同到了樓上房裏脫換衣裳，相伴三公子對坐笑語，沒有提起趙洪氏。

一時，對過書房排好筵席，阿虎請去赴宴。二寶要說些親密話兒，並不請一個陪客。三公子道：『請你媽哥哥一塊來喫了呀。』二寶道：『他們不行的，我在這兒陪你了嘿。』當請三公子南向上坐，手取酒壺，滿斟三杯，自斟一小杯，坐於其側。

三公子三杯飲盡，二寶乃從容說道：『明天要回去了，我嘿要問你一聲。你一直在說的話，可做得到？倘若你這時候說得蠻高興，你回去了，家裏倒不許你，你不是要尷尬了嗎？你索性說明白了，倒也沒什麼。』三公子惶然起立，道：『你可是不相信我？』

二寶一手捺坐，笑道：『不是我不相信你；我爲了哥哥不爭氣，沒法子做個倌人，自己想，哪還有什麼好結果！你要娶我做大老婆，那是我做夢也想不到這樣的好處！不過你家裏有了個大老婆，這時候再娶個大老婆回去，好像人家沒有過。不要等會太起勁了，倒弄得一場空。』三公子安慰道：『你放心！倘若我自己想娶三房家小，那是恐怕做不到；這時候是我嗣母的主意，再要娶兩房，誰好說聲閒話？索性跟你說了罷：嗣母早就看中一頭親事在那兒，倒是我偷懶，沒去說。這可回去就請媒人去說親；說定了，我再到上海接你回去，一塊拜堂。不過一個月光景，十月裏我一定到的了。你放心！』

二寶聽說，不勝歡喜，叮嚀道：『那你十月裏要來的㖸。你走了，我一個人在這兒，不出大門，不見客人，等你來了嘿，我好放心。你不要爲什麼事多耽擱了㖸。倘若你家裏的夫人不許你娶，你就娶我做小老婆，我也就噥噥好了。』

二寶說到這裏，忽然涕淚交頤，兩手扒著三公子肩膀，臉對臉的道：『我是今生今世一定要跟你的了，隨便你娶幾個大老婆小老婆，你總不要扔掉我！你要扔掉了，我是……』一句話說不完，噎在喉嚨口，嗚嗚的竟要哭。慌得三公子兩手合抱攏來摟住二寶，將自己手帕子替她輕輕揩拭，一面勸道：『你瞎說個什麼呀！你這時候嘿應該快快活活，辦點零碎東西，預備預備。你倒還要哭，眞正道三不著兩！』

二寶趁勢滾在三公子懷中，縮住哭聲，切切訴道：『你不曉得我的苦處！我給鄉下自己地方的人說了不知多少壞話，這時候說是你要娶我去做大老婆，他們都不相信，在笑，萬一不成功，我的臉擱到哪去！』三公子道：『還有什麼不成功；除非我死了，那就不成功！』

二寶火速擡身，一把握了三公子的嘴道：『你可不是糊塗！這可不跟你說了！』三公子一笑丟開。

二寶斟一杯熱酒親奉三公子呷乾。三公子故意問問鄉下風景，搭訕開去。二寶早自領會，拋撇愁顏，興興頭頭和三公子頑笑。二寶說道：『我們鄉下有個關帝廟，到了九月裏嘿做戲，看戲的人那是多到個沒數目的呵！連牆外頭樹杈枝上都是個人。我就跟張秀英看了一趟，自己搭好的看臺，爬在牆頭上，太陽照下來，熱得要死。大家都說道，眞好看哦！像這時候大觀園，清清爽爽，一個人一間包廂，請我們看，誰高興去看啊！』三公子點點頭。

二寶又敬兩杯酒，說道：『還有句笑話告訴你：我們關帝廟隔壁有個王瞎子，說是算命準得很喏。前年我媽喊他到家裏算我們幾個人，他算我嘿，說是一品夫人的命。他還說可惜推扳了一點點，不然要做到皇后的哦。我們嘿當他瞎說，哪曉得這時候給他算得蠻準！』三公子笑而點頭。

兩人細酌深談，盡興始散。三公子踅過房間裏，向著窗口喊聲『小王』，二寶在後攔道：『我在這兒呀，還要喊他們做什麼？』三公子問：『小王可在這兒？』二寶道：『小王嘿，是我哥哥請他到酒館裏餞餞行。你什麼事喊他？』三公子道：『沒什麼，叫他回去收拾行李，明天早點來。』二寶道：『等會我們跟他說好了。』三公子沒甚言語，消停多時，安置不表。

次日，二寶起個絕早，在當中間梳洗，不敷脂粉，不戴釵釧，並換一身淨素衣裳，等三公子起身，問道：『你看我可像個人家人？』三公子道：『倒蠻清爽。』二寶道：『就今天起，我一直這樣子。』說著，陪三公子喫了點心。

三公子遂令阿虎請了趙洪氏上樓廝見。三公子於靴葉子內取出一張票子交與趙洪氏，道：『我嘿要回去一趟，再等我一個月，盤（註①）裏衣裳頭面，我到家裏辦了來。你先拿一千洋錢去給她辦點零碎東西，嫁妝嘿等我來了再辦。』

洪氏不敢接受，只把眼睃二寶。二寶劈手搶過票子，轉問三公子道：『你的一千洋錢嘍算什麼？要是開消局帳的，那我們謝謝了，還了你。你說就要來娶我的嘍，還給我們什麼洋錢啊？說到了零碎東西，我們窮嘍窮，還有兩塊洋錢在這兒，也不要你費心的了。』

三公子見如此說，俯首沉吟。洪氏接嘴道：『三老爺這麼客氣。這是一家人了呀，沒什麼客氣嘍。』二寶忙丟個眼色，勿令多言。趙洪氏辭別下樓。

三公子只得收起票子，喊小王打轎。二寶也坐了轎子去送三公子。先到了公館裏，發下行李，用過中飯，卻有一起一起送行的絡繹不絕。三公子匆匆會客，沒些空閒。直至四點多鐘，三公子纔收拾下船。

二寶送至船上，只見哥哥趙樸齋正在艙中替小王照看行李。二寶悄問：『路菜有沒挑來？』樸齋回說『來了。』

二寶尋思沒事，將欲言歸，緊緊握著三公子的手，囑道：『你到了家裏，寫封信給我。我身體嘍還在上海，我肚子裏的心也跟著你一塊回去的了。你不要到別處再去耽擱嚨。』三公子唯唯答應。二寶又道：『你十月裏什麼時候來？有了日子嘍再寫封信給我。能彀早點最好。你早一天到，我們一家子多少人早一天放心。』三公子又唯唯答應。

二寶再要說時，被船家催促開船，沒奈何撒手登岸。史天然立在船頭，趙二寶坐在轎裏，大家含淚相視，無限深情。直到望不見船上桅影，趙樸齋始令轎班接轎回家。

原來趙二寶是個心高氣硬的人，自從史天然有三房家小之說，二寶就一心一意嫁與天然；又恐天然看不起，極力要裝些體面出來，

凡天然所有局帳，二寶不許開消，以爲你既視我爲妻，我亦不當自視爲妓，一過中秋便揭去名條，閉門謝客，單做史天然一人。

天然去時約定十月間親來迎接。二寶核算家中尚存鷹洋四百餘元，儘彀澆裹，坦然無憂。

這日送行回來，趙樸齋自去張秀英家薦個大姐大阿金生意。趙二寶卻和母親趙洪氏商議道：『他說嫁妝等他來再辦，我想嫁妝應該我們坤宅辦了去才對嚜。他辦了，恐怕他們底下人話多，坍我們的臺。』洪氏道：『你要辦嫁妝嚜，推扳點了哴。這時候就剩了四百塊洋錢嚜。』

二寶咳了一聲，道：『媽嚜總是這樣！四百塊洋錢哪好辦嫁妝啊！我想嚜，先去借了來辦好了，等他拿了盤裏的銀兩來嚜，再去還。（註②）』洪氏道：『那也行。』

二寶轉和阿虎商議道：『你可有什麼地方借點錢？』阿虎道：『我們就好借嚜也有限得很，到不如賒帳。綢緞店、洋貨店、家具店，都有熟人在那兒，到年底付清好了。』

二寶大喜，於是每日令阿虎向各店家賒取嫁妝應用物件。二寶忙忙碌碌自己挑揀評論，只要上等時興市貨。

趙樸齋在家沒事，同阿巧絞得像扭股糖一般，纏綿恩愛，分拆不開。阿巧知道樸齋是史三公子嫡親大舅子，更加巴結萬分。樸齋私與阿巧誓爲夫婦，將來隨嫁過門便是一位舅太太了。二寶沒工夫理會他們，別人自然不管這些事。

一日，忽見齊府一個管家交到一封書信，是史三公子寄來的。樸齋閱過，細細演講一遍。前面說是一路平安到家，已央人去說那頭親事，刻尚未有回音；末後又說目今九秋風物，最易撩人，悶來時可往一笠園消遣消遣。二寶既得此信，趕緊辦齊嫁妝，等待三公子一到，成就這美滿姻緣。

樸齋因連日不見夏總管，問那管家，說是現在華衆會喫茶。樸齋立刻去尋，果見夏餘慶同華忠兩人泡茶在華衆會樓上。

華忠一見樸齋，問道：『你爲什麼一直不出來？』夏餘慶搶說道：『他嘿家裏有點花樣在那兒了，曉得罷？』華忠愕然道：『什麼花樣啊？』夏餘慶道：『我也不清楚，要去問小王的。』

樸齋訕訕的笑著入座。堂倌添上一隻茶鍾，問：『可要泡一碗？』樸齋搖搖手。華忠道：『那我們走罷。』夏餘慶道：『好的。我們去逛街。』

當下三人同出華衆會茶樓，從四馬路兜轉寶善街，看了一會倌人馬車，踅進德興居酒館內燙了三壺京莊，點了三個小碗，喫過晚飯。餘慶請去吸煙，引至居安里潘三家門首，舉手敲門。門內娘姨接口答應，卻許久不開。夏餘慶再敲一下。娘姨連說：『來了！來了！』方慢騰騰出來開了。

三人進了門，只聽得房間裏地板上歷歷碌碌一陣腳聲，好像兩人扭結拖拽的樣子。夏餘慶知道有客，在房門口立住腳。娘姨關上大門，說道：『房裏去嘛。』

夏餘慶遂揭起簾子讓兩人進房，聽得那客人開出後房門，登登登腳聲，踅上樓梯去了，房間裏暗昏昏地，只點著大床前梳妝台上一盞油燈。潘三將後房門掩上，含笑前迎，叫聲『夏大爺』。娘姨亂著點起洋燈煙燈，再去加茶碗。

夏餘慶悄問那上樓的客人是何人。潘三道：『不是我的客人，是客人他們的朋友呀。』

夏餘慶道：『客人他們的朋友嘿，怎麼不是客人哪？』隨手指著華忠趙樸齋道：『那他們都不是客人了嘿？』潘三道：『你嘿還要瞎纏！喫煙罷！』

夏餘慶向榻床睡下。剛燒好一口煙，忽聽得敲門聲響。娘姨在客堂中高聲問：『誰呀？』那人回說：『是我。』娘姨便去開了進來。那人並不到房間裏，一直逕往樓上。知道與樓上客人是一幫，皆不理會。

夏餘慶煙癮本自有限，吸過兩口，就讓趙樸齋吸，自取一支水煙筒坐在下手吸水煙。華忠和潘三並坐靠窗高椅上講些閒話。

忽又聽得有人敲門。夏餘慶叫聲『啊唷』，道：『生意倒興旺的嘿！』說著，放下水煙筒，立起身來往玻璃窗張覷。潘三上前攔道：『看什麼呀？給我坐在這兒！』

夏餘慶聽得娘姨開出門去，和敲門的唧唧說話。那敲門的聲音似乎廝熟。夏餘慶一手推開潘三，趕出房門看是何人。那敲門的見了慌的走避。夏餘慶趕出弄堂，趁著門首掛的玻璃油燈望去，認明那敲門的是徐茂榮，指名叫喚。

徐茂榮只得轉身，故意喊問：『可是餘慶哥啊？』餘慶應了。茂榮方纔滿面堆笑，連連打恭，道：『我再想不到餘慶哥在這兒！』一面說，一面跟著夏餘慶踅進房間，招呼華忠趙樸齋兩人。

樸齋認得這徐茂榮，曾經被他毒手毆傷頭面，不期而遇，著實驚惶。茂榮心裏覺著，外面只做不認得。

大家各通姓名，坐定。夏餘慶問徐茂榮道：『你爲什麼看見了我跑了？』茂榮沒口子分說道：『不曉得是你呀。我就問了聲虹口楊可在這兒，不在這兒嘿，我自然走了嘿。哪曉得

你倒在這兒！』餘慶鼻子裏哼了一聲。

茂榮笑嘻嘻望潘三道：『三小姐，好久不見，好像胖了點了。可是我們餘慶哥給你喫了好東西？』潘三眼梢一瞟，答道：『你嘿爲了好久不見，還要教我罵兩聲，對不對？』

徐茂榮拍掌道：『正是！蠻准！』接著別轉臉去，又向華忠趙樸齋指手劃腳的，且笑且訴道：『上趟我們餘慶哥在上海嘿就做個三小姐，我們一夥人都到這兒來找他，一天跑幾趟，就像是華衆會，給三小姐嘿罵得要死；這時候餘慶哥不來了，我們一夥人也都不來了。』

華忠趙樸齋不置一詞。徐茂榮卻問潘三道：『爲什麼我們餘慶哥不來？可是你得罪了他？』潘三未及答話。夏餘慶喝住道：『不要瞎說了！我們有公事在這兒！』

註①陳列嫁妝衣飾的托盤，女家貧寒可由男家代辦。下文『嫁妝』指大件家具等。

註②聘金也放在托盤裏，『過禮』時展覽。

第五三回

私窩子潘三謀胠篋　破題兒姚二宿勾欄

按潘三因夏餘慶說有公事，逡巡出房，且去應酬樓上客人。徐茂榮正容請問是何公事。夏餘慶道：『你們一班人管的什麼公事！我們山家園一帶有沒去查查啊？』茂榮大駭道：『山家園可有什麼事？』餘慶冷笑道：『我也不清楚！今天我們大人吩咐下來，說山家園的賭場興旺得很，成天成夜賭下去，搖一場攤有三四萬輸贏的哦，索性不像個樣子了！問你可曉得？』（註①）

茂榮呵呵笑道：『山家園的賭場嘿，哪一天沒有啊！我還當山家園出了個强盜，倒嚇一跳！這我明天去說一聲，叫他們不要賭了就是了。』餘慶道：『你不要馬馬虎虎敷衍過去！等會弄出點事來，大家沒意思！』

茂榮移座相近，道：『餘慶哥，山家園的賭場，我們倒都沒用過它一塊洋錢噃。開賭的人，你也曉得的。多少賭客都是老爺們，我們衙門裏也都在賭嘿，我們跑進去，可敢說什麼話？這時候齊大人要辦，容易得很，我就立刻喊齊了人一場括子去捉了來，好不好？』餘慶沉吟道：『他們不賭了，我們大人也不是一定要辦他們。你先去給個信，再要賭嘍，自然去捉。』

茂榮拍著腿膀，道：『就是這麼說呀；有幾個賭客就是大人的朋友。我們不比新衙門裏巡捕，有多少爲難的地方呀。（註②）』餘慶怫然作色，道：『大人的朋友，就是李大少爺嘍去賭過。不關我們的事。我們門口裏什麼人在賭？你說說看！』茂榮連忙剖辯道：『我沒說是門口裏嘍。倘若你門口裏有人去了，我可有什麼不告訴你的呀？』夏餘慶方罷了。

徐茂榮笑著，更向華忠趙樸齋說道：『我們這餘慶哥，那才眞正是大本事！齊府上統共一百多人喏，就是餘慶哥一個人管著，一直沒出過一點點錯。』華忠順口唯唯。趙樸齋從榻床起身讓徐茂榮吸煙。徐茂榮轉讓華忠。

正在推挽之際，欻地後門呀的聲響，踅進一個人，躡手躡腳，直至榻床前。大家看時，乃是張壽，皆怪問道：『你什麼時候來的呀？』張壽不發一言，只是曲背彎腰，瞇瞇的笑。華忠就讓張壽躺下吸煙。

夏餘慶低聲問張壽道：『樓上是什麼人？』張壽低聲說是匡二。餘慶道：『那一塊下頭來坐一會了嘍。』張壽急搖手道：『他就像私窩子，不要去喊他！』

餘慶鼻子裏又哼了一聲，道：『爲什麼這時候幾個人都有點陰陽怪氣！』隨手指著徐茂榮道：『剛才他一個人跑了來同娘姨說話，我去喊他，他倒想逃走了，可不奇怪！』

徐茂榮咧著嘴，笑向張壽道：『餘慶哥一直在埋怨我，好像我看不起他，你說可有這種事？』張壽笑而無語。

夏餘慶道：『堂子裏總是玩的地方，大家走走，沒什麼要緊。匡二哥當我要喫醋，他也轉錯了念頭了。』張壽道：『他倒不是為你，恐怕東家曉得了說他。』餘慶道：『還有句話，你去跟他說，教他勸勸東家，山家園的賭場裏不要去賭。』即將適間云云縷述一遍。

張壽應諾，吸了一口煙，辭謝四人，仍上樓去。只見匡二潘三做一堆兒滾在榻床上。見了張壽，潘三纔緩緩坐起，向匡二道：『我下頭去。你不許走的哦。我有話跟你說。』又囑張壽：『坐一會，不要走。』潘三遂復下樓。

樓上張壽輕輕地和匡二說了些話。約半點鐘光景，聽得樓下四人紛然作別聲，潘三款留聲，娘姨送出關門聲。隨後潘三喊道：『下來罷。』

匡二遂請張壽同到樓下房間。張壽有事要走。匡二要一塊走。潘三那裏肯放，請張壽『再喫筒煙哦。』一手拉著匡二拉至床前籐椅上疊股而坐，密密長談。張壽只得稍待，見那潘三談了半日，不知談的甚麼事，匡二連連點頭，總不答話。及潘三談畢走散，匡二還呆著臉躊躇出神。張壽呼問：『可走啊？』匡二始醒過來。臨出門，潘三復附耳立談兩句，匡二復點點頭，始跟張壽踅出居安里。

張壽在路上問：『潘三說什麼？』匡二道：『她瞎說呀！還了債嘿，要嫁人了。』張壽道：『那你去娶了她了嘿。』匡二道：『我哪有這麼些錢！』

當下分路。匡二往尚仁里楊媛媛家。張壽自往兆貴里黃翠鳳家，遙望黃翠鳳家門首七八乘出局轎子，排列兩旁，料知檯面未散。進得門來，遇見來安，張壽問：『局有沒齊？』來安道：『要散了。』張壽道：『王老爺叫的什麼人？』來安道：『叫兩個呢：沈小紅，周雙玉。』張壽道：『洪老爺可在這兒？』來安道：『在這兒。』

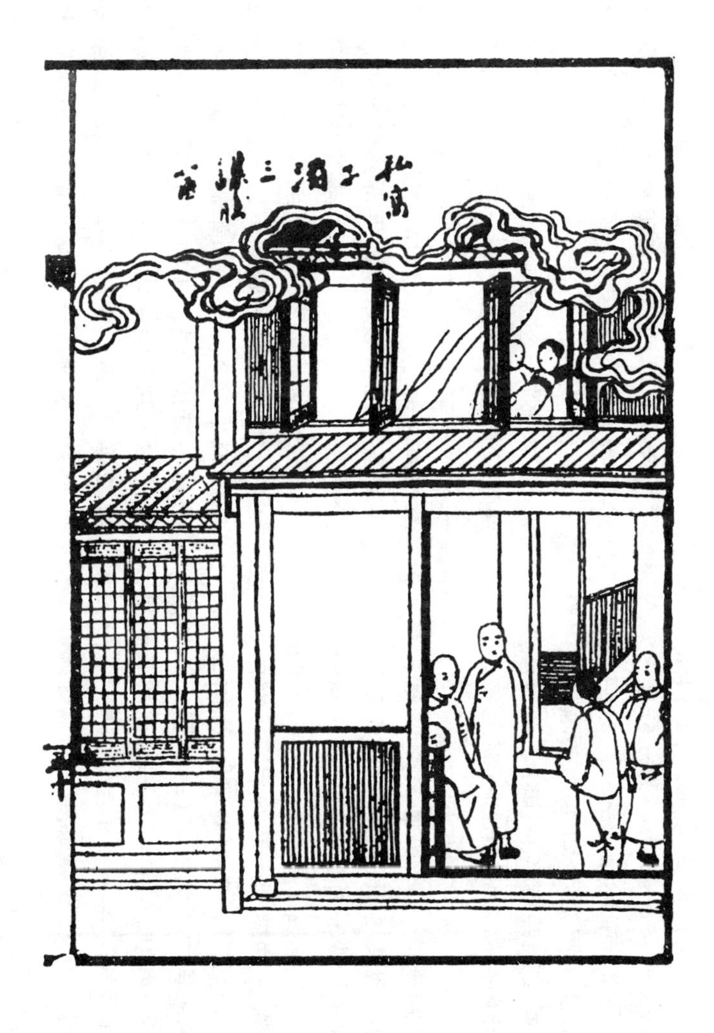

張壽聽說，心想周雙珠出局，必然阿金跟的，乘間溜上樓梯從簾子縫裏張覷。其時檯面上拳聲響亮，酒氣蒸騰。羅子富與姚季蓴兩人合擺個莊，不限杯數，自稱爲『無底洞』，大家都不服。王蓮生洪善卿朱藹人葛仲英湯嘯菴陳小雲聯爲六國，約縱連橫，車輪鏖戰，皆不許相好娘姨大姐代酒，其勢洶洶，各不相下，爲此比往常分外熱鬧。

張壽見周雙珠跟的阿金空閒旁立，因向身邊取出一枚叫子往內『許』的一吹。席間並未覺著。阿金聽得，溜出簾外，悄地約下張壽隔日相會。張壽大喜，仍下樓去伺候。阿金復掩身進簾。席間那有工夫理會他們，只顧划拳喫酒。

這一席，直鬧到十二點鐘。合席有些酩酊，方纔罷休。許多出局皆要巴結，竟沒有一個先走的。

席散將行，姚季蓴拱手向王蓮生及在席衆人道：『明天奉屈一敍，并請諸位光陪。』回頭指著叫的出局道：『就在她那兒，慶雲里。』衆人應諾，問道：『貴相好可是叫馬桂生？我們都沒看見過。』姚季蓴道：『我也新做起。本來朋友在叫，這時候朋友薦給我，我也就叫叫好了。』衆人皆道：『蠻好。』

說畢，客人倌人一齊告辭，接踵下樓。娘姨大姐前遮後擁，還不至於醉倒。羅子富送客回房，黃翠鳳窺其面色，也不甚醉，相陪坐下。

翠鳳問道：『王老爺爲了什麼事，都要請他喫酒？』子富道：『他要江西做官去，我們老朋友自然替他餞餞行。』翠鳳失聲嘆道：『沈小紅這可要苦死了！王老爺在這兒嘿，巴結點再做做，倒也不錯；這下子走了——好！』

子富道：『這時候這王老爺，不曉得爲什

麼，好像同沈小紅好了點了。』翠鳳道：『這時候就好死了也沒用嘍。起先沈小紅轉錯了個念頭；起先要嫁給了王老爺，這時候就不要緊了，跟了去也好，再出來也好。』子富道：『沈小紅自己要找樂子，姘個戲子，哪肯嫁呀！』翠鳳又嘆道：『倌人姘戲子的好多，就是她嘍喫了虧！』兩人評論一回，收拾共睡不表。

次日是禮拜日，午後，羅子富擬作明園之遊，命高升喊兩部馬車。適值黃二姐走來玩，到房間裏叫聲『羅老爺』及『大先生』。黃翠鳳仍叫『媽』，請其坐下。寒暄兩句，翠鳳問及生意。

黃二姐蹙額搖頭道：『不要提了！你在那兒的時候，一直蠻興旺，這時候不對了，連金鳳的局也少了點！想買個討人，怕不好嘍，像諸金花樣子。就這樣噥下去總不行。我來跟你商量，可有什麼法子？』翠鳳道：『那是媽自己拿主意，我不好說。買個討人也難死了。就算人好嘍，生意哪說得定？我這時候也沒什麼生意。』黃二姐尋思不語。翠鳳置之不理。

須臾，高升回報：『馬車來了。』黃二姐只得告辭，躑躅而去。於是羅子富帶著高升，黃翠鳳帶著趙家媽，各乘一輛馬車，駛往明園，就正廳上泡茶坐下。

子富說起黃二姐，道：『你媽是不中用的人，倒還是要你去管管她才好。』翠鳳道：『我去管她做什麼！我本來教她買個討人。她捨不得洋錢，不聽我的話，這時候沒生意了，倒問我可有什麼法子。再給她點洋錢了噥！』

子富笑了。翠鳳又說起沈小紅，道：『沈小紅那才是不中用的人：王老爺做了張蕙貞嘍，再好也沒有囉；你不要去說穿他，暗底下拿個王老爺去搶，那才兇了。』

話猶未了，不想沈小紅獨自一個款步而來。翠鳳便不再說。子富望去，見沈小紅滿面煙色，消瘦許多，較席間看得清楚。小紅亦自望見，裝做沒有理會，從斜刺裏趕上洋樓。隨後大觀園武小生小柳兒來了，穿著單羅夾紗嶄新衣服，越顯出唧靈唧溜的身材；腳下厚底京鞋，其聲橐橐；腦後拖一根油晃晃樸辮，一直趕進正廳，故意兜個圈子，捱過羅子富桌子旁邊，細細打量黃翠鳳。原來翠鳳渾身縞素，清爽異常，插戴首飾，也甚寥寥；但手腕上一付烏金釧臂從東洋賽珍會上購來，價值千金。小柳兒早有所聞，特地要廣廣見識。

黃翠鳳誤會其意，投袂而起，向羅子富道：『我們走罷。』子富自然依從，同往園中各處隨喜一遭。至園門首坐上馬車，逕駛回兆富里口停下。趕進家門，只見廂房內文君玉獨坐窗前，低頭伏桌，在那裏孜孜的看。

羅子富近窗踮腳一望，桌上攤著一本『千家詩』。文君玉兩隻眼睛離書不過二寸許，竟不覺得窗外有人看她。黃翠鳳在後暗地將子富衣襟一拉，不許停留。子富始忍住笑，上樓歸房，悄悄問翠鳳道：『文君玉好像有點名氣的嘍，怎麼這樣子啊？』

翠鳳不答，只把嘴一披。趙家媽在旁悄悄笑道：『羅老爺，可是好有趣的？我們有時候碰見了，跟她講講話，那可笑死了：她說這時候上海就像是說夢話，租界上倌人一個也沒有，幸虧她到了上海，這可要撐點場面給她們看！』說著又笑。子富也笑個不了。

趙家媽道：『我們問她：「那你的場面有沒撐呢？」她說：「這可是撐了呀！可惜上海沒有客人！有了客人，總做她一個人！」』（註③）子富一聽，呵呵大笑起來。翠鳳忙努嘴示意。趙家媽方罷。

比及天晚，高升送上一張請客票，子富看是姚季蓴的，立刻下樓就去。經過文君玉房門首，尚聽得有些吟哦之聲。子富心想上海竟有這種倌人，不知再有何等客人要去做她。高升服侍上轎，逕擡往慶雲里馬桂生家。姚季蓴會著，等齊諸位，相讓入席。

姚季蓴既做主人，那裏肯放鬆些，個個都要盡量盡興。王蓮生喫得胸中作噁，伏倒在檯面上。沈小紅問他：『做什麼？』蓮生但搖手，忽然嘓的一響，嘔出一大堆，淋漓滿地。朱藹人自覺喫得太多，抽身出席，躺於榻床，林素芬替他裝煙，吸不到兩口，已懵騰睡去。葛仲英起初推托不肯多喫，後來醉了，反搶著要喫酒。吳雪香略勸一句，仲英便不依，幾乎相罵。羅子富見仲英高興，連喊：『有趣！有趣！我們來划拳！』即與仲英對划了十大觥。仲英輸得三拳，勉強喫了下去。子富自恃酒量，先時喫得不少，此刻加上這七觥酒，也就東倒西歪，支持不住。惟洪善卿湯嘯菴陳小雲三人格外留心，酒到面前，一味搪塞，所以神志湛然，毫無酒意；因見四人如此大醉，央告主人姚季蓴屏酒撤席，復護送四人登轎而散。

季蓴酒量也好，在席不覺怎樣，欲去送客，立起身來，登時頭眩眼花，不由自主，幸而馬桂生在後擋住，不致傾跌。桂生等客散盡，遂與娘姨扶掖季蓴向大床上睡下，并為解鈕寬衣，蓋上薄被。季蓴一些也不知道，竟是昏昏沉沉一場美睡；天明醒來，睜眼一看，不是自家床帳，身邊又有人相陪，凝神細想，方知在馬桂生家。

這姚季蓴為家中二奶奶管束嚴緊，每夜十點鐘歸家，稍有稽遲，立加譴責。若是官場公

務叢脞，連夜不能脫身，必然差人稟明二奶奶。二奶奶暗中打聽，眞實不虛，始得相安無事。在昔做衛霞仙時，也算得是兩情浹洽，但從未嘗整夜歡娛。自從『當場出醜』之後，二奶奶幾次吵鬧，定不許再做衛霞仙，季蓴無可如何，忍心斷絕。

但季蓴要巴結生意，免不得與幾個體面的，往來於把勢場中。二奶奶卻也深知其故。可巧家中用的一個馬姓娘姨，與馬桂生同族，常在二奶奶面前說這桂生許多好處。因此二奶奶倒慫恿季蓴做了桂生。便是每夜歸家時刻，也略微寬假些，遲到十二點鐘還不妨事。

不料季蓴醉後失檢，公然在馬桂生家住了一宿，斯固有生以來破題兒第一夜之幸事；只想著家中二奶奶這番吵鬧定然加倍厲害，若以謊詞支吾過去，又恐轎班戳破機關，反爲不美，再四思維，不得主意。

桂生辛苦困倦，睡思方濃。季蓴如何睡得著，卻捨不得起來，眼睜睜的，直到午牌時分，忽聽得客堂中外場高叫：『桂生小姐出局。』娘姨隔壁答應，問：『誰叫的？』外場回說：『姓姚。』

季蓴聽得一個『姚』字，心頭小鹿兒便突突地亂跳，擡身起坐，側耳而聽。娘姨復道：『我們的客人就是二少爺嘿姓姚，除了二少爺，沒有了嘿。』外場復『格』聲一笑，接著嘀啾嘈雜聲音，低了下去，聽不清楚說些甚的。

季蓴推醒桂生，急急著衣下床，喊娘姨進房盤問。娘姨手持局票，呈上季蓴，嘻嘻笑道：『說是二奶奶在壺中天，叫我們小姐的局。就是二少爺的轎班送了票來。』

季蓴好似半天裏起個霹靂，嚇得目瞪口呆，手足無措。還是桂生確有定見，微微展笑，說聲『來的』，打發轎班先去。桂生就催娘姨舀水，趕緊洗臉梳頭。

季蓴略定定心，與桂生計議道：『我說你不要去了，我去罷。我反正不要緊，隨便她什麼法子來好了，可好拿我殺掉了頭？』桂生面色一呆，問道：『她叫的我嘿，爲什麼我不好去？』季蓴攢眉道：『你去嘿倘若等會大菜館裏鬧起來像什麼樣子呀？』桂生失笑道：『你給我坐在這兒罷。要鬧嘿在哪不好鬧，爲什麼要大菜館裏去？可是你二奶奶發瘋了？』

季蓴不敢再說，眼看桂生打扮停當，脫換衣裳，逕自出門上轎。季蓴叮囑娘姨，如有意外之事，可令轎班飛速報信。娘姨唯唯，邁步跟去。

註①流氓徐茂榮原來是華界衙役，正如賴公子手下的水師將校也都是流氓。

註②新衙門是租界捕房，可以不顧中國官場人情。

註③文君玉不過是直譯文言某地『無人』（無人才）的話，所以說上海沒有倌人也沒有客人。

第五四回

甜蜜蜜騙過醋瓶頭　狠巴巴問到沙鍋底

按馬桂生轎子逕往四馬路壺中天大菜館門首停下。桂生扶著娘姨進門登樓。堂倌引至第一號房中，只見姚二奶奶滿面堆笑，起身相迎。桂生緊步上前叫聲『二奶奶』，再與馬娘姨廝見。姚奶奶攙了桂生的手向一張外國式皮褥半榻並肩坐下。姚奶奶開言道：『我請你喫大菜，下頭帳房裏纏錯了，寫了個局票。你喜歡喫什麼東西？點哏。』桂生推說道：『我飯喫過了呀。二奶奶你自己請。』姚奶奶執定不依，代點幾色，說與堂倌，開單發下。

姚奶奶讓了一巡茶，講了些閒話，並不提起姚季蓴。桂生肚裏想定話頭，先自訴說昨夜二少爺如何擺酒請客，如何擺莊划拳，如何喫得個個大醉，二少爺如何瞌睡，不能動身，我與娘姨兩個如何扛擡上床；二少爺今日清醒如何自驚自怪，不復省記向時情事；細細的說與姚奶奶聽，絕無一字含糊掩飾。

姚奶奶聞得桂生爲人誠實，與別個迥然不同；今聽其所言，果然不錯，心中已自歡喜。適值堂倌搬上兩客湯餅，姚奶奶堅請桂生入座，桂生再三不肯。姚奶奶急了，顧令馬娘姨轉勸。桂生沒法，遵命喫過湯餅，換上一道板魚。

姚奶奶喫著問道：『那這時候二少爺有沒起來啊？』桂生道：『我來嘿剛剛起來。說了二奶奶來喊我，二少爺急死了，唯恐二奶奶要說他。我倒就說：「不要緊的。二奶奶是有規矩的人，怕你在外頭白花了錢，還要傷身體，你自己不要去荒唐，二奶奶總也不來說你了嘿。」』

姚奶奶嘆口氣，道：『提起了他嘿眞正要氣死人！他不怪自己荒唐，倒好像我多嘴。一到了外頭，也不管是什麼地方，碰見的什麼人，他就說我這樣那樣不好，說我嘿兇，要管他，說我不許他出來。他也叫了你好幾個局了，有沒跟你說過？』

桂生道：『那是二少爺倒也不。二少爺這人，說嘿說荒唐，他肚子裏也明白的。二奶奶說說他總是爲好。我有時候也勸二少爺聲把。我說：「二奶奶不比我們堂子裏。你到我們堂子裏來，是客人呀。客人有譜子沒譜子，不關我們事，自然不來說你。二奶奶跟你一家人，你好嘿二奶奶也好。二奶奶不是要管你，也不是不許你出來，總不過要你好。我倘若嫁了人，丈夫外頭去荒唐，我也一樣要說的嘿。」』

姚奶奶道：『這我不去說他了；讓他去好了。我說嘿，一定不聽，死命幫堂子裏，給這衛霞仙殺坯當面罵了一頓，還有他這鏟頭東西還要替殺坯去點了副香燭（註①），說我得罪了她了！我可有臉去說他？』

姚奶奶說到這裏，漸漸氣急臉漲，連一條條青筋都爆起來。桂生不敢再說。當下五道大菜陸續喫畢。桂生每道略嘗一臠，轉讓與馬娘姨喫了。揩把手巾，出席散坐。

桂生復慢慢說道：『我不然也不好說。二少爺這人倒眞是荒唐得很啫，本來要你二奶奶管管他才好嘛。依了二少爺，上海租界上倌人，巴不得都去做做。二奶奶管著，終究好了點。二奶奶，對不對？』

姚奶奶雖不曾接嘴，卻微露笑容。消停半刻，姚奶奶復攜了桂生的手，趁出迴廊，同倚欄杆，因問桂生幾歲，有無父母，曾否攀親。桂生回說十九歲；父母亡故之後，遺下債務，無可抵擋，走了這條道路；那得個有心人提出火坑，三生感德。姚奶奶爲之浩歎。

桂生因問姚奶奶：『可要聽曲子？我唱兩支給二奶奶聽。』姚奶奶阻止道：『不要唱了。我要走了。』遂與桂生回身歸座，令馬娘姨去會帳。

姚奶奶復嘆道：『我爲了衛霞仙這殺坯嘐跟他鬧了好幾回，出了多少惡名。誰曉得我冤枉！像這時候二少爺做了你，我就蠻放心。——要是喫醋嘐，爲什麼不鬧啦？』

桂生微笑，道：『衛霞仙是書寓呀。她們會騙。像我是老老實實，也沒有幾戶客人。做著了二少爺，心裏單望個二少爺生意嘐好，身體嘐結實，那才好一直做下去。』

姚奶奶道：『我還有句話要跟你說。既然二少爺在你那兒，我就拿個二少爺交代給你。二少爺到了租界上，不要讓他再去叫個倌人。倘若他一定要叫，你敎娘姨給我個信。』

桂生連聲應諾。姚奶奶仍攜著手款步下樓，同出大菜館門首。

桂生等候馬娘姨跟著姚奶奶轎子先行，方自坐轎歸至慶雲里家中。只見姚季蓴正躺在榻床上吸鴉片煙。桂生裝腔做勢道：『你倒心定

甜蜜蜜

的嚜！二奶奶要打你了！當心點！可曉得？』

季蓴早有探子報信，毫不介意，只嘻著嘴笑。桂生脫下出局衣裳，遂將姚奶奶言語情形詳細敍述一遍，喜得季蓴抓耳撓腮，沒個擺佈。桂生卻教導季蓴道：『你等會去喫了酒嚜，早點回去。二奶奶問起我來，你總說是沒什麼好，哪能比衛霞仙！』

季蓴不等說完，嚷道：『再要說衛霞仙，那可眞正給她打了㖸！』桂生道：『那你就說是么二堂子沒什麼意思。二奶奶再問你可要做下去，你說這時候沒有合意的倌人，做做罷了。照這樣兩句話，二奶奶一定喜歡你。』

季蓴唯唯不迭。又計議一會，季蓴始離了馬桂生家，乘轎赴局辦些公事，天晚事竣，逕去赴宴。

這晚是葛仲英在東合興里吳雪香家爲王蓮生餞行，依舊那七位陪客。姚季蓴本擬早回，不及終席而去。其餘諸位只爲連宵大醉，鼓不起酒興，略坐坐也散了。

王蓮生因散得甚早，便和洪善卿步行往公陽里周雙玉家打個茶圍，一同坐在雙玉房間。周雙珠過來廝見，就道：『今天倒還好；像昨天晚上喫酒，嚇死人的！』阿珠方給蓮生燒鴉片煙，接嘴道：『王老爺，酒這可少喫點；酒喫多了，再喫鴉片煙，身體不受用，對不對？』

蓮生笑而頷之。阿珠裝好一口煙。蓮生吸到嘴裏，吸著槍中煙油，慌得爬起，吐在榻前痰盂內。阿珠忙將煙槍去打通條。雙玉遠遠地坐著，往巧囡丟個眼色。巧囡即向梳妝台抽屜裏面取出一隻玻璃缸，內盛半缸山查脯，請王老爺洪老爺用點。蓮生忽然感觸太息。

阿珠通好煙槍替蓮生把火，一面問道：『這時候小紅先生那兒就是個娘在跟局？』蓮生點點頭。阿珠道：『那麼阿金大出來了，大姐也不用？』蓮生又點點頭。阿珠道：『說要搬到小房子裏去了呀，可有這事？』蓮生說：『不曉得。』

阿珠只裝得兩口煙，蓮生便不吸了，忽然盤膝坐起，意思要吸水煙。巧囡送上水煙筒。蓮生接在手中，自吸一口，無端掉下兩點眼淚。阿珠不好根問。雙珠雙玉面面相覷，也自默然。房內靜悄悄地，但聞四壁廂促織兒唧唧之聲，聒耳得緊。（註②）

善卿揣知蓮生心事，無可排遣，只得與雙珠搭訕說些閒話。適見房門口簾子一颺，探進一個頭來望望，似乎是小孩子。雙珠喝問：『什麼人？』外面不見答應。雙珠復喝道：『進來！』方纔遮遮掩掩，趔至雙珠面前。果係阿金的兒子阿大，咭呱咭嚕告訴雙珠，不知說的甚麼。雙珠鼻子裏哼了一聲。阿大逡巡退出。隨後樓下踢踢踢一路腳聲直跑到樓上房間裏。雙珠見是阿金，生氣不理。阿金滿面羞慚，溜出當中間與阿大切切商量。善卿不覺失笑。

蓮生再躺下去吸兩口鴉片煙，遂令阿珠喊來安打轎。善卿及雙珠雙玉都送至樓門口而別。

王蓮生去後，善卿逕往雙珠房間。阿珠收拾既畢，特地過來問善卿道：『王老爺爲什麼氣得這樣？』善卿嘆道：『也怪不得王老爺！』阿珠道：『王老爺做了官嘿，應該快活點，還有什麼氣啊？』善卿道：『起先王老爺不是一直喜歡沈小紅？爲了沈小紅不好嘿，去娶了個張蕙貞；哪曉得張蕙貞也不好！這就爲了張蕙貞不好，再去做個沈小紅。做嘿在做，心裏嘿在氣！』阿珠道：『張蕙貞什麼不好？』善卿道：『也不過不好就是了，說她做什麼！』阿珠乃說出日前往王蓮生公館聽張蕙貞被打一節。善卿亦說道：『險呃！王老爺打了一頓，不要了。張蕙貞嘿喫了生鴉片煙，還是我們幾個朋友去勸好了，拿個姪子嘿趕出去，算完結了這樁事。』阿珠亦嘆道：『張蕙貞也太不爭氣！給沈小紅曉得了，那可快活得呵——要笑死了！』

剛剛講得熱鬧，外場喊報：『小先生出局。』阿珠回對過房間跟周雙玉出局去了。善卿轉向雙珠道：『可惜王老爺要走了；不然，讓他做雙玉倒蠻好。』雙珠道：『提起雙玉，想起來了。我媽要商量句話，我倒忘了，沒說。』善卿急問：『什麼話？』雙珠道：『我們雙玉山家園回來一直不肯留客人。我同媽說了好幾回。她說五少爺一定要娶她，說好的了。我們不好說穿它。請你去問五少爺，應該怎麼樣。要娶嘿娶了去，不娶嘿教五少爺自己跟雙玉說一聲嘿讓她做生意，對不對？』善卿道：『雙玉倒看不出她！花頭大得很喏！』雙珠道：『他們兩個人都是說夢話！不要說五少爺定了親，就沒定親，可能夠娶雙玉去做大老婆！』

善卿未及接言，不想周雙寶因多時不見善卿，乘間而來，可巧一腳跨進房門，就搭訕道：『哪來的大老婆啊？給我們看看嘛。』雙珠憎其嘴快，瞪目相視。雙寶忙縮住口，退坐一旁。阿金隨到房裏向雙寶附耳說話。雙寶也附耳回答。阿金輕輕地罵了一句（註③），轉身坐下，取出那副牙牌隨意擺弄。善卿問問雙寶近日情形。

須臾，雙玉出局回家。雙寶聽見，迴避下樓。雙玉過來閒話一會。敲過十二點鐘，巧囡搬上稀飯，阿金丟下牙牌服侍善卿雙珠雙玉三人喫畢。巧囡收起碗筷。阿金依然擺弄牙牌。善卿見阿大躲在房門口黑暗裏，呼問：『做什麼？』阿大即躡足潛逃；轉瞬間仍在房門口躑躅不去。雙珠看不入眼，索性不去說他。

既而聞得相幫卸下門燈，掩上大門，雙玉告睡歸房。巧囡復舀上面水。阿金始將牙牌裝入匣內，服侍雙珠洗面卸妝；吹滅保險燈，點著梳妝台長頸燈臺；揭去大床五色繡被，單留一條最薄的，展開鋪好。巧囡既去，阿金還向原處低頭兀坐。阿大捱到房裏，偎傍阿金身邊。善卿肚裏尋思，看他怎的。

俄延之間，阿德保手提水銚子來沖了茶，回頭看定阿金冷冷的問道：『可回去呀？』阿金哆嘴不答，挈挈阿大，拔步先行。阿德保緊緊相從。一至樓梯之下，登時沸反盈天。阿德保的罵聲打聲，阿金的哭聲喊聲，阿大的號叫跳擲聲，又間著阿珠巧囡勸解聲，相幫拉扯聲，周蘭呵責聲，雜沓並作。

善卿要看熱鬧，從樓門口往下窺探，一些也看不見。只聽得阿德保一頭打，一頭罵，一頭問道：『大馬路什麼地方去？我問你：大馬路什麼地方去？說喲！』問來問去要問這一句話。阿金既不招供，亦不求饒，惟狠命的哭著喊著。阿珠巧囡相幫亂烘烘七手八腳的拉扯勸解，那裏分得開，擋得住。還是周蘭發狠，急聲喝道：『要打死了呀！』就這一喝裏，阿德保手勢一鬆，纔拖出阿金來。阿珠巧囡忙把阿金推進周蘭房間裏去。

阿德保氣不過，順手抓到阿大，問他：『你跟了娘大馬路去做什麼？你這好兒子！你隻豬！』罵一聲，打一下。打得阿大越發號叫跳擲，竟活像殺豬一般。相幫要去搶奪，卻被阿德保揪牢阿大小辮子，抵死不放。

雙珠聽到這裏，著實忍耐不得，蓬著頭，趕出樓門口，叫聲『阿德保』，道：『你倒打得起勁死了在這兒是不是！他小孩子嘿懂什麼呀？』相幫因雙珠說，一齊上前用力扳開阿德保的手，抱了阿大，也送至周蘭房間。阿德保

沒奈何，一撒手，逕出大門，大踏步去了。

善卿雙珠待欲歸寢，遇見雙玉也蓬著頭站立自己房門首打聽阿金有沒打壞。善卿笑道：『坍坍她臺呀！打壞了嘿可好做生意？』當下大家安置。阿金阿大就於周蘭處暫宿一宵。

次日。善卿起得早些。阿金恰在房間裏彎腰掃地，兀自淚眼凝波，愁眉鎖翠。善卿擬安慰兩句，卻不好開談。喫過點心，善卿將行，不復驚動雙珠，僅囑阿金道：『我到中和里去。等三先生起來，跟她說一聲。』阿金應承。

善卿離了周雙珠家，轉兩個彎，早到朱公館門首。張壽一見，只道有什麼事故，猛喫一驚，慌問：『洪老爺，做什麼？』善卿倒怔了一怔，答道：『我來看看五少爺，沒什麼嘿。』

張壽始放下心，忙引善卿直進裏面書房，會見朱淑人讓坐攀談。慢慢談及周雙玉，其志可嘉，至今不肯留客，何不討娶回家，倒是一段風流佳話；否則周蘭爲生意起見，意欲屈駕當面說明，令雙玉不必癡癡坐待，誤其終身。淑人僅唯唯而已。善卿堅請下一斷語。淑人只說緩日定議報命。善卿只得辭別，自去回報周蘭。

淑人送出洪善卿，歸至書房，自思欲娶周雙玉還當與齊韻叟商量。韻叟曾經說過容易得很。但在雙玉意中，猶以正室自居，降作偏房，恐非所願。不若索性一直瞞過，捱到過門之後，穿破出來，諒雙玉亦無可如何的了。

到了午後，探聽乃兄朱藹人已經出門，淑人便自坐轎逕往一笠園來。園門口的管家皆已稔熟，引領轎子抬進園中，繞至大觀樓前下轎，稟說大人歇午未醒，請在兩位師爺房裏坐一會。

淑人點點頭。當値管家導上樓梯，先聽得當中間內一陣歷歷落落的牙牌聲音。淑人知是打牌，躊躇止步。管家已打起簾子，請淑人進去。

註①爲住宅除晦氣。

註②雙玉自園中帶回來的蟋蟀。於此處點一筆，除增加氣氛，一石二鳥，千里伏線。

註③當是問知阿德保已經覺察她溜了出去。

第五五回

李少爺全傾積世資　諸三姐善撒瞞天謊

按朱淑人踅進大觀樓當中間，見打牌的一桌四人乃是李鶴汀和高亞白尹癡鴛及蘇冠香，皆出位廝見。蘇冠香就道：『我替大人輸掉了多少了。五少爺來打一會罷。』朱淑人推說『不會。』高亞白道：『不會打也不要緊，有冠香在這兒。』尹癡鴛道：『不要聽他瞎說。上回鳳儀水閣同周雙玉一塊打的是誰呀？』朱淑人不好意思，入座下場。

剛打了一圈莊，齊韻叟歇過午覺，緩緩而來。朱淑人見了，起身讓位。齊韻叟道：『你打下去囉。』朱淑人執意不肯。韻叟亦不强致，仍命蘇冠香代打，自與淑人閒話。淑人當著衆人絕不提起商量的事。

挨延多時，齊韻叟方要下場親手去打，卻囑朱淑人道：『你住在這兒，等會叫周雙玉來，一塊玩兩天。等賞過了菊花回去。』淑人吶吶承命。

待至天色將晚，麻將散場，大家踅下大觀樓，迤邐南行，抄入橫波檻。齊韻叟用手隔水指道：『菊花山倒先搭好，就不過搭個涼棚了。』

李鶴汀朱淑人翹首凝望，只見西南角遠遠地樓房頂上三四個匠作蹲著做工，並不見有菊花山；左張右覷，但於蒙茸竹樹中露出一角朱紅欄杆。高亞白道：『這兒在菊花山背後，自然看不見。』尹癡鴛道：『有什麼等不及看！再過一天才預備好。』

說話時，大家出了橫波檻，穿過鳳儀水閣，踅至漁磯。上面三間廈屋，當頭橫額寫著『延爽軒』三個草字，筆勢像凌風欲飛一般。

其時落日將沉，雲蒸霞蔚，照得窗櫺几案，上下通明。大家徘徊欣賞，同進軒中。管家早經安排一席筵宴。等得四個出局——楊媛媛周雙玉姚文君張秀英——陸續齊集，齊韻叟乃相邀入席。

楊媛媛袖出一張請帖，暗暗遞與李鶴汀。鶴汀閱竟，塞在搭連袋內，便有些坐不定，只想要走，那裏還喫得下酒。朱淑人心中有事，亦自懶懶的，不甚高興。因此席間就寂寞了許多。

點心之後，肴饌全登。李鶴汀托故興辭。齊韻叟冷笑道：『你還要騙我！我曉得你有要緊事。這時候去正好。』鶴汀面有愧色，不敢再言。

少時，終席散坐，李鶴汀方與楊媛媛道謝告別，即於延爽軒前上轎而去。擡出一笠園門口，兩肩轎子背道分馳。楊媛媛自歸尙仁里，李鶴汀轉彎向北不多幾步停在一家大門樓下。匡二先去推開一扇旁門。裏面有人提燈出迎，叫聲『李大少爺，今天晚了點了嘿。』

鶴汀見是徐茂榮，點點頭，跟著進門。及儀門首，即有馬口鐵玻璃壁燈嵌在牆間。徐茂榮就止步，讓鶴汀主僕自行。自此以內，路曲曲折折的衖堂皆有壁燈照著接引。衖堂盡處，乃是正廳。正廳上約有六七十人攢聚中央，擠得緊緊的，夾著些點心水果小買賣，四下裏串來串去，卻靜悄悄鴉雀無聲，但聞開配者喊報『靑龍』『白虎』而已。這裏叫做『現圓（註①）檯』。

鶴汀踮起腳望了望，認得那做上風的是混江龍。鶴汀不去理會，從人縫中繞出正廳後面。管門的望見，趕緊開門，放進鶴汀主僕。這門內直通客堂。伺候客堂的人忙跑出來，一個邀著匡二，另去款待；一個請鶴汀先到客堂。上面設立通長（註②）高櫃台，周少和在內坐著管帳。這是兌換籌碼處所。

鶴汀取出一張二千莊票交付少和。少和照數發給籌碼，連說『發財！發財！』鶴汀笑而頷之。然後請鶴汀到了廂房，拾級登樓。樓上通連三間，寬敞高爽。滿堂燈火，光明如晝。中央一張董桌，罩著本色竹布檯套。四面圍坐不過十餘人，越發靜悄悄地。

這會兒是殳三做的上風，贏了一大堆籌碼。李鶴汀不勝艷羨。殳三下來，喬老四接著上場搖莊。鶴汀四顧，問：『癩頭黿爲什麼不來？』殳三道：『回去了呀。剛剛在說，癩頭黿走了嘿，少了個人搖莊。』鶴汀也說：『無趣！』

喬老四亮過三寶（註③）。鶴汀取鉛筆外國紙畫成攤譜，照譜用心細細的押，並未押著寶心。鶴汀遂不押了，逕往靠壁煙榻吸兩口鴉片煙。喬老四搖到後來被楊柳堂呂傑臣兩人接連打著四平頭復寶，只得撮起骰子。（註④）

李鶴汀心想除了賴公子更無大注的押客，欻地從煙榻起身，坦然放膽，高坐龍頭，身邊請出『將軍』（註⑤），搖起莊來。起初喫的多，賠的少，約摸贏二千光景。忽然開出一寶

重門，盡數賠發，兀自不夠。

鶴汀心中懊惱，想就此停歇，卻沒甚輸贏；不料風色一變，花骨無靈，又是兩寶進寶，外面押家沒一個不著的，竟輸至五六千。鶴汀急於翻本，不曾照顧前後，這一寶搖出去便大壞了！第一個，喬老四先出手，押了一千孤注。殳三跟上去也是一千，另押五百穿錢。隨後三四百，七八百，孤注穿錢，參差不等。總押在進寶一門。

鶴汀猶自暗笑，那裏見得定是進寶。揭起攤鍾，衆目注視，端端正正擺著『么』『二』『四』『六』四只骰子。鶴汀氣得白瞪著兩隻眼，連話都說不出。旁人替他核算，共須一萬六千餘元。鶴汀所帶莊票連十幾隻金錁止合一萬多些，十分焦急，沒法擺佈。喬老四笑道：『這可忙什麼呀。這時候借了來賠出去，明天還給他好了。』

一句提醒了鶴汀，就央楊柳堂呂傑臣兩人擔保，向殳三借洋五千，當場寫張約據，三日爲期，方把一應孤注穿錢分別賠發清楚。

李鶴汀仍去煙榻躺下，越想越氣，未及天明，喊樓下匡二點燈，還由原路趕出旁門，坐上轎子，回到石路長安客棧，敲開棧門，進房安睡，也不問起乃叔李實夫；次日飯後，始問匡二：『四老爺在哪兒？』匡二笑道：『就不過大興里了噥。』

鶴汀自己籌度，日前同實夫合買一千簍牛莊油，其棧單係實夫收存，今且取來抵用，以濟急需；爰命匡二看守，獨自步行往四馬路大興里諸十全家。只見門首停著一乘空的轎子，三個轎班站在天井裏。鶴汀有些惶惑。諸三姐認得鶴汀，從客堂裏望見，慌的迎出叫道：『大少爺，來噥。四老爺在這兒呀。』

鶴汀進去，問道：『可是四老爺的轎子？』

諸三姐道：『不是。四老爺請了來的先生，就叫是竇小山，在樓上。大少爺樓上去請坐。』

鶴汀趄上樓梯，李實夫正歪在煙榻上，撐起身來廝見。諸十全還覥覥腆腆的叫聲『大少爺』，惟竇小山先生只顧低頭據案開方子，不相招呼。

鶴汀隨意坐下，見實夫腮邊額角尚有好幾個瘡疤，煙盤裏預備下一疊竹紙不住的揩拭膿水。倒是諸十全依然臉暈緋紅，眼圈烏黑，絕無半點瘢痕。

一會兒，竇小山開畢方子，告辭去了。鶴汀始問實夫要張棧單。實夫怪問道：『你要了去做什麼？』鶴汀謊答道：『昨天老翟說起，今年新花（註⑥）有點意思，我想去買點在那兒。』

實夫聽說，冷笑一笑。正欲盤駁，忽聽得諸三姐腳聲，一步一步蹭到樓上，見她兩手掇著個大托盤，盤內堆得滿滿的，喊諸十全接來放下。諸三姐先從盤內捧出一蓋碗茶送與鶴汀，隨後搬過一盆甜饅頭，一盆鹹饅頭（註⑦），一盆蛋糕，一盆空著，抓了一把西瓜子裝好，湊成四色點心，排勻在桌子中間；又分開兩雙牙筷，對面擺列。

實夫就道：『你怎麼一聲不響去買了來啦。』諸三姐笑嘻嘻不答，只把個諸十全往前用力推搡。諸十全只得趄近兩步，說道：『大少爺請用點心。』說的聲音輕些，鶴汀不會理會。諸三姐忍不住，自己上來，一面說：『大少爺，用點噥。』一面取雙牙筷每樣夾一件送在鶴汀面前。鶴汀連聲阻止。早夾得件件俱全，還撮上些西瓜子。

實夫笑勸鶴汀『隨便喫點。』鶴汀鑑其殷勤，拆一角蛋糕來喫，并呷口茶過口。諸三姐在旁，驀然想起，連忙向抽屜尋出半匣紙煙，

揀取一捲，點根紙吹，送上鶴汀，說：『大少爺，請用煙。』（註⑧）

鶴汀手中有茶碗，口中有蛋糕，接不及，喫不及，不覺好笑起來。諸十全不好意思，把諸三姐衣襟悄地一拉，諸三姐纔逡巡退下。

實夫乃將藥方交與諸三姐。諸三姐因問：『先生有沒說什麼？』實夫道：『先生也不過說這好點了，小心點。』諸三姐念聲『阿彌陀佛』，道：『這可好了罷！你生著，我們心裏一直急死了！』

諸三姐說著，轉向鶴汀叫聲『大少爺』，慢慢說道：『四老爺嘿喫了個兩筒煙，在鄉下，不比上海，隨便哪裏小煙館都是稀髒的地方，想必四老爺去喫煙嘿，倒不知不覺睡下去，就過了這毒氣。四老爺剛到的時候，好怕人！臉上都是的了！我們說：「四老爺在哪去過了來的呀？」這可是四老爺太不當樁事了，連自己都沒曉得是什麼地方。我同十全兩個人整天整夜服侍四老爺沒睡。幸虧這先生喫了幾帖藥好了點，不然四老爺再要生下去，我同十全一直在服侍，倘若兩個人都過上了，一塊生起來，那可眞正要死了！大少爺，對不對？』

鶴汀暗忖這段言詞虧她說得出口，眼看著諸十全打量一番。諸三姐復道：『大少爺可曉得？外頭人還有點不明不白寃枉我們的話，聽見了氣死人的哦！說四老爺這個瘡就是我們這兒過給他毒氣。我們這兒嘿不過十全同我，清清爽爽兩個人，誰生的瘡呀？要說十全生著，四老爺兩隻眼睛可是瞎啦？』說到這裏，一手把諸十全拖到鶴汀面前，指著臉上道：『大少爺看嘛。四老爺面孔上，我們十全可有點像？』又將出諸十全兩隻臂膊翻來覆去給鶴汀看了，道：『一點點影蹤都沒有嘿！』諸十全羞得掙脫身子，避開一邊。

諸三姐善撒騙天謊

鶴汀總不則聲，但暗忖這諸三姐竟是個老狐狸，若實夫爲其所愚，恐將來受害不淺。

當下實夫嗔著諸三姐道：『外頭人的話，聽它做什麼？我總沒說你嘿，就是了嘿。』諸三姐笑道：『四老爺自然沒說什麼；四老爺再要說我們，那是我們要……』

諸三姐說得半句，即縮住嘴，笑而下樓。實夫方向鶴汀笑道：『你嘿也不要出什麼花頭了。你自己洋錢自己去輸，不關我事。這時候我手裏拿了去的棧單，倘若輸掉了，教我回去可好交代？』鶴汀默然不悅。實夫道：『棧單在小皮箱裏，要嘿你自己去拿，我不好給你。』

鶴汀略一沉吟，起身就走。實夫問：『可要鑰匙？』鶴汀賭氣不要了。樓下諸三姐挽留道：『大少爺，再坐會嚷。』鶴汀也不睬，一直出了大興里，仍回長安客棧，心想實夫既然怕不好交代，又教我自己去拿，難道說我偷的不成？似這等鄙瑣慳吝，怪不得諸三姐攛弄他，擺佈他！我如今也不去管他！但是殳三一款，如何設法？想來想去，只好尋出兩套房契，坐轎往中和里朱公館謁見湯嘯菴，托他抵借一萬洋錢。湯嘯菴應承，約定晚間楊媛媛家回話。李鶴汀先去坐等。

湯嘯菴送客之後，尋思朱藹人處所存有限，須和羅子富商量，即時便去兆富里黃翠鳳家相訪。羅子富正在樓上房裏，請進廝見。適值黃二姐在座，也叫聲『湯老爺』。湯嘯菴點點頭，道：『好久不見了。生意可好？』黃二姐道：『生意不行，比先差遠囉。』黃翠鳳冷笑插口道：『你是有生意不做嘿！什麼不行呀！』

湯嘯菴不解所謂，丟開不提；袖出房契，給羅子富看，說明李鶴汀抵借一節。子富知其信實，一口允諾，當與嘯菴同詣錢莊劃付匯票。

黃二姐見羅子富湯嘯菴既去，房裏沒人，遂告訴黃翠鳳道：『前天看了個人家人，倒不錯，我想就買了她罷。不過新出來，不會做生意。就年底一節嘿，要短三四百洋錢呢。眞正急死了在這兒！』

翠鳳低着頭不言語。黃二姐說：『你可好替我想想法子？還是進個把夥計？還是拿樓上房間租給人家？』

翠鳳仍低著頭，好似轉念頭樣子。黃二姐揣度神情，涎臉央及道：『謝謝你，你說過的話，我總都依你。倘若生意好了點，我也不忘記你的呀。謝謝你！替我想想法子！』

翠鳳開言道：『你這個人太心不足，這時候不要說沒法子，倘若有法子教給你，賺到了三四百洋錢，你倒還要嫌少了嘿！』黃二姐沒口子分辯道：『那是沒這事的！有得賺嘿，再好也沒有了！還要嫌少，可有這種人哪！』

翠鳳又低著頭，足足有炊許時不言語。黃二姐亦自乖覺，靜靜的在旁伺候。翠鳳忽睜開眼睛把黃二姐相了一相，即招手令其近前，附耳說話。黃二姐彎腰僂背，仔細聽著。又足足有炊許時，翠鳳說話纔完。黃二姐亦自領悟。

計議已定，恰好羅子富回來，手中拿的一包抵借契據，令翠鳳將去收藏。黃二姐跟至床背後，幫翠鳳撐起皮箱蓋，怪問道：『羅老爺的拜盒有兩隻在這兒了？』翠鳳道：『一隻是我的呀。贖身文書嘿就放在拜盒裏。』

子富聽其重重關鎖停當，黃二姐就辭別去了。翠鳳鼻子裏『哼』的一聲，向子富道：『可是給我猜著了！她要跟我借錢了呀！』子富詫異道：『黃二姐還又要借錢？』翠鳳道：『她這人嘿可有什麼譜子！兩個月不到，一千洋錢完了嘿！』子富隨風過耳，亦不在意。

隔得一日，黃二姐復來再三再四求告翠

鳳。翠鳳咬定牙關，一毛不拔。黃二姐一連五日糾纏不清。翠鳳索性不睬。黃二姐漸漸吵鬧起來。

子富看不過去，欲調和其間，不想黃二姐一口要借五百。子富勸其減些，黃二姐便嘮嘮叨叨縷述從前待翠鳳許多好處，道：『這時候會做生意了，她倒忘了！我嘿一定不答應！贖身不贖身，總是我的女兒，可怕她逃走到外國去！』

子富接不下嘴，因將其言訴與翠鳳。翠鳳笑道：『有了贖身文書嘿怕她什麼呀！隨便什麼法子，來好了！』

註①即銀元，用現錢不用籌碼。

註②與房間一樣長的。

註③把碗、蓋、骰子給大家看過。

註④莊家自備骰子，想因當時賭場信用不佳，而做莊的賭客都是當地知名的殷實的人。

註⑤即骰子。

註⑥新上市的棉花。

註⑦即甜鹹包子。

註⑧紙吹又稱紙捻或紙媒，是竹紙捲成細長捲，燃著一端，插入水煙筒內點燃菸絲。當時還沒有火柴。參看第四十九回（原第五十二回）『瑤宮劃根自來火』。此處用紙捻點燃香煙，是因為火柴梗短，怕他燒了手。

第五六回

攫文書借用連環計（註①）　掙名氣央題和韻詩

按一日午後黃二姐到了黃翠鳳家，將欲吵鬧。黃翠鳳令外場喊兩部皮篷車，竟和羅子富作明園之遊，丟下黃二姐坐在房間裏，任其所爲。及至明園泡下茶，翠鳳還是冷笑，道：『贖身文書在我手裏，看她還有什麼法子！』子富道：『你應該叫個大姐陪陪她。』翠鳳頸項一扭，道：『讓她去好了！誰去陪她呀！』子富道：『不行的嘛！』翠鳳道：『什麼不行？可怕她偷了我們的家具？』子富道：『她家具嘿不要，贖身文書，曉得在皮箱裏，她可要偷啊？』

一句提醒了翠鳳，頓時白瞪瞪兩隻眼，失聲道：『啊喲！不好了！』趙家媽在旁也是一怔，道：『可不眞是不好嘛！我們快點回去罷！』

子富欲令翠鳳先行。翠鳳道：『你嘿自然一塊回去！倘若給她偷了去嘿，也好有個商量。』

當下三人各坐原車趕回家中。一進家門，翠鳳先問：『媽可在樓上？』外場回說：『剛剛回去，不多一會。』

翠鳳三腳兩步奔到樓上房間裏看看陳設器皿，並未缺少一件；再往床背後一看時，這一驚非同小可！翠鳳跺腳嚷道：『這可不好了呀！』

子富隨後奔到，只見皮箱鉸鍊丟落地上；揭開蓋來，箱內清清爽爽，只有一隻拜盒。翠鳳急得只是跺腳，又哭又罵，欲向黃二姐拚命。子富與趙家媽且勸翠鳳坐下，慢慢商量。翠鳳道：『商量什嗎？她是要我的命呀！我就死了，看她可有好處了！』子富道：『你嚜先拿我的拜盒放好了再說。』

翠鳳復從皮箱中取那隻拜盒別處收藏，忽然失驚打怪的喊道：『咦！我那隻拜盒在這兒嚜！』既而恍然大悟道：『噢！她拿錯了！拿了羅老爺的拜盒去了！』說著呵呵大笑。

子富聽說慌問：『我那隻拜盒可在這兒啊？』翠鳳捧出那隻拜盒給子富看，嘻嘻笑道：『她拿錯了，拿了你的拜盒，我拜盒嚜倒在這兒！』

子富面色如土，拍腿說道：『這可眞正不好了！』翠鳳道：『你這拜盒不要緊的，她拿了去也沒什麼用場。可敢去變錢！她也沒處好變嚜。』

子富呆想不語。翠鳳乃叫趙家媽吩咐道：『你去跟媽說，這隻是羅老爺的拜盒，問她拿了去做什麼。這時候羅老爺等著要了。還叫她拿了來。』

趙家媽答應而去。子富終有些忐忑惶惑。翠鳳卻決定黃二姐斷無扣留不放之理。

一會兒，趙家媽回來見了子富，先拍著掌笑一陣，然後覆道：『這才笑話！她們還沒覺著拿錯了呀，倒快活死了；我說是羅老爺的拜盒，這才剛剛曉得了，呆掉了，一句話都說不出！我嘿笑得呵——！她們叫我帶回去。我說不管，就走。』子富跌足道：『噯！你爲什麼不帶了來啊？』趙家媽道：『她們拿了去的嘿，讓她們自己拿了來。』翠鳳接口道：『不要緊，等會一定來。』

子富像熱鍋上螞蟻一般，坐不定，立不定，著急得緊。翠鳳見子富著急，欲令趙家媽去催。子富止住，把高升喚至當面，令向黃二姐索取拜盒，並道：『你話不要去多說，就說我有事，要用得著這拜盒，快點拿了來帶回去。』

高升領命，逕往尚仁里黃二姐家。黃二姐見是高升，滿面堆笑，請去後面小房間。高升口致主人之言，立等要那拜盒。黃二姐道：『拜盒在這兒的，我要跟羅老爺說句話。你不要急著催，請坐嘛。』

高升不得已坐下。黃二姐喊人泡茶，從容說道：『你來得正好。我有好些話在這兒，拜託你去說給羅老爺聽。起先翠鳳在這兒做討人，生意興旺得很喏；爲了我們這兒開銷大，一直沒多下錢來。翠鳳贖了個身嘿，不好了，生意一點也沒有，開銷倒省不了，一千洋錢的身價不知不覺都用完了，這可沒法子了嘿，還是去跟個翠鳳商量，借幾百洋錢用用。哪曉得個翠鳳一定不借！跑了好幾趟，她倒一定回報我沒有！我想你翠鳳小時候梳頭裹腳都是我，調理你到如今，總當你是親生女兒，你倒這樣沒良心！我第一回開口，你就一點情面都沒有！這可氣得呵要死！今天我也不說了，存心要拿她的贖身文書難難她。拿到了她的贖身文書嘿，喊她回來，還替我做生意。她倘若再要贖身嘿，一定要她一萬洋錢的哦。再想不到拿錯了，不是個贖身文書，倒拿了羅老爺的拜

偕用
連環計

盒！羅老爺對我是再好也沒有，生意上嘿照應了我多少，就是小處嘿也幸虧羅老爺十塊二十塊借給我用。我不像翠鳳沒良心，時常在記掛個羅老爺。剛才曉得是羅老爺的拜盒，我就來不及要送來。不過我再想著，翠鳳跟羅老爺就像是一個人，羅老爺的拜盒就像是翠鳳的拜盒。我嘿氣不過個翠鳳，要借羅老爺的拜盒押在這兒，教翠鳳拿一萬洋錢來贖了去。等翠鳳一萬洋錢拿了來，我就拿拜盒送還給羅老爺。你回去跟羅老爺說，教羅老爺放心好了。』

高升聽這一席話，吐吐舌頭，不敢擅下一語，回至兆富里，一五一十，細細說了。翠鳳聽至一半，直跳起來，嚷道：『什麼話呀！放屁也不是這麼放的嘿！』子富也氣得手足發抖，癱在榻床，說不出半句話。

翠鳳呆了一呆，欻地站起身來，說聲『我去』，就要下樓。子富一把拉住，問：『你去做什麼？』翠鳳道：『我要去問聲她可是要我的命！』子富連忙橫身攔勸道：『你慢點哚。你去沒什麼好話。我去罷。看她可好意思說什麼。就依她嘿，也不過借幾百洋錢就是了。』翠鳳咬牙切齒恨道：『你要氣死我了！還要給她錢！』

子富即喊高升打轎前去。小阿寶迎著，請至樓上先時翠鳳住的房間。黃金鳳黃珠鳳同聲叫『姐夫』，并說：『姐夫好久不來了。』子富問：『你媽呢？』小阿寶說：『就來了。』

道聲未了，黃二姐已笑吟吟掀簾進房；踅到子富面前，即撲翻身磕了個頭，口中說道：『羅老爺不要生氣。我給羅老爺磕個頭。種種對不住羅老爺！羅老爺的拜盒嘿，就此地放兩天，同放在翠鳳那兒一樣的呀。羅老爺一直對我這樣好，我可敢糟蹋了拜盒裏的要緊東西！難爲羅老爺，你羅老爺索性不要管，不怕翠鳳不贖了去。等翠鳳發急了，自己跑了來找我，這就好說話了。翠鳳這人，不到發急時候，哪肯爽爽氣快快一萬洋錢來給我！』

子富聽其一派胡言，著實生氣，且忍耐問道：『你瞎說嚜不要說。到底要借她多少，說給我聽聽看。』黃二姐笑道：『羅老爺，我不是瞎說呀。起初不過借幾百洋錢，這時候倒不是幾百洋錢的話了。翠鳳沒良心，這以後再要沒了錢，翠鳳自然不借給我，我也沒臉再去跟翠鳳借。難得這時候有羅老爺的拜盒在這兒嚜，一定要敲她一下了！一萬倒沒多要㖸！前天湯老爺拿來的房契不是也有一萬的哦？』子富道：『那你在敲我了，不是爲翠鳳！』黃二姐忙道：『羅老爺，不是呀。翠鳳哪有一萬洋錢？自然跟羅老爺借。羅老爺一節的局帳有一千多的，不消三年，就局帳上扣清了好了。羅老爺，對不對？』

子富無可回答，冷笑兩聲，邁步便走。黃二姐一路送出來，又說道：『這可種種對不住羅老爺！都是沒生意的不好。用完了錢沒法子。反正要餓死嚜，還怕什麼難爲情啊？倘若翠鳳再要跟我兩個人強，索性一把火燒光了！看她可對得住羅老爺！』

子富裝做不聽見，坐轎而回。翠鳳迎問如何。子富唉聲嘆氣，只是搖頭。問得急了，子富纔略述大概。翠鳳暴跳如雷，搶得一把剪刀在手，一定要死在黃二姐面前。子富沒得主意，聽其自去。

翠鳳跑至樓下，偏生撞見趙家媽，奪下剪刀，且勸且攔，仍把翠鳳抱上了樓。翠鳳猶自掙扎道：『我反正要死的了呀！爲什麼一班人都要幫她們，不許我去啊？』趙家媽按定在高椅上，婉言道：『大先生，你死也沒用嚜。你嘍就算死了，她們也拚了死嘍，眞正拿隻拜盒一把火燒光了，那羅老爺喫的虧恐怕要幾萬的嗷！』子富聽說，只得也去阻止翠鳳。翠鳳連晚飯也不喫，氣的睡了。

子富氣了一夜，眼睜睜的睡不著；淸早起來即往中和里朱公館尋著湯嘯菴商議這事如何辦法。嘯菴道：『翠鳳贖身不過一千洋錢，這時候倒要借一萬，這是明明白白拆你的梢。若使經官動府，倒也不妥。一則自己先有狎妓差處。二則抄不出贓證，何以坐實其罪？三則防其燒燬滅跡，一味混賴，一拜盒的公私文書，再要補完全，不特費用浩繁，且恐糾纏棘手。』

子富尋思沒法，因托嘯菴居間打話。嘯菴應諾。子富遂赴局理事，直至傍晚公畢，方到了兆富里黃翠鳳家。下轎進門，只見文君玉正在客堂裏閒坐，特地叫聲『羅老爺』。子富停步，含笑點頭。君玉道：『羅老爺可看見新聞紙？』

子富大驚失色，急問：『新聞紙上說什麼呀？』君玉道：『說是客人的朋友——名字叫個什麼？……嚕囌得很喏！』說著又想。子富道：『名字不要去想了。客人朋友嘍什麼事？』君玉道：『沒什麼事，作了兩首詩送給我，說是登在新聞紙上。』子富嗑的笑道：『我不懂的！』更不回頭，直上樓去。

文君玉不好意思，別轉臉來向個相幫說道：『我剛才跟你說上海的俗人，就像羅老爺嘍也有點俗氣！虧他還算客人，連作詩都不懂——好！』相幫道：『這才攬明白了！你說上海客人都是「熟人」（註②），我倒嚇一跳：你生意好了不起！那是成天成夜，出來進去，忙死了嘍，大門檻不要踏壞啦？哪曉得陌生人，你也說是熟人！』君玉道：『你嘿瞎纏了㗂！我說的俗人，不是呀，要會作詩嘿，就不俗了！』相幫道：『先生，你不要說，上海絲茶是大生意。過了垃圾橋，多少湖絲棧，都是做「絲」生意的好客人（註③），你熟了嘿曉得了。』

君玉又笑又嘆，再要說話，只聽相幫道：『這可眞是熟人來了。』君玉抬頭一看，原來是方蓬壺，即訴說道：『他們喊你「俗人」，可不氣人！』

蓬壺踅進右首書房，說道：『氣人倒不要緊，你跟他們說說話，不要給他們俗氣薰壞了你！』君玉抵掌懊悔道：『這倒的確！幸虧你提醒了我！』

蓬壺坐下，袖中取出一張新聞紙，道：『紅豆詞人送給你的詩，有沒賞鑑過？』君玉道：『沒有呀。讓我看㗂。』

蓬壺揭開新聞紙指與君玉看了。君玉道：『他在說什麼？講給我聽㗂。』蓬壺戴上眼鏡，把那詩朗念一遍再講解一遍。君玉大喜。蓬壺道：『應該和他兩首，送給他，我替你改。題目嘿就叫「答紅豆詞人。即用原韻」九個字，不是蠻好？』君玉道：『七律當中四句我不會作，你替我代作了罷。』蓬壺道：『那可累死了！明天我們海上吟壇正日，哪有工夫！』君玉道：『謝謝你，隨便什麼作點好了。』蓬壺正色道：『你這是什麼話呀！作詩是正經大事，可好隨便什麼作點！』君玉連忙謝過。蓬壺又道：『不過我替你作，倒要省力點。太慘淡經營，就不像你作的詩，他們也不相信了。』君玉亦以為然。

於是蓬壺獨自一個閉目搖頭，口中不住的嗚嗚作聲；忽然擧起一隻指頭向大理石桌子上戳了幾戳，劃了幾劃，攢眉道：『他用的韻倒

不容易押！一時倒作不出，等我帶回去作兩句出色的給你！』君玉道：『在這兒用晚飯了呀。』蓬壺道：『不要了。』君玉復囑其須當祕密而別。

蓬壺踱出兆富里，一路上還自言自語的構思琢句，突然斜刺裏衝出一個娘姨，一把抓住蓬壺臂膊，問：『方老爺，到哪去？』

蓬壺駭愕失措，擠眼注視，依稀認得是趙桂林的娘姨，桂林叫做『外婆』的。蓬壺便也胡亂叫聲『外婆』。外婆道：『方老爺爲什麼我們那兒不來？去嘛。』蓬壺道：『這時候沒空，明天來。』外婆道：『什麼明天呀！我們小姐記掛死了你，請了你幾趟了，你不去！』不由分說，把蓬壺拉進同慶里，抄到尚仁里趙桂林家。

趙桂林迎進房間，叫聲『方老爺』道：『可是我們怠慢了你，你一趟也不來？』蓬壺微笑坐下。外婆搭訕道：『方老爺就上節壺中天叫了局，後來嘠，沒來過。兩個多月了。可好意思！』桂林接嘴道：『給個文君玉迷昏了呀！哪想得著到這兒來！』蓬壺慌的喝住，道：『你不要瞎說！文君玉是我女弟子，客客氣氣，你去糟蹋她，豈有此理！』

桂林哼了一聲無語。外婆一面裝水煙，一面悄說道：『我們小姐生意，瞞不過你方老爺。上節方老爺在照應，倒噥了過去；這時候你也不來了，連著幾天，出局都沒有。下頭楊媛媛嘠打牌喫酒，好熱鬧；我們樓上冰清水冷，可不坍台！』

蓬壺不等說完，就插口道：『單是個打牌喫酒，俗氣得很！我上回替桂林上了新聞紙，天下十八省的人，哪一個不看見？都曉得上海有個趙桂林嘠，這樣比起打牌喫酒怎麼好比啊？』

外婆順他口氣，復接說道：『方老爺這就還像上回照應點她罷。你一樣去做個文君玉，就我們這兒走走，有什麼不好？喫兩檯酒，打兩場牌，那是我們要巴結死了。』蓬壺道：『打牌喫酒嘿，什麼稀奇啊？等我過了明天，再去替她作兩首詩好了。』外婆道：『方老爺，你嘿沒什麼稀奇，我們倒是打牌喫酒的好。你辛辛苦苦作了什麼東西，送給她，她用不著嘿；就不是打牌喫酒嘿，有應酬，叫叫局，那也不錯。』蓬壺呵呵冷笑，連說：『好俗氣！』

外婆見蓬壺獃頭獃腦，說不入港，望著趙桂林打了一句市井泛語。桂林但點點頭。蓬壺那裏懂得。外婆水煙裝畢，桂林即請蓬壺點菜，欲留便飯。蓬壺力辭不獲，遂說不必叫菜，僅命買些燻臘之品。外婆傳命外場買來，和自備飯菜一併搬上。

註①京戲『連環計』用『三國演義』故事，劇中貂蟬唆使董卓愛將呂布行刺。此回黃翠鳳也是利用黃二姐敲詐羅子富，自己扮演一個可憐的『難女』角色，需要英雄救美，像貂蟬一樣。

註②吳語『俗』『熟』二字同音。

註③吳語『詩』『絲』同音。湖州出絲，運到上海，絲商就住在堆棧裏，比當時的客棧舒服。

第五七回

老夫得妻煙霞有癖　監守自盜雲水無蹤

按方蓬壺和趙桂林兩個並用晚飯之後，外婆收拾下樓。稍停片刻，蓬壺即擬興辭。桂林苦留不住，送出樓門口，高聲喊『外婆』，說：『方老爺走了。』

外婆聽得，趕上叫道：『方老爺，慢點噥。我跟你說句話。』蓬壺停步問：『說什麼？』外婆附耳道：『我說你方老爺嘿，文君玉那兒不要去了。我們這兒一樣的呀。我替你做媒人，好不好？』

蓬壺驟聞斯言，且驚且喜，心中突突亂跳，連半個身子都麻木了，動彈不得。外婆只道蓬壺躊躇不決，又附耳道：『方老爺，你是老客人，不要緊的。就不過一個局，跟小賬，沒多少開消，放心好了。』

蓬壺只嘻著嘴笑，無話可說。外婆揣知其意，重復拉回樓上房間裏。桂林故意問道：『為什麼你急死了要走？可是想文君玉了？』外婆搶著說道：『怎麼不是呀！這可不許去了！』桂林道：『文君玉在喊了噥！你當心點，明天去嘿，預備好打你一頓！』蓬壺連說：『豈有此理！豈有此理！』外婆沒事自去。

桂林裝好一口鴉片煙請蓬壺吸。蓬壺搖頭說：『不會。』桂林就自己吸了。蓬壺因問：『有多少癮？』桂林道：『喫著玩，一筒兩筒，哪有癮啊！』蓬壺道：『喫煙的人都是喫著玩喫上的癮，到底不要去喫它的好。』桂林道：『我們要喫上了個煙，還好做生意？』

蓬壺遂問問桂林情形。桂林也問問蓬壺事業。可巧一個父母姊妹俱沒，一個妻妾子女均無，一對兒老夫老妻，大家有些同病相憐之意。

桂林道：『我爹也開的堂子。我做清倌人時候，衣裳頭面家具倒不少，都是我娘的東西。上了客人的當，一千多局帳漂下來，這可堂子也關門了，爹娘也死了，我嘸出來包房間（註①），倒欠了三百洋錢債。』蓬壺道：『上海浮頭浮腦空心大爺多得很，做生意的確難死了。倒是我們一班人，幾十年老上海，叫叫局，打打茶圍，生意嘸不大，倒沒坍過台！堂子裏都說我們是規矩人，跟我們蠻要好！』

桂林道：『這時候我也不想了，把勢飯不容易喫，哪有好生意給你做得著！隨便什麼客人，替我還清了債嘸就跟了他去。』蓬壺道：『跟人自然最好，不過你當心點，再要上了個當，一生一世喫苦的嘸！』

桂林道：『這是不囉！起先年紀青，不懂事，單喜歡標緻面孔的小夥子，聽了他們吹得了不起的話，上的當；這時候要揀個老老實實的客人，可還有什麼錯啊？』蓬壺道：『錯是不錯，哪有老老實實的客人去跟他？』

說話之間，蓬壺連打兩次呵欠。桂林知其睡得極早，敲過十點鐘，喊外婆搬稀飯來喫，收拾安睡。

不料這一晚上，蓬壺就著了些寒，覺得頭

老夫得妻煙霞有癖

眩眼花，鼻塞聲重，委實不能支持。桂林勸他不用起身，就此靜養幾天，豈不便易。蓬壺討副筆硯在枕頭邊寫張字條送上吟壇主人告個病假，便有幾個同社朋友來相問候；見桂林小心服侍，親熱異常，詫爲奇遇。

桂林請了時醫竇小山診治，開了帖發散方子。桂林親手量水煎藥給蓬壺服下。一連三日，桂林頃刻不離，日間無心茶飯，夜間和衣臥於外床。蓬壺如何不感激！第四日熱退身涼，外婆乘間攛掇蓬壺討娶桂林。

蓬壺自思旅館鰥居，本非長策；今桂林既不棄貧嫌老，何可失此好姻緣；心中早有七八分允意。及至調理痊癒，蓬壺辭謝出門，逕往抛球場宏壽書坊告訴老包。老包力贊其成。蓬壺大喜，浼老包爲媒，同至尙仁里趙桂林家當面議事。

老包跨進門口，兩廂房倌人娘姨大姐齊聲說：『咦！老包來了！』李鶴汀正在楊媛媛房間裏，聽了也向玻璃窗張覷；見是老包，便欲招呼；又見後面是個方蓬壺，因縮住嘴，卻令盛姐樓上去說：『請包老爺說句話。』

約有兩三頓飯時，老包纔下樓來。李鶴汀迎見讓坐。老包問：『有何見教？』鶴汀道：『我請殳三喫酒，他謝謝不來。你來得正好。』老包大聲道：『你當我什麼人啊？請我喫鑲邊酒！要我塡殳三的空！我不要喫！』

鶴汀忙陪笑堅留。老包偏裝腔做勢要走。楊媛媛拉住老包，低聲問道：『趙桂林可是要嫁人了？』老包點頭道：『我做的大媒人，三百債，二百開消。』鶴汀道：『趙桂林還有客人來娶了去？』楊媛媛道：『你不要小看了她！起先也是紅倌人！』

說時，只見請客的回報道：『還有兩位請

不著。衛霞仙那兒說:「姚二少爺好久不來了。」周雙珠那兒說:「王老爺江西去了,洪老爺不大來。」』李鶴汀乃道:『老包這還要走嘿,我可要不快活了!』楊媛媛道:『老包說著玩呀,哪走哇!』

俄而請著的四位——朱藹人陶雲甫湯嘯菴陳小雲——陸續咸集。李鶴汀即命擺檯面,起手巾。大家入席,且飲且談。

朱藹人道:『令叔可是回去了?我們竟一面都沒見過。』鶴汀道:『沒回去,就不過于老德一個人嘿回去了。』陶雲甫道:『今天人少,為什麼不請令叔來敍敍?』鶴汀道:『家叔哪肯喫花酒!上回是給個黎篆鴻拉牢了,叫了幾個局。』老包道:『你令叔著實有點本事的哦!上海也算是老玩家,倒沒用過多少錢,只有賺點來拿回去!』鶴汀道:『我說要玩還是花掉點錢沒什麼要緊。像我家叔這時候可受用啊?』陳小雲道:『你這趟來有沒發財?』鶴汀道:『這趟比上趟還要多輸點。殳三那兒欠了五千,前天剛剛付清。羅子富那兒一萬呢,等賣掉了油再還。』湯嘯菴道:『你一包房契可曉得好險呢?』遂將黃二姐如何攛竊,如何勒掯,縷述一遍,并說末後從中關說,還是羅子富拿出五千洋錢贖回拜盒,始獲平安。席間搖頭吐舌,皆說:『黃二姐倒是個大拆梢!』楊媛媛嗤的笑道:『租界上老鴇嘿都是個拆梢嘿!』

老包聞言,欻地出位,要和楊媛媛不依。楊媛媛怕他惡鬧,跑出客堂。老包趕至簾下。恰值出局接踵而來,不提防陸秀寶掀起簾子,跨進房間,和老包頭碰頭,猛的一撞。引得房內房外大笑鬨堂。

老包摸摸額角,且自歸座。李鶴汀笑而講和,招呼楊媛媛進房罰酒一杯。楊媛媛不服。經大家公斷,令陸秀寶也罰一杯過去。於是老包首倡攏莊。大家輪流划拳，歡呼暢飲。一直飲至十一點鐘，方纔散席。

李鶴汀送客之後，想起取件東西，喊匡二吩咐說話。娘姨盛姐回道：『匡二爺不在這兒；坐席時候來了一趟，走了。』鶴汀道：『等他來嘿，說我有事。』盛姐應諾。鶴汀又打發轎班道：『碰見匡二嘿喊他來。』轎班也應諾自去。一宿表過。

次日，鶴汀一起身就問：『匡二喚？』盛姐道：『轎班嘿在這兒了，匡二爺沒來嘿。』鶴汀怪詫得緊，喝令轎班：『去客棧裏喊來！』轎班去過，覆命道：『棧裏茶房說：昨天一夜，匡二爺沒回去。』

鶴汀只道匡二在野雞窩裏迷戀忘歸，一時尋不著，等不得，只得親自坐轎回到石路長安客棧；開了房間進去，再去開箱子取東西，不想這箱子內本來裝得滿滿的，如今精空乾淨，那裏有甚麼東西。

鶴汀著了急，口呆目瞪，不知所為；更將別隻箱子開來看時，也是如此，一物不存。鶴汀急得只喊『茶房！』茶房也慌了，請帳房先生上來。那先生一看，蹙額道：『我們棧裏淸淸爽爽，哪來的賊呀！』

鶴汀心知必是匡二，跺足懊恨。那先生安慰兩句，且去報知巡捕房。鶴汀卻令轎班速往大興里諸十全家迎接李實夫回棧。

實夫聞信趕到，檢點自己物件，竟然絲毫不動，單是鶴汀名下八隻皮箱，兩隻考籃，一隻枕箱，所有物件只揀貴重的都偷了去；又於桌子抽屜中尋出一疊當票，知是匡二留與土人贖還原物的意思。鶴汀心中也略寬了些。

正自忙亂不了，只見一個外國巡捕帶著兩個包打聽前來踏勘，查明屋面門窗一概完好，並無一些來蹤去跡，此乃監守自盜無疑。鶴汀說出匡二一夜不歸。包打聽細細的問了匡二年歲面貌口音而去。

茶房復告訴：『上一個禮拜，我們幾回看匡二爺背了一大包東西出去，我們不好去問他。哪曉得他偷了去當啊！』李實夫笑道：『他倒有點意思！你是個大爺，白花掉點不要緊，都偷了你的東西；不然嘿，我東西為什麼不要啊？』

鶴汀生氣不睬，自思人地生疎，不宜造次，默默盤算，惟有齊韻叟可與商量，當下又親自坐轎往著一笠園而來。園門口管家俱係熟識，疾趨上前攙扶轎杠，擡進大門，止於第二層園門之外。

鶴汀見那門上獸環銜著一把大鐵鎖，僅留旁邊一扇腰門出入，正不解是何緣故。管家等鶴汀下了轎，打千稟道：『我們大人接到電報，回去了，就只有高老爺在這兒。請李大少爺大觀樓寬坐。』鶴汀想道：『齊韻叟雖已歸家，且與高亞白商量亦未為不可。』遂跟管家款步進園，一直到了大觀樓上，謁見高亞白。

鶴汀道：『你一個人可寂寞啊？』亞白道：『我寂寞點不要緊，倒可惜個菊花山，龍池先生一番心思的哦，這時候一直閒死了在這兒！』鶴汀道：『那你也該請請我們了嘛。』亞白道：『好的，就明天請你。』鶴汀道：『明天沒空，過兩天再說。』亞白問：『有何貴幹？』

鶴汀乃略敍匡二捲逃一節。亞白不勝駭愕。鶴汀因問：『可要報官？』亞白道：『報官是報報罷了。真正要捉到了賊，追他的贓，難了嘛！』鶴汀就問：『不報官好不好？』亞白道：『不報官也不行；倘若外頭再闖了點窮禍，問你東家要人，倒多了這麼句話。』鶴汀連說『是極。』即起與辭。亞白道：『那也何必如此急急？』鶴汀道：『這時候無趣得很，讓我

監守
自盜意
求無
跡

早點去完了事，這就移樽就教，如何？』亞白笑說：『恭候。』一路送出二層園門。鶴汀拱手登轎而別。

亞白纔待轉身，旁邊忽有一個後生叫聲『高老爺』，搶上打千。亞白不識，問其姓名，卻是趙二寶的哥哥趙樸齋打聽史三公子有無書信。亞白回說『沒有。』樸齋不好多問，退下侍立。

亞白便進園回來，趦過橫波檻，順便轉步西行。原來這菊花山紮在鸚鵡樓臺之前。那鸚鵡樓臺係八字式的五幢廳樓，前面地方極爲闊大，因此菊花山也做成八字式的，迴環合抱，其上高與檐齊，其下四通八達，遊客盤桓其間，好像走入『八陣圖』一般，往往欲吟『迷路出花難』之句。

亞白是慣了的，從南首抄近路，穿石徑，渡竹橋，已在菊花山背後；進去賞了回菊花，歸房無所事事，檢點書架上人家送來求書求畫的斗方、扇面、堂幅、單條，隨意揮灑了好些，天色已晚。

接連兩天亞白都以書畫爲消遣。這天午餐以後，微倦上來，欲於園內散散心，混過睡意，遂擱下筆，款步下樓。但見纖雲四捲，天高日晶，眞令人心目豁朗。趦出大觀樓前廊，正有個打雜的拿著五尺高竹絲笤帚要掃那院子裏落葉。亞白方依稀記得昨夜五更天睡夢中聽見一陣狂風急雨，那些落葉自然是風雨打下來的，因而想著鸚鵡樓台的菊花山如何禁得起如此蹂躪，若使摧敗離披，不堪再賞，辜負了李鶴汀一番興致，奈何奈何。一面想，一面卻向東北行來，先去看看一帶芙蓉塘如何，便知端的。趦至九曲平橋，沿溪望去，只見梨花院落兩扇黑漆牆門早已鎖上，門前芙蓉花映著雪白粉牆，倒還開得鮮艷。

亞白放下些心，再去拜月房櫳看看桂花，卻已落下了許多，滿地上鋪得均勻無隙，一路踐踏，軟綿綿的，連鞋幫上黏連著盡是花蕊。

亞白進院看時，上面窗寮格扇一概關閉，廊下軟簾高高吊起，好似久無人跡光景，不知當值管家何處去了。亞白手遮亮光，面貼玻璃，往內張覷，一些陳設也沒有，檯桌椅櫈，顚倒打疊起來。

亞白信步走開，由東南湖堤兜轉去，經過鳳儀水閣，適爲閣中當值管家所見，慌的趕出，請亞白隨喜。亞白搖搖手，逕往鸚鵡樓台踅去。剛穿入菊花山，即聞茶房內嘈嘈笑語之聲，大約是管家打牌作樂。亞白不去驚動，看那菊花山幸虧爲涼棚遮護，安然無恙，然其精神光彩似乎減了幾分，再過些時恐亦不免山頹花萎，不若趁早發帖請客，也算替菊花張羅些場面。

亞白想到這裏，忙回到大觀樓上，連寫七副請帖，寫著『翌午餞菊候敍』，交付管家，將去齎送。俄聞樓下嚦嚦然燕剪鶯簧一片說笑，分明是姚文君聲音。亞白只道管家以訛傳訛叫來的局，等姚文君上樓，急問：『你來做什麼？』（註②）文君道：『癩頭黿又到上海了呀！』亞白始知其爲癩頭黿而來，因笑道：『我剛剛明天要請客，你倒來了。』兩人說著，攜手進房。

文君生性喜動，趕緊脫下外罩衣服，自去園中各處遊玩多時，回來向亞白道：『齊大人走了就推扳得多了！連菊花山也低倒了個頭，好像有點不起勁。』亞白拍手叫妙。當晚兩人只在房間內任意消遣，過了一宵。

這日十月既望，葛仲英吳雪香到得最早，坐在高亞白房裏，等姚文君梳洗完畢，相與同往鸚鵡樓台。葛仲英傳言陶朱兩家弟兄有事謝謝不來。高亞白問何事。仲英道：『倒也不清楚。』

接著華鐵眉挈了孫素蘭相繼並至。相見坐定。高亞白道：『素蘭先生住兩天了嘿，聽說癩頭黿在這兒。』葛仲英道：『癩頭黿好久不回去，爲什麼又來啦？』華鐵眉道：『喬老四跟我說：癩頭黿這趟來要辦幾個賭棍。爲了上回癩頭黿同李鶴汀喬老四三個人去賭，給個大流氓合了一夥人，賭棍倒脫靴，三個人輸掉了十幾萬哪。幸虧有兩個小流氓分不著錢，這才鬧穿了。癩頭黿一定要辦。』

高亞白葛仲英皆道：『這時候上海的賭也實在太不像樣！應該要辦辦了！』華鐵眉道：『倒不容易辦嘛！我看見的訪單上，頭子嘿二品頂戴，好了不起！手下一百多人，連衙門裏差役堂子裏倌人，都是他幫手。』

孫素蘭吳雪香姚文君皆道：『倌人是誰呀？』華鐵眉道：『我就記得一個楊媛媛。』衆人一聽，相視錯愕，都要請問其故。

適時管家通報客至，正是李鶴汀和楊媛媛兩人。衆人迎著，截口不談。高亞白問李鶴汀：『你失竊有沒報官？』鶴汀說：『報了。』楊媛媛白瞪著眼，問：『可是你去報的官？』鶴汀笑說：『不關你事。』楊媛媛道：『自然不關我事！你去報好了嘿！』鶴汀道：『你嘿賭纏！我們說的匡二呀！』楊媛媛方默然。

將及午牌時分，高亞白命管家擺席；因爲客少，用兩張方桌合拼雙檯，四客四局，三面圍坐，空出底下座位，恰好對花飲酒。

一時，又談起癩頭黿之事。楊媛媛冷笑兩聲，接嘴說道：『昨天癩頭黿到我們那兒來，說要辦周少和。周少和是租界上出名的大流氓，堂子裏哪一家不認得他！上回大少爺同他一塊打牌，我們也曉得他自然總有點花樣。不過我們喫了把勢飯，要做生意的嘍，可敢去得罪個大流氓？就看見他們做花樣，我們也只好不作聲。這時候癩頭黿倒說我們跟周少和通同作弊，可有這種事！』說罷，滿臉怒容，水汪汪含著兩眶眼淚。李鶴汀又笑又嘆。華鐵眉葛仲英勸道：『癩頭黿的話還有誰相信他！讓他去說好了。』

高亞白要搭訕開去，便向華鐵眉道：『你也來多住兩天，陪陪素蘭先生囉。』鐵眉躊躇道：『還是她先來罷。我再看了。』姚文君大聲道：『不作興的！三缺一傷陰隲的！』又咕噥道：『好容易來了個麻將搭子（註③），又是三缺一，吊人胃口！』闔席都笑了。亞白笑道：『你放心，素蘭先生來了，怕他不來？』又向孫素蘭道：『今天就不必回去了，叫人去拿點要用的東西來好了。』素蘭略頓了頓，回過頭去喚過跟局大姐，不免有一番話輕聲叮囑。亞白見小贇一旁侍立，便令他傳話，把大觀樓上再收拾出一間房來。

小贇應兩聲『是』，立著不動。亞白有點詫異。小贇稟道：『鼎豐里趙二寶那兒差個人來，要見高老爺。』

話聲未絕，只見小贇身後轉出一個後生，打個千，叫聲『高老爺』。亞白認得是前日園門遇見的趙樸齋，問其來意，仍爲打聽史三公子有無書信。亞白道：『這兒一直沒信，要嘍別處去問聲看。』

趙樸齋不好多問，跟小贇退出廊下。小贇自去吩咐當值管家，派人收拾大觀樓上一間房待客。管家去了，不意趙樸齋還在廊下，一把拉住小贇，央告道：『謝謝你，再替我問聲看！昨天說三公子到了上海了，可有這事？』

小贇只得替他傳稟請示。高亞白道：『他

聽錯了，到的是賴公子，不是史公子（註④）』趙樸齋隔窗聽得，方悟果然聽錯，候小贊出來，告辭回去。

趙樸齋一路懊悶，歸至鼎豐里家中，覆命於母親趙洪氏，說三公子並無書信，幷述誤聽之由。適妹子趙二寶在旁侍坐，氣得白瞪着眼，半晌說不出話。

洪氏長嘆道：『恐怕三公子不來的了嗱！這可眞正罷了！』樸齋道：『那是不見得。三公子不像是這種人。』洪氏又嘆道：『也難說嗱！起先索性跟了他去，倒也沒什麼；這時候上不上，下不下，這可怎麼個了結嗱！』二寶使氣，頸項一摔，大聲喝道：『媽還要瞎說！』只一句，喝得洪氏咂嘴咂舌，垂頭無語。樸齋張皇失措，溜出房去。

娘姨阿虎在外都已聽在耳裏，忍不住進房說道：『二小姐，你是年紀青，不曉得把勢裏生意的確難做。客人他們的話可好聽它呀！起先三公子跟你說的什麼，你也沒跟我們商量，我們一點都不曉得，這時候一個多月沒信，有點不像了嗱。倘若三公子不來，你自己去算，銀樓、綢緞店、洋貨店，三四千洋錢呢，你拿什麼東西去還哪？不是我多嘴，你早點要打算好了才好，不要到那時候坍臺。』

二寶面漲通紅，不敢回答。忽聞樓上當中間裁縫張師傅聲喚，要買各色衣線，立刻需用。阿虎竟置不管，揚長出房。洪氏遂叫大姐阿巧去買。阿巧不知是何顏色，和張師傅糾纏不清。樸齋忙說：『我去買好了。』二寶看了這樣，嚽著一肚子悶氣，懶懶的上樓歸房，倒在床上，思前想後，沒得主意。

比及天晚，張師傅送進一套新做衣服，係銀鼠的天青緞帔大紅縐裙，請二寶親自檢視；

請了三遍，二寶也不擡身，只說聲『放在那兒』。

張師傅諾諾放下，復問：『還有一套狐皮的，可要做起來？』二寶道：『自然做起來。為什麼不做啊？』張師傅道：『那麼松江邊鑲滾，緞子跟貼邊，明天一齊買好在那兒。』二寶微微應一聲『噢』。張師傅去後，樓上靜悄悄地。

直至九點多鐘，阿巧阿虎搬上晚飯請二寶喫。二寶回說：『不要喫！』阿巧不解事，還儘著拉扯，要攙二寶起來。二寶發嗔喝令走開。阿巧只得自與阿虎對坐喫畢，撤去傢伙。阿虎自己揩把毛巾，並不問二寶可要洗臉；還是阿巧給二寶沖了壺茶。

阿虎開了皮箱，收藏那一套新做衣服。阿巧手持燭臺，嘖嘖欣羨道：『這個銀鼠這麼好！該要多少洋錢？』阿虎鼻子裏哼的冷笑，道：『穿到了這種衣裳倒要點福氣的噥！有了洋錢，沒有福氣，可好去穿它呀！』

床上二寶裝做不聽見，只在暗地裏生氣。阿巧阿虎也不去睬睬。將近夜分，各自睡去。二寶卻一夜不曾合眼。

註①租用另一妓院場地，一切現成。

註②似殺風景語。習俗忌在別人屋頂下交合，想必因為對於主人是晦氣的。齊韻叟雖然號稱『風流廣大教主』，賓客攜妓在園中小住，但是就連長住園中的尹癡鴛——師爺之一——也在客散時送走他的女侶。韻叟不在家，高亞白獨自留守，當然不會召妓伴宿。

註③前文有梨花院落鎖著門，顯然琪官瑤官也跟著齊韻叟回鄉去了。

註④吳語『三』音『賽』；『史』音『斯』，『史三』急讀亦音『賽』，與『賴』押韻，故『賴公子』誤聽作『史三公子』。末回『阿虎道是賴三公子，不是史三』，始透露賴公子也行三，顯係略嫌牽强的補筆，因吳語區外人不懂『賴公子』怎會聽錯爲『史公子』，不得不追加解釋。

第五八回

偷大姐床頭驚好夢　做老婆壁後洩私談

按趙二寶轉了一夜的念頭，等到天亮，就蓬著頭躡足下樓，逕往母親趙洪氏房間；推進門去，洪氏睡在大床上，鼾聲正高；旁邊一隻小床係哥哥趙樸齋睡的，竟是空著。二寶喚起洪氏，問：『哥哥呢？』洪氏說：『不曉得。』

二寶十猜八九，翻身上樓，逕進亭子間，逕去大姐阿巧睡的床上揭起帳子看時，果然樸齋阿巧兩人並頭酣睡。二寶觸起一腔火性，狠狠的推搡揪打，把兩人一齊驚醒。樸齋搶著一條單褲穿上，光身下床，奪路奔逃。阿巧羞得鑽進被窩，再不出頭露面。

二寶連說帶罵，數落一頓，仍往樓下洪氏房間。洪氏已披衣坐起。二寶努目哆嘴，插簽似的直豎坐在床沿上。洪氏問道：『樓上什麼人在鬧？』

二寶不答，卻思這事不便張揚，不如將計就計，遂和洪氏商量，欲令樸齋趕往南京尋到史三公子家中問個確信。洪氏亦以為然。二寶便高聲喊：『哥哥！』樸齋不敢不至，惴惴然侍立一旁。

偷大姐
牀頭
驚好夢
三十六

二寶推洪氏先說。洪氏約略說了，并令即日起行。樸齋不敢不從。二寶復叮嚀道：『你到了南京嘿，一定要見到了史三公子，當面問他爲什麼沒信，再就是什麼時候到上海。不要忘記！』

樸齋唯唯遵命。二寶纔去梳頭；趕到樓上自己房間，只見阿巧正在彎腰掃地，鼻涕眼淚，揮灑不止，二寶索性不理。

恰好這日長江輪船半夜開行，樸齋喫過晚飯，打起鋪蓋，向洪氏討些盤費。洪氏囑其早去早歸。娘姨阿虎闖入插口道：『我們看下來有數目的了。南京去做什麼呀？就去嘿也一定見不著史三公子的面嘿。史三公子拚著頂多不來，就見了面也沒用。』

洪氏道：『她不相信的呀；一定要南京去一趟，問了個信，這才相信了。』阿虎道：『二小姐不相信嘿，你是她親生娘，要提醒的呀。二小姐肚子裡只當史三公子還要來的了，一定要問個信。你想去問誰呀？就碰見了史三公子，問他，他人嘿不來，嘴裡可肯說不來？還是不過回報你一句「這就要來了。」二小姐再要上了他的當，一直等著，等到年底下，眞正坍了臺咧！』

洪氏道：『話是不錯，這就等南京回來了再說。』阿虎道：『不然也不關我事；我就爲了三四千店帳在發急。倘若推扳點小姐，我倒不去替她拿了這麼多了；我看見二小姐五月裡一個月，打牌喫酒，興旺得很，這時候趁早丟開了史三公子，巴結點做生意，那麼年底下還點借點，三四千也不要緊。再要噥下去，來不及了嘞！』

洪氏默然。樸齋道：『讓我去問了個信看；倘若史三公子不來，自然做生意。』阿虎冷笑走開。樸齋藏好盤纏，背上鋪蓋，辭別出門。

過了一宿，二寶便令阿虎去東合興里吳雪香家喊小妹姐來。阿虎知道事發，答應而去。二寶想好幾句話敎給洪氏照樣向她說，不必多言。

一會兒，阿虎陪著小妹姐引見洪氏。二寶含笑讓坐。洪氏說道：『我們月底一家子都要到南京去找這史三公子，讓阿巧去找生意罷。』小妹姐聽了，略怔一怔，道：『那到那時候再讓她出來也不遲嘿。』二寶接嘴道：『我們不做了生意，一點活都沒的幹，阿巧在這兒也是閒著，早點出去嘿也好早點找事，對不對？』

小妹姐沒的說，就命阿巧去收拾。二寶叫洪氏拿出三塊洋錢交與小妹姐，又令相幫擔囊相送。小妹姐乃領阿巧道謝辭行。

隨後裁縫師傅要支工帳，二寶亦叫洪氏付與十塊洋錢。阿虎背著二寶悄對洪氏道：『你嘿樣樣依了個二小姐，二小姐有點道三不著兩的嘛。這時候一塌括子還有幾塊洋錢，還要做衣裳！這種衣裳，等她嫁了人再做好了嘿，忙什麼呀？』洪氏道：『我也跟她說過的了，她說做完了狐皮的停工。』阿虎太息而罷。

不想次日一早，小妹姐復領阿巧回來，送至洪氏房中。小妹姐指著阿巧向洪氏道：『她是我外甥女兒，他們爹娘托給我，叫我薦薦她生意。她自己不爭氣，做了不要臉的事，連我也沒臉，對不住他們爹娘。我嘿寄了封信下鄉去喊他們爹娘上來，你拿她這人交代他們爹娘好了，我不管帳。』洪氏茫然問道：『你說的什麼話，我不懂嘿。』小妹姐且走且說道：『你不懂嘿，問阿巧，等她自己說。』

樓上二寶剛剛起身，聞聲趕下。小妹姐已

自去了，只有阿巧在房裏面向壁嗚咽飲泣。二寶氣忿忿的瞪視多時，沒法處置。洪氏還緊著要問阿巧。二寶道：『問她什麼呀！』遂將前日之事逕直說出。洪氏方著了急，只罵樸齋不知好歹，無端闖禍。

二寶欲令阿虎和小妹姐打話，給些遮羞錢，著其領回。阿虎道：『小妹姐倒不要緊，我先問聲她自己看。』遂將阿巧拉過一邊，吣唧吣唧問了好一會。阿虎笑而覆道：『給我猜著了！他們兩個人說好了在那兒，要做夫妻的了，錢嘿倒也不要，等她爹娘來求親好了。』洪氏大喜道：『那你就替我做了個媒人罷。』二寶跳起來喝道：『不行的！不要臉的丫頭，我去認她做嫂嫂！』洪氏呆臉相視，不好做主。阿虎道：『我說嘿，開堂子的老闆娶個大姐做老婆也沒什麼不行。』二寶大聲道：『我不要嗾！』

洪氏不得已，一口許出五十塊洋錢，仍令阿虎去和小妹姐打話。二寶咬牙恨道：『哥哥這人嘿生就是流氓坯！三公子要拿總管的女兒給哥哥，多體面，有什麼等不及，跟個臭大姐做夫妻！』

洪氏聽說，雖也喜歡，但恐小妹姐不肯干休；等得阿虎回家，急問如何。阿虎搖頭道：『不成功！小妹姐說：「你的女兒嘿面孔生得標緻點，做個小姐；她也一樣是人家女兒呀，就不過面孔不標緻，做了大姐。做小姐的嘿開寶要多少，落夜廂（註）要多少，她大姐也一樣的嘿。給你兒子睡了幾個月，這時候說五十塊洋錢，不是在說夢話？」』洪氏著實惶懼，眼望二寶候其主意。二寶道：『等她爹娘來，看光景。』洪氏膽小，忐忑不寧。

轉瞬之間，等了三日，倒是樸齋從南京遄

回家來。洪氏一見，極口埋怨。二寶跺腳道：『媽讓他先說了嘛！』

樸齋放下鋪蓋，說道：『史三公子不來的了。我嘿進了這聚寶門，找到史三公子府上，門口七八個管家都不認得。起先我說找小王，他們理也不理；我就說是齊大人派了來，要見三公子，這才請我到門房裡，告訴我，三公子上海回來就定了個親事，這時候三公子到了揚州了。小王嘿也跟了去。十一月二十就在揚州成親，要等滿了月回來呢。可是不來的了？』

二寶不聽則已，聽了這話，眼前一陣漆黑，顱門裡汪的一聲，不由自主，往後一仰，身子便倒栽下去。衆人倉皇上前攙扶叫喊，趙二寶已滿嘴白沫，不省人事。

適值小妹姐引了阿巧爹娘進門，見此情形，不便開口。小妹姐就幫著施救。洪氏淚流滿面，直聲長號。樸齋阿虎，一左一右，招人中，灌薑湯，亂做一堆。

須臾，二寶吐出一口痰涎，轉過氣來。衆人七張八嘴，正擬扛擡，阿虎捋起袖子，只一抱，攔腰抱起，挨步上樓。衆人簇擁至房間裡，睡倒床上，展被蓋好。衆人陸續散去，惟洪氏兀坐相伴。

二寶漸漸神氣復原，睜眼看看，問：『媽，在做什麼？』洪氏見其清醒，略放些心，叫聲『二寶』，道：『你要嚇死人的嘛？怎麼這樣子啊？』

二寶纔記起適間樸齋之言，歷歷存想，不遺一字，心中悲苦萬分，生怕母親發急，極力忍耐。洪氏問：『心裡可難過？』二寶道：『我這時候好了呀。下頭去嘛。』洪氏道：『我不去。阿巧的爹娘在下頭。』

二寶蹙額沉吟，嘆口氣，道：『哥哥這自然就娶了阿巧好了。她爹娘這時候在這兒嘿，

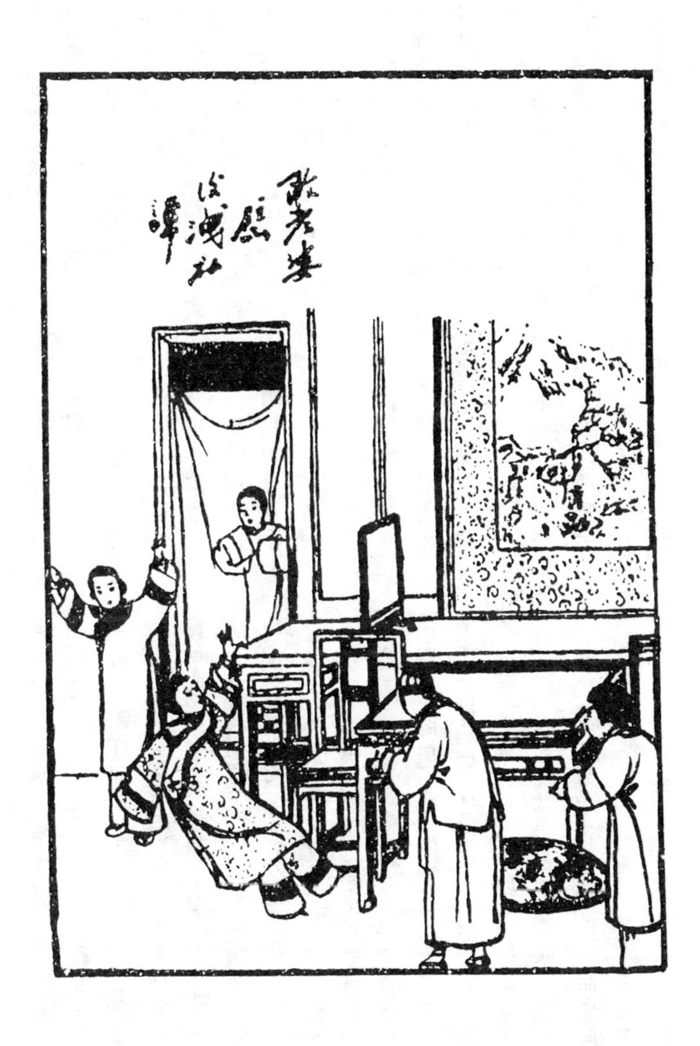

就當面替哥哥求親了嘛。』洪氏唯唯，即時喚上阿虎，令向阿巧爹娘說親。阿虎道：『說嘿就說說罷了，不曉得他們可肯。』二寶道：『拜託你說說看。』

阿虎慢騰騰地姑妄去說。誰知阿巧爹娘本係鄉間良懦人家，並無訛詐之意；一聞阿虎說親，慨然允定，絕不作難。小妹姐也不好從中撓阻。洪氏樸齋自然是喜歡的。只有二寶一個更覺傷心。

當下阿虎來叫洪氏道：『他們這是親家了，你也去陪陪㖸。』洪氏道：『有女婿陪著，我不去。』二寶勸道：『媽，你應該去應酬一會的呀。我蠻好在這兒。』

洪氏猶自躊躇。二寶道：『媽不去嘿我去。』說著，勉強支撐坐起，挽挽頭髮，就要跨下床來。洪氏連忙按住，道：『我去好了，還替我好好睡著。』二寶笑而倒下。洪氏切囑阿虎在房照料，始往樓下應酬阿巧爹娘。

二寶手招阿虎近前，靠床挨坐，相與計議所取店帳作何料理。阿虎因二寶意轉心回，爲之細細籌畫，可退者退，不可退者或賣或當，算來倒還不甚喫虧；獨至衣裳一項，喫虧甚大，最爲難處。二寶意欲留下衣裳，其餘悉遵阿虎折變抵償，如此合算起來，尚空一千餘圓之譜。阿虎道：『像五月裡的生意，空一千也不要緊，做到了年底下嘿就可以還淸爽了。』二寶道：『一件狐皮披風，說是今天做好；你去跟張師傅說，回報他明天不做了。』阿虎道：『你隨便什麼都太上緊了；就像做衣裳，不應該做個披風，做了狐皮襖嘿，不是蠻好？』二寶焦躁道：『不要提了呀！』

阿虎訕訕趄出當中間傳語張師傅。張師傅應諾而已。別個裁縫故意嘲笑爲樂。二寶在內豈有不聽見之理，卻那裡有工夫理論這些。

迨至晚間，喫過夜飯，洪氏終不放心，親自看望二寶，并訴說阿巧爹娘已由原船歸鄉，仍留阿巧服役，約定開春成親。二寶但說聲好。洪氏復問長問短，委屈排解一番，然後歸寢。二寶打發阿虎也去睡了，房門虛掩，不留一人。

二寶獨自睡在床上，這纔從頭想起史三公子相見之初，如何目挑心許；定情之頃，如何契合情投；以後歷歷相待情形，如何性兒浹洽，意兒溫存；即其平居舉止行爲，又如何溫厚和平，高華矜貴；大凡上海把勢場中一切輕浮浪蕩的習氣一掃而空；萬不料其背盟棄信，負義辜恩，更甚於冶遊子弟。想到此際，悲悲戚戚，慘慘悽悽，一股怨氣，冲上喉嚨，再也捺不下，掩不住。那一種嗚咽之聲，不比尋常啼泣，忽上忽下，忽斷忽續，實難以言語形容。

二寶整整哭了一夜，人家都沒有聽見。阿虎推門進房，見二寶坐於床中，眼泡高高腫起，好似兩個胡桃。阿虎搭訕問道：『有沒睡著一會呀？』二寶不答，只令阿虎舀盆臉水。二寶起身洗臉。阿巧揩抹桌椅。阿虎移過梳具，就給二寶梳頭。

二寶叫阿巧把樸齋喚至當面，命即日寫起書寓條子來貼。樸齋承命無言。二寶復命阿虎即日去請各戶客人。阿虎亦承命無言。

二寶施朱敷粉，打扮一新，下樓去見母親洪氏。洪氏睡醒未起，面向裡床，似乎有些呻吟聲息。二寶輕輕叫聲『媽』。洪氏翻身見了，說道：『你怎麼等不及起來啦？不舒服嘿，睡著好了。』二寶推說：『沒什麼不舒服。』乘勢告訴要做生意。洪氏道：『那再過兩天也不忙啊。你身子剛剛好了點，推扳不起。倘若晚上出局去，再著了涼，不行的喲！』二寶道：

『媽，你也顧不得我的了。這時候店帳欠了三四千，不做生意嘑，哪來的洋錢去還人家？我這人就像押在上海了呀！』這句話尚未說完，一陣哽噎，接不下去。

洪氏又苦又急，顫聲問道：『就說是做生意嘑，三四千洋錢，哪一天還清爽嗄？』二寶吁了口氣，將阿虎折變抵償之議也告訴了，且道：『媽索性不要管，有我在這兒，總不要緊。你快活嘑，我心裡也舒服點，不要爲了我不快活。』

洪氏只有答應。二寶始問：『媽爲什麼不起來？』洪氏說：『頭痛。』二寶伸手向被窩裡摸到洪氏身上，些微覺得發燒。二寶道：『媽，恐怕有寒熱嗄。』洪氏道：『我也覺得有點熱。』二寶道：『可要請個先生喫兩帖藥？』洪氏道：『請什麼先生哪！你替我多蓋點，出了點汗嘑好了。』

二寶乃翻出一床棉被，兜頭蓋好，四角按嚴，讓洪氏安心睡覺。二寶自回樓上房間，復與阿虎計議。議至午後，阿虎出去料理店帳，順路請客。

這個信傳揚開去，各處皆知。不出三日，吹入陳小雲耳中，甚是駭異；以爲史三公子待她不薄，娶作夫人，自是極好的事，如何甘心墮落，再戀風塵。

正欲探詢其中緣故。可巧行過三馬路，遇著洪善卿，小雲擬往茶樓一談。善卿道：『就雙珠那兒去坐會好了。』

於是兩人踅進公陽里南口，到了周雙珠家。適值樓上房間均有打茶圍客人，阿德保請進樓下周雙寶房間。雙寶迎見讓坐。小雲把趙二寶再做生意之信說與善卿。善卿鼓掌大笑，道：『你蠻聰明的人，上她們的當！我起先就不相信！史三公子哪裡沒處娶，娶個倌人做大老婆！』雙寶在旁也鼓掌大笑，道：『為什麼多少先生小姐都要做大老婆！起先有個李漱芳，要做大老婆，做到了死；這時候一個趙二寶也做不成功；做到我們這兒的大老婆，挨著第三個了！』

　小雲不解，問第三個是誰。雙寶努嘴道：『我們這兒雙玉，她不是朱五少爺的大老婆？』小雲道：『朱五少爺定了親了嘿。』

　雙寶故意只顧笑，不接嘴。善卿忙搖手示意。不想一擡頭，周雙玉已在眼前，雙寶嚇得斂笑而退。善卿知道不妙，一時想不出搭訕的話頭。小雲察言觀色，越發茫然。大家呆瞪瞪的，你看著我，我看著你。

註：即嫖客住夜。

第五九回

集腋成裘良緣湊合　移花接木妙計安排

按周雙珠周雙玉房間內打茶圍客人乃是賴三公子華鐵眉喬老四喬老七四位客人。喬老四本做周雙珠，遂為小兄弟喬老七叫了周雙玉幾個局。故此四人雖是一起來，卻分據兩間房間。及洪善卿同陳小雲來時，賴三公子正和周雙珠說閒話，周雙珠因洪善卿係熟客，不必急急下去應酬，只管指東劃西，隨口胡說。周雙玉要央洪善卿帶信給朱淑人，先自下樓，從周雙寶後房門抄近進去，剛剛聽得陳小雲周雙寶云云，并窺見洪善卿搖手之狀。周雙玉猛喫一驚，急欲根究細底，就轉念一想：大約朱五少爺定親之事秘密不宣，不可造次；當下邁步搴帷見了陳小雲洪善卿，側坐相陪，不露圭角。

隨後周雙珠進房，周雙玉乘勢仍歸樓上。一直等到晚間客散關門，周雙玉獨自一個往見周蘭，叫聲『媽』。周蘭和顏悅色命其坐下。雙玉婉轉說道：『我做了媽的討人，就只替媽做生意。除了媽也沒有第二個親人；除了做生意也沒有第二樣念頭。這時候朱五少爺定了親，那不就是媽的生意到了。媽應該請了朱五少爺來，等我當面問他，可怕他不拿出錢來給媽？媽爲什麼要瞞我嗹？可是唯恐朱五少爺多給了你錢，你客氣不要啊？』周蘭道：『不是瞞你呀；爲了朱五少爺說：怕你曉得他定了親，不快活，教我們不要說起。』雙玉道：『那是媽講笑話了！做我的客人多得不得了在這兒，就比朱五少爺再好點也不稀奇！還怕我沒人娶了去？什麼不快活？』

周蘭聽說亦自失笑，方纔將八月底朱淑人聘定黎篆鴻之女盡情告訴了雙玉。雙玉方纔想起兩月以來時常聽得雙寶嘴裡大老婆長，大老婆短，原來是調侃我的，心下重重惱怒，忍不住淌下淚來，漸放悲聲。

周蘭始悔自己失言。只見雙玉又道：『我跟姐姐兩個人做生意來孝敬媽，媽也從來沒說過我們一句話；我就氣不服雙寶！雙寶生意噻一點都沒有，拿我們兩個人孝敬媽的錢買了飯給她喫，買了衣裳給她穿，她坐在那兒沒事做，還要想出多少話來說我！笑我！罵我！』說著，嗚嗚的掩面而泣。周蘭道：『雙寶哪敢罵你！』

雙玉便縷述雙寶的風裡言風裡語，再添上兩句重話裝點逼眞。氣得周蘭一疊聲喊『雙寶』。雙寶戰惕趨至。周蘭不及審察，拿起煙槍兜頭就打。卻被雙玉一手托住，勸道：『媽，不要嗹！你這時候打了雙寶，等會我給雙寶更要罵兩聲，媽哪曉得！倘若媽喜歡雙寶，也容易得很，讓雙寶還到樓上去；我噻說給么二堂子裡做夥計。沒個人說我，罵我，我心裡清爽點，也好巴結點做生意，孝敬媽你老人家。』

周蘭越發生氣，丢下煙槍，問道：『我爲什麼喜歡雙寶哇？你姐姐在說，倘若有時候生

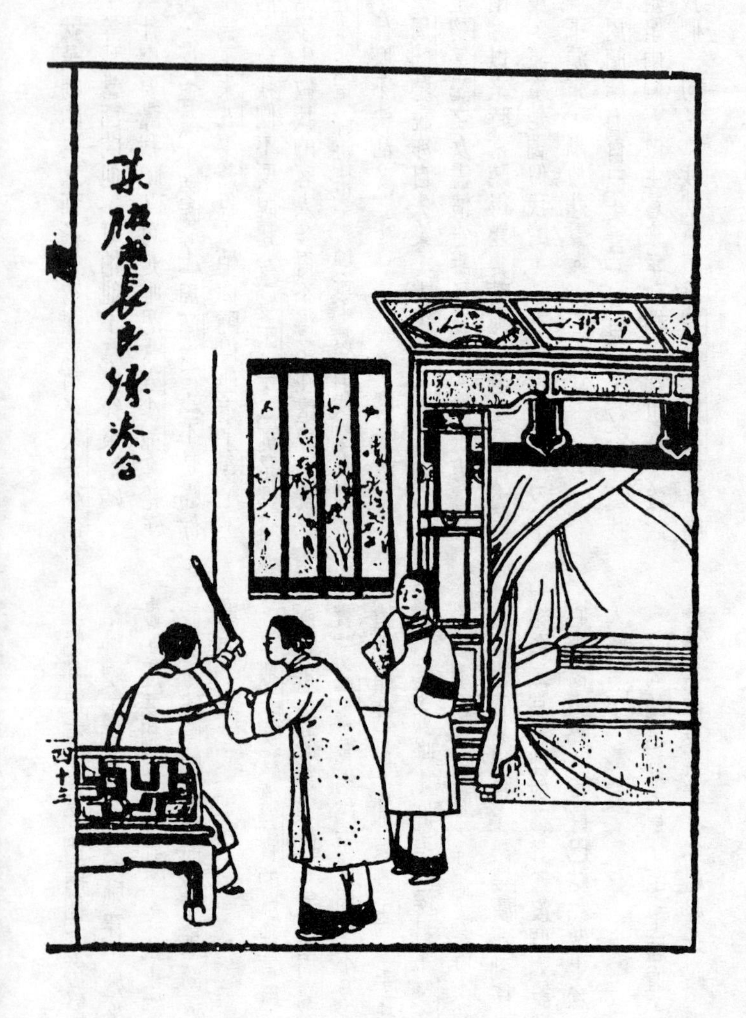

意忙不過，教雙寶代代局也好；不然嘍，雙寶早就出去了嘍！我爲什麼喜歡雙寶哇？』雙玉冷笑道：『媽，你嘴裡嘍說讓雙寶出去好了，一直說到這時候，雙寶還是沒出去，倒不是喜歡雙寶？』

周蘭怒道：『那也不要緊，明天讓雙寶去，省得你話這麼多！』雙玉道：『媽不要生氣。我跟雙寶都是媽的討人，沒什麼喜歡不喜歡，就要出去嘍，等商量好了再去，忙什麼呀？』

周蘭沉吟半晌，怒氣稍平，喝退雙寶，悄問雙玉如何商量。雙玉道：『媽，你自己去算。雙寶進來的身價就算你都白花了，也不過三百洋錢；這時候雙寶在這兒，生意嘍沒有，房間裡用場倒同我們一樣的嘍，幾年算下來，可是白花掉不少了？我替媽算計，不如讓雙寶出去的好。』

周蘭點點頭。雙玉又道：『姐姐的生意好，要雙寶代局；我生意不過這樣子。雙寶出去了，倘若姐姐忙不過來，我去代局好了。』周蘭又點點頭。

於是周蘭竟與雙玉定議，擬將雙寶轉賣於黃二姐家。樓上雙珠絕不與聞。比及明日，周蘭欲令阿珠去黃二姐家打話。雙珠怪問何事，始悉其由。

雙珠阻止道：『媽，你也做點好事好了！（註①）黃二姐這人不比你，雙寶去做她的討人，苦死了的喨！我說，媽，你一定不要雙寶嘍，也應該商量商量。南貨店裡姓倪的客人跟雙寶蠻要好，我們去請他來，問聲他要娶嘍，教他娶了去。雙寶有了好地方，我們身價也不喫虧。媽想對不對？』

周蘭領悟，叫回阿珠，轉令阿德保以雙寶名片去南市請廣亨南貨店小開倪客人。雙玉心想，如此辦法倒作成了雙寶的好姻緣，未免有些忿忿；但因雙珠出的主意，不敢再言。

不多時，那倪客人隨著阿德保接踵並至，坐在雙寶房間裡。周蘭出見，當面說親。倪客人滿心欣慰，滿口應諾；既而一想，三百身價之外尚須二百婚費，一時如何措辦，倒又躊躇起來，雙寶恐事不濟，著急異常，背地去求雙珠設法。雙珠格外矜全，特地請了洪善卿喬老四等幾戶熟客，告知此事，擬合一會幫貼雙寶。衆人好善樂施，無不願意。洪善卿復去告知朱淑人，也與一角，卻不令雙玉得知。

條屆迎娶之期，倪客人倒也用了軍健樂人，提燈花轎，簇擁前來，娶了過去，也一樣的拜堂，告祖，合巹，坐床，待以正室之禮。三朝歸寧，倪客人也來了，請出周蘭，雙雙拜見，口稱『岳母』，磕下頭去。周蘭不好意思，趕緊買了一副靴帽相送，盛筵款待，至晚而回。

自雙寶出嫁以後，雙玉沒了對頭，自然安靜無事。周蘭欲勸雙玉接客，尚未明言。雙玉已揣測知之，心中定下一個計較，先去竈間煤爐旁邊將剜空梨子內所養的促織兒盡數釋放，再令阿德保去買一壺燒酒，說要擦洗衣裳煙漬，然後令阿珠去請朱五少爺。

朱淑人聞得定親之事早經洩漏，這場吵鬧勢所必然，然又無可躲避，只得皇皇然來見了雙玉，抱慚負疚，無地自容。雙玉卻依然笑臉相迎，攜手納坐，顏色揚揚如平時。淑人猜不出其是何意見，嘿嘿相對，不則一聲。

將近上燈時分，淑人告辭言歸。雙玉牽衣拉過一邊，呢呢軟語，欲留一宿。淑人不忍故違其意，頷首從命。

須臾，叫局的絡繹上市，雙玉遂更衣出

門，留下巧囡在房服侍淑人便飯。等得雙玉回家，更有打茶圍的，一起一起應接不暇。一直敲過十二點鐘，漸漸的車稀火燼，簾捲煙消。阿珠收拾停當，聲請淑人安置而去。

雙玉親自關了前後房門，并加上門，轉身趕來，見淑人褪履上床。雙玉笑道：『慢點睡喨。我有事在這兒。』

淑人怪問云何。雙玉近前與淑人並坐床沿。雙玉略略欠身，兩手都搭著淑人左右肩膀，叫淑人把右手勾著她頸項，把左手按著她心窩，臉對臉問道：『我們七月裡在一笠園，也像這時候這樣一塊坐著說的話，你可記得？』

淑人心知說的係願爲夫婦生死和同之誓，目瞪口呆，對答不出。雙玉定要問個明白。淑人沒法，胡亂說聲『記得』。雙玉笑道：『我說你也不應該忘記。我有一樣好東西，請你喫了罷。』說罷，抽身向衣櫥抽屜內取出兩隻茶杯，杯內滿滿盛著兩杯烏黑的汁漿。

淑人驚問：『什麼東西？』雙玉笑道：『一杯嘿你喫，我也陪你一杯。』淑人低頭一嗅，嗅著一股燒酒辣氣，慌問：『酒裡放的什麼東西呀？』雙玉手舉一杯湊到淑人嘴邊，陪笑勸道：『你喫喨。』

淑人舌尖舔著一點，其苦非凡，料道是鴉片煙了，連忙用手推開。雙玉覺得淑人未必肯喫，乘勢捏鼻一灌，竟灌了大半杯。淑人往後一仰，倒在床上，滿嘴裡又苦又辣，就拚命的朝上噴出，好像一陣紅雨，濕淥淥的灑遍衾裯。淑人支撐起身，再要吐時，只見雙玉舉起那一杯，張開一張小嘴，嘓淥淥的盡力下嚥。淑人不及叫喊，奮身直上，奪下杯子，摜於地下，豁琅一聲，砸得粉碎。雙玉再要搶那淑人喫剩的一杯，也被淑人擄落跌破。淑人這纔大

聲叫喊起來。（註②）

樓下周蘭先前聽得碗響，尚不介意，迨至淑人叫喊，有些疑惑，手持煙燈，上樓打探。淑人趕去拔下門閂，迎進周蘭。周蘭見淑人兩手一嘴及衣領袍袖之上皆爲鴉片煙霑濡塗抹，已是駭然；又見雙玉喘吁吁挺在皮椅上，滿臉都是鴉片煙，慌問：『什麼事嗷？』淑人偏又吶吶然說不清楚，只是跺腳乾急。

幸而那時雙珠巧囡阿珠都不曾睡，陸續進房；見此情形，十稔八九。雙珠先問：『有沒喫呢？』淑人只把手緊指著雙玉，雙珠會意，喚個相幫速往仁濟醫館討取藥水。

巧囡舀上熱水給淑人雙玉淨臉漱口。淑人抹淨手面，吐盡嘴裡餘煙。雙玉大怒，欻地起立，柳眉倒豎，杏眼圓睜，咬牙切齒罵道：『你這沒良心殺千刀的强盗坯！你說一塊死，這時候你倒不肯死了！我到了閻羅王殿上嘿，一定要捉你這殺坯！看你逃到哪去！』

周蘭還是發怔。雙珠叫聲『雙玉』，從中排解道：『五少爺是不好，不應該定了親；不過你也年紀青，不懂事。客人的話都是瞎說。——就算這時候五少爺沒定親，可會娶你去做大老婆？』

雙玉不待說完，嚷道：『什麼大老婆小老婆？你去問他！誰說的一塊死？』淑人拍腿哭道：『不是我呀！哥哥替我定的親！一句話都沒我說的嘿！』

雙玉欻地撲到淑人面前，又狠狠的戟指罵道：『你隻死豬！曉得是你哥哥替你定的親！我問你爲什麼不死？』嚇得淑人倒退不迭。

正忙亂間，相幫取到一瓶藥水，阿珠急取兩隻玻璃杯，平分倒出。淑人心疑尚恐不曾吐盡，先去呷了一口。雙玉怒極，一手搶那杯子照準淑人臉上甩來，潑了淑人一頭藥水。幸虧淑人頸項一側，玻璃杯從耳朵邊竄了過去，沒有打中。淑人遠遠央告道：『你也喫點㖿。你喫了這藥水，隨便你要什麼，我總依你，好不好？』雙玉大聲道：『我要什麼呀？我嘿要你死了㖿！』周蘭雙珠同詞勸道：『死不死嘿再說，你先喫了㖿。』

雙珠巧囡也幫著千方百計勸雙玉喫藥水。雙玉不禁哼的笑道：『勸什麼呀？放在這兒等我自己喫就是了嘿！他不死，我倒不犯著死給他看，一定要他死了嘿我再死！』說著，舉起玻璃杯，一口一口慢慢的呷。巧囡絞上手巾，揩了一把。不多時，一陣翻腹攪肚，喉間汩汩作響，便嘔出一汪清水。周蘭雙珠一左一右，攙著臂膊，叫雙玉只顧吐。雙玉一面吐，一面還喃喃不絕的罵；直至天色黎明，稍稍吐定。大家一塊石頭落地，不好再去睡覺，令竈下開了煤爐，熱口稀飯，略點一點心。

淑人知道雙玉兀自不肯干休，背地求計於雙珠。雙珠攢眉道：『雙玉這脾氣，五少爺也明白的了。她哪肯聽人的話！我們是一家人，也不好跟她說；就說嘿也沒用。你倒是請個朋友來勸勸她，她倒聽句把。』

一句提醒了淑人，當即寫張字條速令相幫去南市鹹瓜街請永昌參店洪老爺。大家把雙玉扶上大床，各自散去。

淑人眼睜睜的獨自看守。等到日之方中，洪善卿惠然肯來。淑人即出迎見，請進雙珠房間，婉述昨宵之事，欲懇善卿去勸雙玉。

善卿應承，踅過雙玉房間，見雙玉歪在大床上，垂頭打盹，調息養神。善卿近前輕輕叫聲雙玉。雙玉睜眼見了，起身讓坐。善卿隨口問道：『身體可好？』雙玉冷笑兩聲，答道：『洪老爺，你嘿不要裝糊塗了！五少爺請你來勸勸我，我沒第二句話，我這時候一定要釘牢

移花樓下妙計安排

了他跟他一塊死！他到哪我跟到哪！一定一塊死了完結！沒第二句話！』善卿婉婉說道：『雙玉，不要㖸！五少爺一直跟你蠻要好，定親的事也是他哥哥做的主，倒不要去怪他。我說一樣一個人，沒什麼大小。我做個大媒人，還是嫁了五少爺，你說好不好？』雙玉下死勁啐道：『呸！我去嫁他這沒良心的殺坯！』只說了這一句話，仍自倒下，合目裝睡。

善卿無路可入，始轉述於淑人。淑人更加一急，唉聲歎氣，沒個擺佈。善卿探問雙珠畢竟雙玉是何主見。不想雙珠亦自不知。善卿道：『可是有什麼人教她的呀？』雙珠道：『雙玉嚜哪要人教！倘若是我們教的嚜，只有教她做生意，沒有教她鬧的嚜。』

善卿再四尋思，終不可解。雙珠道：『我想雙玉的意思，一半嚜爲了五少爺，一半還是爲雙寶。』善卿呵呵鼓掌道：『一點也不錯，這才有點道理了！』淑人拱立候教。

善卿復尋思多時，呵呵鼓掌道：『有了！有了！』淑人請問其說。善卿道：『你不要管。你說雙玉隨便要什麼，你總依她，可有這句話？』淑人說：『有的。』善卿道：『我替你解個寃結，多則一萬，少則七八千，你可願意？』淑人說：『願意的。』善卿道：『那就是了。』

淑人請問終究如何辦法。善卿道：『這時候不跟你說，等事情妥當了，你也明白了。』淑人抱著個悶葫蘆無從打破，且令阿珠傳命叫菜，與善卿兩人便飯。

善卿手招雙珠，並坐一邊高椅上，搭肩附耳，密密長談。雙珠從頭至尾，無不領悟。少頃談畢，雙珠輾轉一想，卻又遲疑低迴道：『說嚜說說罷了，不見得成功㖸。』善卿道：『一定成功。他們不在乎。』

雙珠乃踅過雙玉房間爲說客捉刀。適値阿

珠搬上飯菜，善卿叫住，就擺在雙珠房間裡。

善卿淑人銜杯對酌。

既而雙珠回房覆命，道：『稍微有點意思；就不過怕不成功，再要給人家笑話。』善卿道：『你去說，倘若眞正不成功，我還拿五少爺交代給她。』

雙珠重復過去說了，回覆道：『都行了。她說這時候五少爺交代給你。』善卿呵呵鼓掌而罷。

註①指年紀大了要修修來世。

註②將餵蟋蟀的梨熬成梨膏糖似的黑色濃汁，燒焦了有苦味，再加燒酒，形似，也味似生鴉片煙攙酒。

第六十回

喫悶氣怒拚纏臂金　中暗傷猛踢兜心腳

按淑人洪善卿在雙珠房間裡用過午餐，善卿遂攜淑人並往對過周雙玉房間與雙玉當面說定，善卿自願擔保，帶領淑人出門。雙玉滿面怒色，白瞪著眼瞅定淑人，艮久艮久，說道：『一萬洋錢買你一條性命，便宜你！』淑人掩在善卿背後，不敢作聲，善卿搭訕說笑，一同出門。

淑人在路上問起一萬洋錢作何開消。善卿道：『五千嘿給她贖身，還有五千，替她辦副嫁妝，讓她嫁了人嘿好了。』淑人問：『嫁給誰？』善卿道：『就是嫁人的難。你不要管。你去把錢預備好了，我替你辦。』

淑人欲挽善卿到家與乃兄朱藹人商量。善卿不得已，隨至中和里朱公館見藹人於外書房。淑人自己躲開去。

善卿從容說出雙玉尋死之由，淑人買休之議，或可或否，請爲一決。藹人始而驚，繼而悔，終則懊喪欲絕；事已至此，無可如何，慨然嘆道：『白花了錢，以後沒有瓜葛，那也好。不過一萬嘿，好像太大了點。』善卿但唯唯而已。藹人復道：『這是自然一概拜託老兄。其中倘有可以減省之處，悉憑老兄大才斟酌就是了。』善卿恧顏受命而行。藹人送至門首，拱手分別。

善卿獨自出中和里口，意思要坐東洋車，左顧右盼，一時竟無空車往來，卻有一個後生搖搖擺擺自北而南。

善卿初不在意，及至相近，看時，不是別人，即係嫡親外甥趙樸齋，身上倒穿著半新不舊的羔皮甯綢袍褂，較諸往昔體面許多。

樸齋止步叫聲『舅舅』。善卿點一點頭。樸齋因而稟道：『媽病了好幾天，昨天加重了點，時常記掛舅舅。舅舅可好去一趟，同媽說說話？』善卿著實躊躇了半日，長嘆一聲，竟去不顧。

樸齋以目相送，只索罷休，自歸鼎豐里家中，覆命於妹子趙二寶，說：『先生等會就來。』并述善卿道途相遇情狀。二寶冷笑道：『他嚜看不起我們，我們倒也看不起他！他做生意，比起我們開堂子做倌人也差不多！』

說話之間，竇小山先生到了，診過趙洪氏脈息，說道：『老年人體氣大虧，須用二錢吉林參。』開方自去。

二寶因要兌換人參，親向洪氏床頭摸出一隻小小頭面箱開視，不意箱內僅存兩塊洋錢，慌問樸齋，說是『早上付了房錢了，哪還有啊！』

二寶唯恐洪氏知道著急，索性收起頭面箱，回到樓上房中和阿虎計議，擬將珠羔銀鼠灰鼠紫毛狐嵌五套帔裙典質應急。阿虎道：『你自己東西拿去當也行，這時候綢緞店的帳一點也沒還，倒先拿衣裳去當掉，不是我說句不好聽的話，好像不對。』二寶道：『統共就剩

五十

了一千多店帳，可怕我沒有！』阿虎道：『三小姐，你這時候嘿像不要緊，倘若沒有了，不要說是一千多，要一塊洋錢都難噲！』

二寶不服氣，臂上脫下一隻金釧臂，令樸齋速去典質。樸齋道：『吉林參嘿，就舅舅店裡去分了點來了嘿。』被二寶劈面啐了一臉唾沫，道：『你這人眞是——！還要說舅舅！』樸齋掩面急走。

二寶隨往樓下看望洪氏，見其神志昏沈，似睡非睡。二寶叫聲『媽』。洪氏微微搖了搖答應。問『可要喫口茶？』伺候多時，竟不作聲。二寶十分煩躁。

忽聽得阿虎且笑且喚道：『咦！少大人來了！少大人幾時到的呀？樓上去噲。』接著靴聲橐橐，一齊上樓。

二寶連忙退出，望見外面客堂裡纓帽箭衣，成羣圍立，認定是史三公子，飛步趕上樓去，頂頭遇著阿虎，撞個滿懷。二寶問：『房裡什麼人？』阿虎道是賴三公子，不是史三。

二寶登時心灰足輭，倚柱喘息。阿虎低聲道：『賴三公子有名的癩頭黿，倒眞正是好客人，不比史三就不過空場面。你這時候一個多月沒多少生意，這可要巴結點。做著了癩頭黿，這才年底下也好開消。』

道猶未了，房間裡一片聲嚷道：『快點喊大老婆來噲！讓我看！可像是個大老婆！』阿虎趕緊攛掇二寶進房。二寶見上面坐著兩位，認得一位是華鐵眉，那一位大約是賴三公子了。

原來賴三公子因前番串賭喫虧，所以此次到滬，那些流氓一概拒絕，單與幾個正經朋友乘興清遊；聞得周雙玉第三個大老婆之說，特地挽了華鐵眉引導，要見識這趙二寶是何等人物。

二寶趄到跟前，賴公子順勢拉了過去，打量一番，呵呵笑道：『她就是史三的大老婆？好！好！好！』

二寶雖不解所謂，也知道是奚落她，不去睬他，只問華鐵眉道：『史公子可有信？』鐵眉回說『沒有。』

二寶約略訴說當初史公子白頭之約，目下得新忘故，另娶揚州。鐵眉道：『那麼他局帳有沒開消？』二寶道：『他走的時候給我們一千洋錢，倒是我跟他說：「你反正就要來嚜，一塊開消也正好。」哪曉得走了，人也不來，信也沒有。』

賴公子一聽，直跳起來，嚷道：『史三漂局帳！笑話了嚜！』鐵眉微笑道：『想來其中必定有緣故；一面之詞，如何可信！』二寶遂絕口不談。

阿虎存心巴結，幫著二寶殷勤款洽。二寶依然落落大方。偏偏賴公子屬意二寶，不轉睛的只顧看。看得二寶不耐煩，低著頭弄手帕子。賴公子暗地伸手揣住手帕子一角，猛力搶去，只聽嘩喇一響，把二寶左手上的兩隻二寸多長的指甲齊根迸斷。二寶又驚又痛，又怒又惜；本待發作兩句，卻為生意起見，沒奈何忍住了。賴公子搶得手帕子，兀自得意。阿虎取把剪刀授給二寶，剪下指甲，藏於身邊。

二寶正要抽身迴避，恰好樸齋在簾子外探頭探腦。二寶便趄出當中間。樸齋交明兌的人參，當的洋錢。二寶就命樸齋下去煎人參；自己點過洋錢，收放房中衣櫥內。賴公子故意詫道：『哪來的個小夥子，好標緻！』二寶說：『是哥哥。』賴公子道：『我只道是你老公！』阿虎道：『不要瞎說！』回頭指著阿巧道：『哪，是她的老公呀。』阿巧方給華鐵眉裝水煙，羞的別轉臉去。

二寶憎嫌已甚，竟丟下客人，避入樓下洪氏房間。華鐵眉乖覺，起身振衣，作欲行之狀。無如賴公子戀戀不捨，當經阿虎慫恿，逕喊相幫擺個檯面。鐵眉不好攔阻。賴公子因問二寶何往。阿虎道：『在下頭，看看她娘。她娘生了這病，』隨口裝點些病勢說給賴公子聽。

支吾許久，不見二寶回來，阿虎令阿巧去喊。二寶有心微示瑟歌之意，姍姍來遲。賴公子等得心焦，一見二寶，疾趨而前，張開兩隻臂膊，想要抱入懷中。二寶喫驚倒退，急得賴公子舉手亂招。二寶遠遠站住，再也不肯近身。賴公子已生了三分氣。華鐵眉假作關切，問二寶道：『你娘是什麼病？』二寶會意，假作憂愁，和鐵眉刺刺不休，方打斷了賴公子豪興。

隨後相幫調排桌椅，安設杯筯。二寶復乘隙避開。賴公子並未請客，但叫了七八個局；又爲華鐵眉代叫三個。孫素蘭不在其內。發下局票，不等起手巾，賴公子即拉華鐵眉入席對坐。相幫慌的送上酒壺。二寶又不及敬酒。

阿虎見不成樣子，自己趕下洪氏房間，只見樸齋隅坐執燭，二寶手持藥碗用小茶匙餵與洪氏。阿虎跺腳道：『二小姐！去噱！檯面坐了一會了呀！教你巴結點，你倒理也不理了！』二寶低喝道：『要你去瞎巴結！討人厭的客人！我不高興做！』阿虎著緊問道：『賴三公子這客人你不做，你做什麼生意呀？』二寶紅漲於面。阿虎道：『你是小姐，我們是娘姨，不自然做不做隨你的便！店帳帶擋都清爽了，不關我事！』二寶暗暗叫苦，開不出口。阿虎亦自賭氣，不顧檯面，踅往竈下閒坐。檯面上祇剩阿巧一人夾七夾八說笑。

賴公子含怒未伸，面色大變。華鐵眉爲之

排解道：『我聞得二寶是孝女，果然不錯。想來這時候服侍她娘，離不開。難得！難得！』遂連聲讚嘆不置。賴公子不覺解頤。

二寶餵藥既畢，仍扶洪氏睡下，然後回房應酬檯面。適值出局絡繹而至，賴公子發話道：『我們沒去叫趙二寶的局嘿，趙二寶怎麼自己來啦？』二寶裝做沒有聽見。華鐵眉討取雞缸杯，引逗賴公子划拳，混過這場口舌。

賴公子大喜，一鼓作氣，交手爭鋒。怎奈賴公子這拳輸的多，贏的少，約摸輸了十餘拳。賴公子自飲三杯，其餘倌人娘姨爭先代飲。阿虎也來代了一杯。

賴公子不肯認輸，划個不了。划到後來，輪下一拳，賴公子周圍審視，惟趙二寶不曾代過，將這杯酒指交二寶。二寶一氣飲乾。賴公子要取回那杯子，伸過手去，偶然搭著二寶手背。二寶嗔其輕薄，奪手斂縮。

賴公子觸動前情，放下杯子，扭住二寶衣領，喝令過來。二寶抵死往後掙脫。賴公子重重怒起，飛起一隻氈底皂靴，兜心一腳，早把二寶踢倒在地。阿虎阿巧奔救不及。

二寶一時爬不起，大哭大罵。賴公子愈怒，發狠上前索性亂踢一陣，踢得二寶滿地打滾，沒處躲閃，嘴裡不住的哭罵。阿虎攔腰抱住賴公子，只是發喊。阿巧橫身阻擋，也被賴公子踢了一跤。幸而華鐵眉苦苦的代爲討饒，賴公子方住了腳。阿虎阿巧攙起二寶，披頭散髮，粉黛模糊，好像鬼怪一般。

二寶想起無限委屈，那裡還顧性命，奮身一跳，直有二尺多高，哭著罵著，定要撞死。賴公子如何容得如此撒潑，火性一熾，按捺不下，猛可裡喝聲『來』！那時手下四個轎班四個當差的都擠到房門口垂手觀望，一喝百應，屹立候示。賴公子袖子一揮，喝聲『打』！就這聲

中情傷雞
鴇窩心腳

喝裡，四個轎班四個當差的，撩起衣襟，揎拳捋臂一齊上，把房間裡一應傢伙什物，除保險燈之外，不論粗細軟硬，大小貴賤，一頓亂打，打個粉粹。

華鐵眉知不可勸，捉空溜下，乘轎先行。所叫的局不復告辭，紛紛逃散。阿虎阿巧保護二寶從人叢裡搶得出來。二寶跌跌撞撞，腳不點地，倒把適間眼淚鼻涕嚇得精乾。

這賴公子所最喜的是打房間。他的打法極其厲害：如有一物不破損者，就要將手下人笞責不貸。趙二寶前世不知有甚冤家，無端碰著這個太歲。滿房間粗細軟硬大小貴賤一應傢伙什物，風馳電掣，盡付東流。本家趙樸齋膽小沒用，躲得無影無蹤。雖有相幫，誰肯出頭求告？趙洪氏病倒在床，聞得些微聲息，還儘著問：『什麼事啊？』

趙二寶跟蹌奔入對過書房，歪上煙榻上欷息。阿巧緊緊跟隨，廝守不去。阿虎眼見事已大壞，獨自趔到後面亭子間怔怔的轉念頭，任憑賴公子打到自己罷休，帶領一班凶神，閧然散盡。相幫纔去尋見樸齋，相與查檢。房間裡七橫八豎，無路入腳。連床榻櫥櫃之類也打得東倒西歪，南穿北漏。只有兩架保險燈晶瑩如故，掛在中央。

樸齋不知如何是好，要尋二寶，四顧不見，卻聞對過書房阿巧聲喚：『二小姐在這兒。』樸齋趕去，又是黑黝黝的。相幫移進一盞壁燈，纔見二寶直挺挺躺著不動。樸齋慌問：『打壞了哪兒？』阿巧道：『二小姐還算好，房間裡怎樣啦？』樸齋只搖搖頭，對答不出。

二寶驀地起立，兩手撐著阿巧肩頭，一步一步，忍痛蹭去；蹭到房門口，抬頭一望，由不得一陣心痛，大放悲聲。阿虎聽得，纔從亭子間出來。大家勸止二寶，攙回煙榻坐下，相聚議論。

樸齋要去告狀。阿虎道：『可是告這癩頭黿？不要說什麼縣裡，道裡，連外國人見了個癩頭黿也怕的嘍，你到哪去告啊？』二寶道：『看他這腔調，就不像是好人！都是你要去巴結他！』阿虎擺手厲聲道：『癩頭黿自己跑了來，不是我做的媒人，你去得罪了他喫的虧，倒說我不好！明天茶館裡去講！我不好嘍，我來賠！』說畢，一扭身去睡了。

二寶氣上加氣，苦上加苦，且令樸齋率同相幫收拾房間，仍令阿巧攙了自己，勉强蹭下樓梯，一見洪氏，兩淚交流，叫聲『媽』，並沒有半句話。洪氏未知就裡，猶說道：『你樓上去陪客人嘛。我蠻好在這兒。』二寶益發不敢告訴其事，但叫阿巧溫熱了二澆藥，就被窩裡餵與洪氏喫下。洪氏又催道：『這沒什麼了，你去嘛。』

二寶叮囑『小心』，放下帳子，留下阿巧在房看守，獨自蹭上樓梯。房間裡煙塵歷亂，無地存身，只得仍到書房。樸齋隨後捧上一隻抽屜，內盛許多零碎首飾，另有一包洋錢。樸齋道：『洋錢同當票都攢在地上，不曉得可少。』

二寶不忍閱視，均丟一邊。樸齋去後，靜悄悄地。二寶思來想去，上天無路，入地無門，暗暗哭泣了半日，覺得胸口隱痛，兩腿作酸，趄向煙榻，倒身偃臥。

忽聽得衖堂裡人聲嘈嘈，敲得大門震天價響。樸齋飛奔報道：『不好了！癩頭黿來了！』二寶更不驚慌，挺身邁步而出。只見七八個管家擁到樓上，見了二寶，打了個千，陪笑稟道：『史三公子做了揚州知府了，請二小姐快點去。』

二寶這一喜卻眞乃喜到極處，連忙回房喊阿巧梳頭，只見母親洪氏頭戴鳳冠，身穿蟒服，笑嘻嘻叫聲『二寶』，說道：『我說三公子這人哪會有錯！這時候不是來請我們了？』二寶道：『媽，我們到了三公子家裡，起先的事不要去說起。』洪氏連連點頭。

阿巧又在樓下喊聲『二小姐』，報道：『秀英小姐來道喜。』二寶詫道：『誰去給的信？比電報還要快！』

二寶正要迎接，只見張秀英已在面前。二寶含笑讓坐。秀英忽問道：『你穿好了衣裳，可是去坐馬車？』二寶道：『不是；史三公子請我們去呀。』秀英道：『可不是瞎說！史三公子死了好久了，你怎麼會不曉得？』

二寶一想，似乎史三公子眞個已死。正要盤問管家，只見那七八個管家變作鬼怪，前來擺撲。嚇得二寶急聲一嚷，驚醒回來，冷汗通身，心跳不止。

（全文完）

國語本『海上花』譯後記

張愛玲

陳世驤教授有一次對我說：『中國文學的好處在詩，不在小說。』有人認為陳先生不夠重視現代中國文學。其實我們的過去這樣悠長傑出，大可不必為了最近幾十年來的這點成就斤斤較量。反正他是指傳統的詩與小說，大概沒有疑義。

當然他是對的。就連我這最不多愁善感的人，也常在舊詩裡看到一兩句切合自己的際遇心情，不過是些世俗的悲歡得失，詩上竟會有，簡直就像是為我寫的，或是我自己寫的——不過寫不出——使人千載之下感激震動，像流行歌偶有個喜歡的調子，老在頭上心上縈迴不已。舊詩的深廣可想而知。詞的世界就彷彿較小，較窒息。

舊小說好的不多，就是幾個長篇小說。

『水滸傳』源自民間傳說編成的話本，有它特殊的歷史背景，近年來才經學者研究出來，是用梁山泊影射南宋抗金的游擊隊。當時在異族的統治下，說唱者與聽眾之間有一種默契，現代讀者沒有的。在現在看來，純粹作爲小說，那還是金聖嘆删剩的七十一回本有眞實感。因爲中國從前沒有『不要君主』的觀念，反叛也往往號稱勤王，淸君側。所以梁山泊也只反抗貪官污吏，雖然打家劫舍，甚至於攻城略地，也還是『忠心報答趙官家』（阮小七歌詞）。這可以歸之於衆好漢不太認眞的自騙自，與他們的首領宋江或多或少的僞善——也許僅只是做領袖必須有的政治手腕。當眞受招安征方臘，故事就失去了可信性，結局再悲涼也沒用了。因此『水滸傳』是歷經金、元兩朝長期淪陷的時代累積而成的鉅著，後部有built-in（與藍圖俱來的）毛病。

『金瓶梅』採用『水滸傳』的武松殺嫂故事，而延遲報復，把姦夫淫婦移植到一個多妻的家庭裡，讓他們多活了幾年。這本來是個巧招，否則原有的六妻故事照當時的標準不成爲故事。不幸作者一旦離開了他最熟悉的材料，再回到『水滸』的架構內，就機械化起來。事實是西門慶一死就差多了，春梅、孟玉樓，就連潘金蓮的個性都是與他相互激發行動才有戲劇有生命。所以不少人說過後部遠不如前。

中共的『文匯』雜誌一九八一年十一月號有一篇署名夏閎的『雜談金瓶梅詞話』，把重心放在當時的官商勾結上。那是典型的共產主義的觀點，就像蘇俄讚美狄更斯暴露英國產業革命時代的慘酷。其實儘有比狄更斯寫得更慘的，狄更斯的好處不在揭發當時社會的黑暗面。但是夏文分析應伯爵生子一節很有獨到處。西門慶剛死了兒子，應伯爵倒爲了生兒子的花費來借錢，正觸著痛瘡，只好極力形容丑化小戶人家添丁的苦處，才不犯忌。我看過那麼些遍都沒看出這一層，也可見這部書精彩場面之多與含蓄。書中色情文字並不是不必要，不過不是少了它就站不住。

『水滸傳』被腰斬，『金瓶梅』是禁書，『紅樓夢』沒寫完，『海上花』沒人知道。此外就只有『三國演義』『西遊記』『儒林外史』是完整普及的。三本書倒有兩本是歷史神話傳說，缺少格雷亨・葛林（Greene）所謂『通常的人生的迴聲』。似乎實在太貧乏了點。

『海上花』寫這麼一批人，上至官吏，下至店夥西崽，雖然不是一個圈子裡的人，都可能同桌吃花酒。社交在他們生活裡的比重很大。就連陶玉甫、李漱芳這一對情侶，自有他們自己的內心生活，玉甫還是有許多不可避免的應酬。李漱芳這位東方茶花女，他要她搬出去養病，『大拂其意』，她寧可在妓院『住院』，忍受嘈音。大概因爲一搬出去另租房子，就成了他的外室，越是他家人不讓他娶她爲妻，她偏不嫁他作妾；而且退藏於密，就不能再共遊宴，不然即使在病中，也還可以讓跟局的娘姨大姐釘著他，寸步不離。一旦內外隔絕，再信任他也還是放心不下。

陶玉甫、李漱芳那樣強烈的感情，一般人是沒有的。書中的普通人大概可以用商人陳小雲作代表——同是商人，洪善卿另有外快可賺，就不夠典型化。第二十五回洪善卿見了陳小雲，問起莊荔甫請客有沒有他，以及莊荔甫做掮客掮的古玩有沒有銷掉點。『須臾詞窮意竭，相對無聊』。在全國最繁華的大都市裡，這兩個交遊廣闊的生意人，生活竟這樣空虛枯燥，令人愕然慘然，原來一百年前與現代是不同。他們連麻將都不打，洪善卿是不會，陳小雲是不賭。唯一的娛樂是嫖，而都是四五年了的老交情，從來不想換新鮮。這天因爲悶得慌，同去應邀吃花酒之前先到小雲的相好金巧珍處打茶圍。小雲故意激惱巧珍，隨又說明是爲了解悶。——這顯然是他們倆維持熱度的一種調情方式。後文巧珍也有一次故起波瀾，拒絕替他代酒，怪她姐姐金愛珍不解風情，打圓場自告奮勇要替他喝這杯酒。——巧珍因而翻舊賬，提起初交時他的一句嘔人的話。沒有感情她決不會一句玩話幾年後還記得，所以這一回回目說她『翻前事搶白更多情』。

兩人性格相仿，都圓融練達。小雲結交上了齊大人，向她誇耀，當晚過了特別歡洽的一夜。丈夫遇見得意的事回家來也是這樣。這也就是愛情了。

『婊子無情』這句老話當然有道理，虛情假意是她們的職業的一部份。不過就『海上花』看來，當時至少在上等妓院——包括次等的么二——破身不太早，接客也不太多，如周雙珠幾乎閒適得近於空閨獨守——當然她是老鴇的親生女兒，多少有點特殊身分，但是就連雙寶，第十七回洪善卿也詫異她也有客人住夜。白晝宣淫更被視爲異事。（見第二十六回陸秀林引楊家媽語）在這樣人道的情形下，女人性心理正常，對稍微中意點的男子是有反應的。如果對方有長性，來往日久也容易發生感情。

洪善卿、周雙珠還不止四五年，但是王蓮生一到江西去上任，洪善卿就『不大來』了。顯然是因爲善卿追隨王蓮生，替他跑退，應酬場中需要有個長三相好，有時候別處不便密談，也要有個落腳的地方，等於他的副業的辦公室。但是他與雙珠之間有徹底的了解。他替沈小紅轉圜，一定有酬勞可拿；與雙珠拍檔調停雙玉的事，敲詐到的一萬銀元他也有份。

雙珠世故雖深，宅心仁厚。她似乎厭倦風塵，勸雙玉不要太好勝的時候，就說反正不久都要嫁人的，對善卿也說這話。他沒接這個碴，但是也坦然，大概知道她不屬意於他。

他看出她有點妒忌新來的雙玉生意好，也勸過她。有一次講到雙玉欺負雙寶，他說：『你幸虧不是討人，不然她也要看不起你了』，明指她生意竟不及一個淸倌人。雙珠倒也不介意，眞是知己了。

書中屢次刻劃洪善卿的勢利淺薄，但是他與雙珠的友誼，他對雙寶、阿金的同情，都給他深度厚度，把他這人物立體化了。慰雙寶的一場小戲很感動人。——雙寶搬到樓下去是貶謫，想必因爲樓下人雜，沒有樓上嚴緊。

羅子富與蔣月琴也四五年了。她有點見老了，他又愛上了黃翠鳳。但是他對翠鳳的傾慕倒有一大半是佩服她的爲人，至少是靈肉並重的。他最初看見她坐馬車，不過很注意，有了個印象，也並沒打聽她是誰，不能算驚豔或是一見傾心。聽見她制伏鴇母的事才愛上了她。此後一度稍稍冷了下來，因爲他詫異她自立門戶的預算開支那麼大，有點看出來她敲他竹槓。她遷出的前夕，他不預備留宿，而她堅留，好讓他看她第二天早上改穿素服，替父母補穿孝，又使他戀慕這孝女起來。

戀愛的定義之一，我想是誇張一個異性與其他一切異性的分別。書中這些嫖客的從一而終的傾向，並不是從前的男子更有惰性，更是『習慣的動物』，不想換口味追求刺激，而是有更迫切更基本的需要，與性同樣必要——愛情。過去通行早婚，因此性是不成問題的。但是婚姻不自由，買妾納婢雖然是自己看中的，不像堂子裡是在社交的場合遇見的，而且總要來往一個時期，即使時間很短，也還不是穩能到手，較近通常的戀愛過程。這制度化的賣淫，已經比賣油郎花魁女當時的手續高明得多了——就連花魁女這樣的名妓，也是陌生人付了夜渡資就可以住夜。日本歌舞伎中的青樓（劇中也是漢字『青樓』）也是如此。——到了『海上花』的時代，像羅子富叫了黃翠鳳十幾個局，認識了至少也有半個月了。想必是氣她對他冷淡，故意在蔣月琴處擺酒，饞她，希望她對他好點，結果差點弄巧成拙鬧翻了。他全面投降之後，又還被澆冷水，飽受挫折，才得遂意。

琪官說她和瑤官羨慕倌人，看哪個客人好，就嫁哪個。雖然沒這麼理想，妓女從良至少比良家婦女有自決權。嫁過去雖然家裡有正室，不是戀愛結合的，又不同些。就怕以後再娶一個回去，不過有能力三妻四妾的究竟不多。

盲婚的夫婦也有婚後發生愛情的，但是先有性再有愛，缺少緊張懸疑，憧憬與神祕感，就不是戀愛，雖然可能是最珍貴的感情。戀愛只能是早熟的表兄妹，一成年，就只有妓院這髒亂的角落裡還許有機會。再就只有聊齋中狐鬼的狂想曲了。

直到民初也還是這樣。北伐後，婚姻自主、廢妾、離婚才有法律上的保障。戀愛婚姻流行了，寫妓院的小說忽然過了時，一掃而空，該不是偶然的巧合。

『海上花』第一個專寫妓院，主題其實是禁果的菓園，填寫了百年前人生的一個重要的空白。書中寫情最不可及的，不是陶玉甫、李漱芳的生死戀，而是王蓮生、沈小紅的故事。

王蓮生在張蕙貞的新居擺雙檯請客，被沈小紅發現了張蕙貞的存在，兩番大鬧，鬧得他『又羞又惱，又怕又急』。她哭著當場尋死覓活之後，陪他來的兩個保駕的朋友先走，留下他安撫她。

小紅卻也抬身送了兩步，說道：『倒難爲了你們。明天我們也擺個雙檯謝謝你們好了。』說著倒自己笑了。蓮生也忍不住要笑。她在此時此地竟會幽默起來，更奇怪的是他也笑得出。可見他們倆之間自有一種共鳴，別人不懂的。如沈小紅所說，他和張蕙貞的交情根本不能比。

第五回寫王蓮生另有了個張蕙貞，回目『墊空檔快手結新歡』，『墊空檔』一語很費解。沈小紅並沒有離開上海，一直與蓮生照常來往。除非是因爲她跟小柳兒在熱戀，對他自然與前不同了。他不會不覺得，雖然不知道原因。那他對張蕙貞自始至終就是反激作用，借她來填滿一種無名的空虛悵惘。

異性相吸，除了兩性之間，也適用於性情相反的人互相吸引。小紅大鬧時，『蓬頭垢面，如鬼怪一般』，蓮生也並沒倒胃口，後來還舊事重提，要娶她。這純是感情，並不是暴力刺激情慾。打鬥後，小紅的女傭阿珠提醒他求歡贖罪，他勉力以赴，也是爲了使她相信他還是愛她，要她。

他們的事已經到了花錢買罪受的階段，一方面他倒又十分欣賞小悍婦周雙玉，雖然雙玉那時候還圭角未露，人生的反諷往往如此。

劉半農爲書中白描的技巧舉例，引這兩段，都是與王蓮生有關的：

蓮生等撞過『亂鐘』，屈指一數，恰是四下，乃去後面露台上看時，月色中天，靜悄悄的，並不見有火光。回到房裡，適值一個外場先跑回來報說：『在東棋盤街那兒。』蓮生忙踹在桌子旁高椅上，開直了玻璃窗向東南望去，在牆缺裡現出一條火

光來。（第十一回）

阿珠只裝得兩口煙，蓮生便不吸了，忽然盤膝坐起，意思要吸水煙。巧囡送上水煙筒，蓮生接在手中，自吸一口，無端吊下兩點眼淚。（第五十四回，原第五十七回）

第一段有舊詩的意境。第二段是沈小紅的舊僕阿珠向蓮生問起：『小紅先生那兒就是個娘在跟局？』又問：『那麼大阿金出來了，大姐也不用？』蓮生只點點頭。下接吸水煙一節。

小紅爲了姘戲子壞了名聲，落到這地步。他對她徹底幻滅後，也還餘情未了。寫他這樣令人不齒的懦夫，能提升到這樣淒清的境界，在愛情故事上是個重大的突破。

我十三四歲第一次看這書，看完了沒的看了，才又倒過來看前面的序。看到劉半農引這兩段，又再翻看原文，是好！此後二十年，直到出國，每隔幾年再看一遍『紅樓夢』『金瓶梅』，只有『海上花』就我們家從前那一部亞東本，看了『胡適文存』上的『海上花』序去買來的，別處從來沒有。那麼些年沒看見，也還記得很清楚，尤其是這兩段。

劉半農大概感性強於理性，竟輕信清華書局版許堇父序與魯迅『中國小說史略』所記傳聞，以爲『海上花』是借債不遂，寫了罵趙樸齋的，理由是㈠此書最初分期出版時，『例言』中說：

所載人名事實，均係憑空捏造，並無所指。

劉半農認爲這是小說家慣技；這樣鄭重聲明，更欲蓋彌彰，是『不打自招』；㈡趙樸齋與他母妹都不是什麼壞人，在書中還算是善良的，而下場比誰都慘，分明是作者存心跟他們過不去。

『書中人物純係虛構』，已經成為近代許多小說例有的聲明，似不能指為『不打自招』。好人沒有好下場，就是作者借此報復洩憤，更是奇談，彷彿世界上沒有悲劇這樣東西，永遠善有善報，惡有惡報。

胡適分析許序與魯迅的小說史，列舉二人所記傳聞的矛盾：

許：趙樸齋盡買其書而焚之。（顯然出單行本時趙尚未死。）

魯：趙重賂作者，出到第二十八回輟筆。趙死後乃續作全書。

許：作者曾救濟趙。

魯：趙常救濟作者。

許：趙妹實曾為娼。

魯：作者誣她為娼。

胡適又指出韓子雲一八九一年秋到北京應鄉試，與暢銷作家海上漱石生（孫玉聲）同行南歸，孫可以證明他當時不是個窮極無賴靠敲詐為生的人。『海上花』已有廿四回稿，出示孫。次年二月，頭兩回就出版了，到十月出版到第二十八回停版，十四個月後出單行本。

寫印一部二十五萬字的大書要費多少時間？中間那有因得『重賂』而輟筆的時候？

又引末尾趙二寶被史三公子遺棄，吃盡苦頭，被惡客打傷了，昏睡做了個夢，夢見三公子派人來接她，她夢中向她母親說的一句話，覺得單憑這一句，『這書也就不是一部謗書』：

媽，我們到了三公子家裡，起先的事，不要去提起。

這十九個字，字字是血，是淚，眞有古人說的『溫柔敦厚，怨而不怒』的風格！這部『海上花列傳』也就此結束了。

——胡適序第二節。

此書結得現代化，戛然而止。作者踽踽走在時代前面，不免又有點心虛膽怯起來，找補了一篇『跋』，一一交代諸人下場，假托有個訪客詢問。其實如果有讀者感到興趣，決不會不問李浣芳是否嫁給陶玉甫，唯一的一個疑團。李漱芳死後，她母親李秀姐要遵從她的遺志，把浣芳給玉甫作妾，玉甫堅拒，要認她作義女，李秀姐又不肯。陶雲甫自稱有辦法解決，還沒來得及說出來，被打斷了，就此沒有下文了。

陶雲甫唯一關心的是他弟弟，而且也決沒有逼著弟弟納妾之理，不過他也覺得浣芳可愛（見第四十一回——原第四十三回），要防玉甫將來會懊悔，也許建議把浣芳交給雲甫自己的太太，等她大一點再說，還是可以由玉甫遣嫁。但是玉甫會堅持名分未定，不能讓她進門。僵持拖延下去，時間於李秀姐不利，因爲浣芳不宜再在妓院裡待下去。一明白了玉甫是眞不要她，也就只好讓他收作義女了。

浣芳雖然天眞爛漫，對玉甫不是完全沒有洛麗塔心理。納博柯夫名著小說『洛麗塔』——拍成影片由詹姆斯梅遜主演——寫一個中年男子與一個十二歲的女孩互相引誘成姦。在心理學上，小女孩會不自覺地誘惑自己父親。浣芳不但不像洛麗塔早熟，而且晚熟到近於低能兒童，所以她初戀的激情更百無禁忌，而仍舊是無邪的。如果嫁了玉甫，兩人之間過去的情事就彷彿給追加了一層曖昧的色彩。玉甫也許就爲這緣故拒絕，也是向漱芳的亡靈自明心跡，一方面也對自己撇清——他不是鐵石人，不會完全無動於衷。

作者不願設法代爲撮合，大快人心，但是再寫下去又都是反高潮，認義女更大殺風景。及早剪斷，不了了之，不失爲一個聰明的辦法。

劉半農惋惜此書沒多寫點下等妓院，而掉轉筆鋒寫官場清客。我想這是劉先生自己不寫小說，不知道寫小說有時候只要剪裁得當，予人的印象彷彿對題材非常熟悉；其實韓子雲對下級妓院恐怕知道的盡於此矣。從這書上我們也知道低級妓院有性病與被流氓毆打的危險，妓女本身也帶流氣，碰見殷實點的客人就會敲詐。大概只能偶一觀光，不能常去。文藝沒什麼不應當寫哪一個階級。而且此處結構上也有必要，因爲趙二寶跟著史三公子住進一笠園，過了一陣子神仙眷屬的日子，才又一跤栽下來，爬得高跌得重。如果光是在他公館裡兩人鎭日相對，她也還是不能完全進入他的世界，比較單調，容易膩煩。

寫一笠園，至少讓我們看到家妓制度的珍貴的一瞥。『紅樓夢』裡學戲的女孩子是特殊情形，專爲供奉歸寧的皇妃的。一般大概像此書的琪官、瑤官的境遇。瑤官虛歲十四，才十三歲，被主人收用已經有些時了。書中喜歡幼女的只有齊韻叟一人——別人只喜歡跟她們鬧著玩。尹癡鴛倒是愛林翠芬，但是也寧可用張秀英洩慾。而齊韻叟也並不是因爲年老體衰，應付不了成熟的女性——他的新寵是嫁人復出的蘇冠香。

琪官、瑤官與孫素蘭夜談，瑤官說孫素蘭

跟華鐵眉要好，一定是嫁他了。孫素蘭笑她說得容易，取笑她們倆也嫁齊大人。瑤官說她『說說就說到歪裡去』，也就是說老人姦淫幼女，不能相提並論。書中韻叟與琪官的場面寫得十分蘊藉，只借口沒遮攔的瑤官口中點一筆。

齊韻叟帶著琪官、瑤官在竹林中撞見小贊，似乎在向另一人求告，沒看清楚是誰，這人已經跑了。事後盤問她們，琪官示意瑤官不要說，只告訴韻叟『不是我們花園裡的人，』想必是說不是齊府的人，不致玷辱門風。這件事從此沒有下文了，直到『跋』列舉諸人下場，有『小贊小青挾貲遠遁』句。原來小贊私會的是蘇冠香的大姐小青。相等於『詩婢』的詩僮小贊，竟拋下學業，與情人私奔捲逃。那次約會被撞破，琪官代爲隱瞞，想必是怕結怨。蘇冠香是小小姨身分，皇親國戚兼新寵，正如楊貴妃的妹妹虢國夫人。琪官雖然不知道冠香向韻叟誣賴她與孫素蘭同性戀，一定也曉得她是冠香的『眼中釘』（見回目）。再揭破醜聞使冠香大失面子，更勢不兩立了。那神秘人物是小青，書中沒有交代，就顯不出琪官的機警與她處境的艱難。

總是因爲書至此已近尾聲，下文沒有機會插入小贊小青的事，只好在跋內點破，就像第十三回『抬轎子周少和碰和』的事也只在回目中點明，回內隻字不提。

但是由跋追補一筆，力道不夠。當時琪官一味息事寧人，不許瑤官說出來，使人不但氣悶而且有點反感。她說與小贊在一起的是外人，倌人帶來的大姐除了小青，還有林素芬、林翠芬也帶了大姐來，大概是娘姨大姐各一，兩人合用。像趙二寶就只帶了個娘姨阿虎，替她梳頭，那是不可少的。孫素蘭只帶一個大姐，想必是像衛霞仙處阿巧的兩個同事，少數會梳頭的大姐。

娘姨不大有年輕貌美的。小贊向這人求告，似是向少女求愛或求歡——再不然就是身分較高的人。

書中男僕如張壽、匡二都妒忌主人的艷福，從中搗亂，激動得簡直有點心理變態。曾經有人感嘆中國的女僕長年禁慾，其實男僕也不能有家庭生活。固然可以嫖妓；倒從來沒有妄想倌人垂青的，這一點上階級觀念非常嚴。不過小贊不是普通的傭僕，有學問有前途，而有屢次當衆出風頭。平時倌人時刻有娘姨跟著，在一笠園中卻自由自在，如蘇冠香、林翠芬都獨自遊蕩。因此有可能性的女子浩如煙海，無從揣測。比較像是孫素蘭的大姐，琪官代瞞是衛護義姊——還是失意的林翠芬移情別戀？這些模糊的疑影削弱了琪官的這一場戲，也是她的最後一場，使這特出的少女整個的畫像也爲之減色。等到看到跋才知道是小青，這才可能琢磨出琪官有她不得已的苦衷，已經遲了一步。

作者的同鄉松江顛公寫他『與某校書最暱，常日匿居其妝閣中』，但是又說他『家境……寒素』。劉半農說：

> 相傳花也憐儂本是鉅萬家私，完全在堂子裡混去了。這句話大約是確實的，因爲要在堂子裡混，非用錢不可；要混得如此之熟，非有鉅萬家私不可。

也許聰明人不一定要有鉅萬家私，只要肯揮霍，也就充得過去了。他沒活到四十歲，倒已經『家境……寒素』，大概錢不很多，禁不起他花。

作者在『例言』裡說：『全書筆法自謂從「儒林外史」脫化出來，惟穿插藏閃之法則為從來說部所未有。』其實『紅樓夢』已有，不過不這麼明顯。（參看宋淇著『紅樓夢裡的病症』等文）有些地方他甚至於故意學『紅樓夢』，如琪官、瑤官等小女伶住在梨花院落——『紅樓夢』的芳官、藕官等住在梨香院。小贊學詩更是套香菱學詩。『海上花』裡一對對的男女中，華鐵眉、孫素蘭二人唯一的兩場戲是吵架與或多或少的言歸於好，使人想起賈寶玉、林黛玉的屢次爭吵重圓。這兩場比高亞白、尹癡鴛二才子的愛情場面都格調高些。

華鐵眉顯然才學不輸高亞白、尹癡鴛，但是書中對他不像對高尹的譽揚，是自畫像的謙抑的姿勢。口角後與孫素蘭在一笠園小別重逢，他告訴她送了她一打香檳酒，交給她的大姐帶回去了。不論作者是否知道西方人向女子送花道歉的習俗——往往是一打玫瑰花——此處的香檳酒也是表示歉意的。一送就是一箱，——十二瓶一箱——手面闊綽。孫素蘭問候他的口吻也聽得出他身體不好。作者早故，大概身體不會好。

當時男女僕人已經都是僱傭性質了，只有婢女到本世紀還有。書中只有華鐵眉的『家奴華忠』十分觸目。又一次稱為『家丁』，此外只有洋廣貨店主殳三的『小家丁奢子』。

明人小說『三言二拍』中都是僕從主姓。婢女稱『養娘』，『娘』作年輕女子解，也就是養女。僮僕想必也算養子了。所以『金瓶梅』中僕人稱主人主婦為『爹』『娘』，後世又升格為『爺（爺）』『奶奶』。但是『金瓶梅』中僕人無姓，只有一個善頌善禱的名字如『來旺』，像最普通的狗名『來富』。這可能是因為『三言二拍』是江南一帶的作品，保留了漢人一向的習俗，『金瓶梅』在北方，較受胡人的影響。遼金元都歧視漢人，當然不要漢人僕役用他們的姓氏。

清康熙時河南人李綠園著『歧路燈』小說，書中譚家僕人名叫王中。乾隆年間的『兒女英雄傳』裡，安家老僕華忠也用自己的姓名。顯然清朝開始讓僕人用本姓。同是歧視漢人，卻比遼金元開明，不給另取寵物似的名字，替他們保存了人的尊嚴。但是直到晚清，這不成文法似乎還沒推廣到南方民間。

年代介於這兩本書之間的『紅樓夢』裡，男僕有的有名無姓，如來旺（旺兒）、來興（興兒），但是絕大多數用自己原來的姓名，如李貴、焦大、林之孝等。來旺與興兒是賈璉夫婦的僕人，來自早稿『風月寶鑑』，賈瑞與二尤等的故事，裡面當然有賈璉、鳳姐。此後寫『石頭記』，先也還用古代官名地名，僕名也仍遵古制；屢經改寫，越來越寫實，僕人名字也照本朝制度了。因此男僕名字分早期後期兩派。唯一的例外是鮑二，雖也是賈璉、鳳姐的僕人，而且是二尤故事中的人物，卻用本姓。但是這名字是寫作後期有一次添寫賈母的一句雋語：「我哪記得揹著抱著的？」——賈璉、鳳姐為鮑二家的事吵鬧時——才為了諧音改名鮑二，想必原名來安之類。

『海上花』裡也是混合制。齊韻叟的總管夏餘慶，朱藹人兄弟的僕人張壽，李實夫叔姪的匡二，都用自己原來的姓名。朱家李家都是官宦人家。知縣羅子富的僕人高升不會是眞姓高，『高升』『高發』是官場僕人最普通的『藝名』，可能是職業性跟班，流動性大，是熟人薦來的，不是羅家原有的家人，但是仍舊可以歸入自己有姓的一類。

火災時王蓮生向外國巡警打了兩句洋文，

才得通過，顯然是洋務官員。他對詩詞的態度傖俗（第三十三回），想必不是正途出身。他的僕人名叫來安，商人陳小雲的僕人叫長福，都是討吉利的『奴名』，無姓。

洋廣貨店主殳三的『小家丁奢子』，『奢』字是借用字音，原名疑是『捨子』（捨給佛門），『捨』音『奢』，但是吳語音『所』，因此作者沒想到是這個字。孩子八字或是身體不好，掛名入寺為僧，消災祈福，所以乳名叫捨子，不是善頌善禱的奴名，因此應當有姓——姓殳，像華鐵眉的家丁華忠姓華一樣。

華鐵眉住在喬老四家裡，顯然家不在上海。他與賴公子、王蓮生都是世交，該是舊家子弟。殳三是廣東人，上代是廣州大商人，在他手裡賣掉許多珍貴的古玩。

『華』『花』二字相通，華鐵眉想必就是花也憐儂了。作者的父親曾任刑部主事，他本人沒中舉，與殳三同是家道中落，一個住在松江，一個寄籍上海，都相當孤立，在當代主流外。那是個過渡時代，江南華南有些守舊的人家，僕人還是『家生子兒』（『紅樓夢』中語），在法律上雖然自由，仍舊終身依附主人，如同美國南北戰爭後解放了的有些黑奴，所以仍應像明代南方的僕從主姓。

官場僕人都照滿清制度用本姓，但是外圍新進如王蓮生——海禁開後才有洋務官員——還是照民間習俗，不過他與陳小雲大概原籍都在長江以北，中原的外緣，還是過去北方的遺風，給僕人取名來安，長福——如河南就已經滿化了。以至於有三種制度並行的怪現象。

華鐵眉『不喜熱鬧』，酒食『徵逐狎呢皆所不喜』。這是作者自視的形象，聲色場中的一個冷眼人，寡慾而不是無情。也近情理，如果作者體弱多病。

寫華鐵眉特別簡略，用曲筆，因為不好意思多說。本來此書已經夠簡略的了。『金瓶梅』『紅樓夢』一脈相傳，儘管長江大河滔滔汩汩，而能放能收，含蓄的地方非常含蓄，以致引起後世許多誤解與爭論。『海上花』承繼了這傳統而走極端，是否太隱晦了？

沒有人嫌李商隱的詩或是英格瑪．柏格曼的影片太晦。不過是風氣時尚的問題。胡適認為『海上花』出得太早了，當時沒人把小說當文學看。我倒覺得它可惜晚了一百年。一七九一年『紅樓夢』付印，一百零一年後『海上花』開始分期出版。『紅樓夢』沒寫完還不要緊，被人續補了四十回，又倒過來改前文，使鳳姐、襲人、尤三姐都變了質，人物失去多面複雜性。鳳姐雖然貪酷，並沒有不貞。襲人雖然失節再嫁，『初試雲雨情』是被寶玉强迫的，並沒有半推半就。尤三姐放蕩的過去被删掉了，殉情的女人必須是純潔的。

原著八十回中沒有一件大事，除了晴雯之死。抄檢大觀園後，寶玉就快要搬出園去，但是那也不過是回到第二十三回入園前的生活，就只少了個晴雯。迎春是衆姐妹中比較最不聰明可愛的一個，因此她的婚姻與死亡的震撼性不大。大事都在後四十回內。原著可以說沒有輪廓，即有也是隱隱的，經過近代的考據才明確起來。一向讀者看來，是後四十回予以輪廓，前八十回只提供了細密眞切的生活質地。

前幾年有報刊舉行過一次民意測驗，對『紅樓夢』裡印象最深的十件事，除了黛玉葬花與鳳姐的兩段，其他七項都是續書內的！如果說這種民意測驗不大靠得住，光從常見的關於『紅樓夢』的文字上——有些大概是中文系大學生的論文，拿去發表的——也看得出一般較感興趣的不外鳳姐的淫行與臨終冤鬼索命；妙玉走火入魔；二尤——是改良尤三姐；黛玉歸天與『掉包』同時進行，黛玉向紫鵑宣稱『我的身子是清白的，』就像連紫鵑都疑心她與寶玉有染。這幾折單薄的傳奇劇，因爲抄本殘缺，經高鶚整理添寫過，（詳見拙著『紅樓夢魘』）補綴得也相當草率，像棚戶利用大廈的一面牆。當時的讀者逕視爲原著，也是因爲實在渴望八十回抄本還有下文。同一願望也使現代學者樂於接受續書至少部份來自遺稿之說。一般讀者是已經失去興趣了，但是每逢有人指出續書的種種毛病，大家太熟悉內容，早已視而不見，就彷彿這些人無聊到對人家的老妻評頭品足，令人不耐。

拋開『紅樓夢』的好處不談，它是第一部以愛情爲主題的長篇小說，而我們是一個愛情荒的國家。它空前絕後的成功不會完全與這無關。自從十八世紀末印行以來，它在中國的地位大概全世界沒有任何小說可比——在中國倒有『三國演義』，不過『三國』也許口傳比讀者更多，因此對宗教的影響大於文字上的。

百廿回『紅樓』對小說的影響大到無法估計。等到十九世紀末『海上花』出版的時候，閱讀趣味早已形成了。唯一的標準是傳奇化的情節，寫實的細節。迄今就連大陸的傷痕文學也都還是這樣，比大陸外更明顯，因爲多年封閉隔絕，西方的影響消失了。當然，由於壓制迫害，作家第一要有膽氣，有犧牲精神，寫實方面就不能苛求了。只要看上去是在這一類的單位待過，不是完全閉門造車就是了。但也還是有無比珍貴的材料，不可磨滅的片斷印象，如收工後一個女孩單獨蹲在黃昏的曠野裡繼續操作，周圍一圈大山的黑影。但是整個的看來，令人驚異的是一旦擺脫了外來的影響與中共一部份的禁條，露出的本來面目這樣稚嫩，彷彿我們沒有過去，至少過去沒有小說。

中國文化古老而且有連續性，沒中斷過，所以滲透得特別深遠，連見聞最不廣的中國人也都不太天真，獨有小說的薪傳中斷過不止一次。所以這方面我們不是文如其人的。中國人不但談戀愛『含情脈脈』，就連親情友情也都有約制。『爸爸，我愛你』，『孩子，我也愛你』只能是譯文。惟有在小說裡我們呼天搶地，耳提面命誨人不倦。而且像我七八歲的時候看電影，看見一個人物出場就急著問：『是好人壞人？』

上世紀末葉久已是這樣了。微妙的平淡無奇的『海上花』自然使人嘴裡淡出鳥來。它第二次出現，正當五四運動進入高潮。認眞愛好文藝的人拿它跟西方名著一比，南轅北轍，『海上花』把傳統發展到極端，比任何古典小說都更不像西方長篇小說——更散漫，更簡略，只

有個姓名的人物更多。而通俗小說讀者看慣了『九尾龜』與後來無數的連載妓院小說，覺得『海上花』掛羊頭賣狗肉，也有受騙的感覺。因此高不成低不就。當然，許多人第一先看不懂吳語對白。

當時的新文藝，小說另起爐灶，已經是它歷史上的第二次中斷了。第一次是發展到『紅樓夢』是個高峯，而高峯成了斷崖。

但是一百年後倒居然又出了個『海上花』。『海上花』兩次悄悄的自生自滅之後，有點什麼東西死了。

雖然不能全怪吳語對白，我還是把它譯成國語。這是第三次出版。就怕此書的故事還沒完，還缺一回，回目是：

張愛玲五詳『紅樓夢』

看官們三棄『海上花』

〈註册商標第173155號〉

皇冠叢書第二〇四九種
【張愛玲全集11】

海上花落——國語海上花列傳二

作　者—張愛玲
發行人—平鑫濤
出版發行—皇冠文學出版有限公司
台北市敦化北路一二〇巷五〇號
電話◉七一六八八八八
郵撥帳號◉一五二六一五一六號
登記證—局版臺業字第五〇一三號
責任編輯—方麗婉
美術編輯—吳慧雯・曾繁淵
校　對—曾美珠・謝慧珍・洪正鳳
印刷者—世和印製企業有限公司
台北縣中和市平和路五三號
電話◉二二三三八六六

原始出版日—一九八三年(民72)十一月
典藏版初版—一九九二年(民81)六月
典藏版四刷—一九九五年(民84)十月
◉法律顧問—蕭雄淋律師・王惠光律師

有著作權・翻印必究
如有破損或裝訂錯誤，請寄回本社更換

國際書碼◉ISBN 957-33-0549-6
Printed in Taiwan
本書定價◉新台幣230元